조선돌싱녀

이 이야기는 가상이며, 실제 역사를 다루고 있지 않습니다.

조선돌싱녀

2

최서희 장편소설

고즈넉이엔티
GOZKNOCK ENT

조선돌싱녀 2

초판 1쇄 발행 2018년 3월 10일

지은이 최서희
펴낸이 배선아
펴낸곳 (주)고즈넉이엔티

출판등록 2017년 3월 13일 제2017-000022호
주소 서울시 강서구 공항대로 649 제성빌딩 303호
대표전화 02-6269-8166 **팩스** 02-6166-9199
이메일 gozknock@naver.com

ISBN 979-11-88504-52-7 04810
979-11-88504-50-3 (세트)

차례

8
탐을 내다

늦가을의 저잣거리는 객들의 의복이 전보다 두터워졌을 뿐, 변함없이 북적거리고 요란했다. 장옷을 쓴 라희가 두리번거리며 한가히 장을 둘러볼 동안, 궁 안의 박 상궁은 중전의 차림새로 변복을 하고 한숨을 쉬어대며 초조히 궁을 지키고 있었다.

"에구 상궁마님, 이 물건이 요즈음 잘 팔리는 물건입니다요. 마마님 놀이감을 고르시나 본데, 이거 가져다드림 아주 좋아하실 겁니다."

"아… 하하…."

작은 북 모양의 장난감을 들어 보자 상인이 라희에게 다가와 넌지시 물었다. 라희는 박 상궁의 옷을 입고 있던 터라, 아마도 어느 비빈을 모시는 상궁쯤으로 본 모양이었다.

"이거 주세요."

색동실이 장식되어 다소 조잡하면서도 귀여운 작은 북을 내밀었다.

"다섯 살 정도의 남자아이인데, 좋아하겠죠?"

"그럼요! 잘 고르신 겁니다요!"

상인의 너스레에 라희는 흐뭇하게 북을 쳐다보았다. 주먹만 한 작은 북은 현대의 장난감에 비길 수 없었지만, 앙증맞게 생긴 것이 그 아이에게 좋은 놀이감이 될 것 같았다.

***

용포와 익선관을 착용한 채 동궁을 가로질러 대전으로 향하던 호에게, 김장호가 다가와 인사를 건넸다. 그의 뒤에는 고운 한복을 입고 얼굴을 치장한 난영이 다소곳이 고개를 숙이고 있었다.

"세자저하, 대전으로 가십니까?"

"그렇소. 전하께서 상의할 문제가 계시다 하여 뵈러 가고 있네만."

"어서 인사를 드리지 않고 무얼 하는 게냐? 이 아이는 제 여식인데, 어리고 부끄러움이 많아 예의를 차릴 줄 모릅니다."

김장호의 채근에 난영은 쭈뼛쭈뼛 앞으로 나와, 한껏 교태스러운 눈으로 그를 한 번 바라본 뒤 살포시 고개를 숙였다.

"송구하옵니다. 소녀 난영이라 하옵니다."

"그런데 대감의 여식을 왜 궁에 데려온 것이오?"

호는 난영에게는 제대로 눈길도 주지 않고 차가운 눈으로 김장호에게 물었다. 난영은 제 미색에도 꿈쩍 않는 호의 반응에 다소 당황했으나, 한편으로는 그의 잘난 얼굴과 높은 콧대에 다소 흡족해했다.

"효정옹주 마마의 말벗으로 데려왔습니다. 보기에는 그렇지 않아도 제법 총명한 구석이 있는 아이입니다."

"아버님, 저하 앞에서 그리 말씀하시니 소녀 부끄럽사옵니다."

"옹주의 말벗이라. 몸이 약해 돌아다니길 힘들어하는 아이인데 잘 부탁하네."

호보다 서너 살 어린 옹주는 내성적인 성격에 몸도 약해, 현이나 호가 말을 걸 때마다 눈조차 제대로 마주치지 못하는 아이였다.

"미진하오나 최선을 다하겠습니다."

"나는 이제 가봐야겠소. 더 지체할 수가 없으니."

"예, 저하. 살펴 가시옵소서."

호가 몸을 돌려 다시 제 갈 길을 가고, 그의 뒤를 많은 내관들과 궁녀들이 따랐다. 초승달처럼 휘어진 난영의 눈이 그의 뒷모습을 담고 있었다. 그들이 모두 시야에서 사라지자 김장호가 난영에게 은밀히 물었다.

"어떠하더냐?"

"기대 이상이옵니다."

"네 천박한 취향 따위를 물은 것이 아니다. 넘어가게 할 수 있겠느냐?"

"세상에 제가 넘기지 못할 사내는 없습니다."

섬섬옥수라는 말이 어울리는 가녀린 손이 제 입술을 훑었다. 방중술을 비롯하여 환약이나 미약의 제조까지, 색을 이용한 계책에서 백전백승이던 난영이다.

"그런데 왜 갑자기 세손의 수색을 중단하라고 하더냐?"

"높으신 분의 뜻을 미천한 제가 어찌 알겠습니까."

"그 아이가 있어야 세자빈을 확실히 제거할 텐데."

친왕 도르곤은 난영에게 급보를 보내 명령했다. 따로 조사하여야 할 것이 있으니, 세손의 거취를 캐는 것을 중단하라는 명이었다. 난영 또한 이해할 수 없었으나, 명령을 어길 수는 없었다.

***

해질녘이 되어서야 몰래 동궁으로 돌아온 라희는 살금살금 처소로 들어가고 있었다. 나인들은 죄다 곤란한 표정으로 고개를 숙이고 있었지만, 그러려니 하고 버선발로 그들을 지나쳐 제 방문을 연 라희는 헉 하고 숨을 들이켰다.

"어디를 갔다 오는 거냐?"

"헉! 어떻게!"

용포를 입은 호가 와 있던 것이다. 중전복을 입은 박 상궁이 안절부절못하고 구석에서 발을 비비꼬며 라희에게 애처로운 시선을 보냈다.

"나가보라."

호의 명에 박 상궁은 기다렸다는 듯 허겁지겁 나갔다. 호가 성큼성큼 다가와 앞에 서자, 라희는 딴청을 피우며 눈을 돌렸다. 상궁 차림을 한 라희를 보며 호가 한숨을 내쉬었다.

"그렇게 죽을 고비를 넘기고도, 아직도 정신이 들지 않은 것이냐?"

"…갑갑해서요."

라희가 뾰루퉁한 얼굴로 호를 쳐다보았다.

"일과도 빡세고 배워야 할 것도 드럽게 많고, 온갖 감언이설 늘어놓던 서방님은 새벽에 나가 밤에나 들어오고, 놀아주지도 않고."

"그래서 심통이 나서 나갔다? 박 상궁 옷을 빼어 입고?"

"뭐, 심통까지는 아니지만."

쭈뼛쭈뼛 하는 라희의 모습에 한쪽 입꼬리를 올린 호가 그녀를 벽으로 밀어붙였다. 그의 숨소리가 조금 거칠어졌다.

"어떻게 놀아줄까?"

"뭐라구요?"

"돌볼 정무가 많아 낮에 놀아주지 않은 것을 참으로 미안하게 생각하니, 오늘은 밤새 지루할 틈 없이 놀아줘야겠구나."

"저, 저기요! 그렇게까지는…."

라희의 말은 더 이어지지 못했다. 그의 입술이 라희의 입술을 빨아들였기 때문이다. 침범해 들어오는 거친 혀가 강하게 라희의 입을 탐닉했다.

"으읍…! 사양할게요. 오늘은 피곤하단 말이에요. 아직 씻지도 못했고…."

자신을 밀어내며 손사래를 치는 라희를 보고 호는 풋 웃었다. 내관들의 녹의나 다를 바 없어 보이던 상궁복이 이리도 자극적인 줄은 처음 알았다. 흐트러진 옷매무새를 손질하려는 라희의 손목을 잡았다.

"그럼 벌이라고 치자."

"…."

"허락도 없이 도망 나간 벌."

자신을 원하는 그의 강렬한 눈빛에 가슴이 고동쳐왔다. 그의 입술이 다시 달싹였다.

"보고 싶었다. 오늘도, 하루 종일."

그의 입술이 다시 라희를 덮쳤다. 라희도 벅찬 마음으로 그의 침범을 받아들였다. 그는 라희의 입술을 탐하고, 목을 탐하고, 가슴을 탐했다. 그녀의 달뜬 신음 속, 그가 하루 종일 라희의 얼굴을 떠올릴 때마다 참아야 했던 욕심을 양껏 풀어내었다. 가지고 또 가져도 그녀가 갖고 싶었다. 몇 번이나 눈앞이 아득해졌다가 끝내 잠든 라희의 이마에 입을 맞춘 호는 새벽녘에야 잠이 들었다.

***

"오늘은 출근 안 해요?"

창호지 밖으로 새어드는 빛을 보았을 때, 꽤나 늦은 아침인데도 호가 아직도 곁에 누워 자신을 바라보고 있었다. 박 상궁이 깨우러 오지 않은 것도 이상했다.

"섭섭하다 하지 않았느냐."

"그래도 일이 많댔잖아요. 설마 오늘 휴가라도 쓴 거예요?"

"휴가라. 그리 말할 수도 있겠군. 왜? 싫어?"

비스듬히 누워 자신을 바라보는 그의 얼굴, 세수도 안 했을 텐데 광채가 나도록 잘생겼다. 대충 떠도 그윽할 것 같은 눈매와 조각상을 보는 듯한 콧대. 비현실적이다. 입고 있던 옷이 흰 비단복이 아니라 티셔츠였으면 아마 CF 속 한 장면 같았을 것이다.

"싫은 건 아닌데…."

라희는 말끝을 흐렸다. 이 잘난 남자와 온전히 하루를 보낸다라, 세상 가장 행복한 일일 듯싶지만 오묘하다.

"싫은 건 아니다?"

그의 입술이 비틀렸다. 그가 이렇게 미소 지을 때면 불안하다. 악마 모드로 돌변하기 직전의 그 미소.

"바쁜 정무를 물리고 오로지 내 것, 너와 함께하기 위해 곁에 있는데. 싫은 건 아니다? 겨우, 싫은 건 아니다?"

"스톱! 스톱! 아니, 내 말은 그게 아니라!"

"내 너무도 섭섭한 나머지 벌을 줘야겠구나."

라희는 앉은 채로 뒷걸음질 쳤다. 와락 다가오는 그를 힘껏 밀어내려 했다.

"말실수… 말실수라고요! 아니 아침부터 낮 뜨겁게 뭐 하는 거예요? 나 이러다 몸살 날 것 같다고요. 그쪽은 이팔청춘이지만 나는! 아니, 나도 다시 청춘이구나…."

질겁하며 횡설수설하는 라희의 모습에 귀엽다는 듯 웃음기를 머금고 호가 말했다.

"그래, 뭐 아침만 있는 것은 아니니. 정오 무렵도 나쁘지는 않다."

"나가요! 우리 같이!"

"뭐?"

"데이트! 그래, 오늘 우리 데이트 하는 거예요. 그니까 둘이 손 잡고 바깥나들이 하는 거."

한 방 안에 하루 종일 함께 있었다가는 그의 혈기에 쉴 새 없이 잡아먹히고 말 것 같았다. 늦게 배운 도둑이 날 새는 줄 모른다더니, 호가 그랬다. 아무리 여인에게 관심이 없었더라도 이렇게 혈기 왕성한 탐심을 어찌 참았을까 궁금할 지경이었다.

"싫다."

"아니 왜요? 날도 따뜻한데 왜 싫은데요?"

"넌 사내를 몰라."

"무슨 엉뚱한 소리예요? 내가 남자를 모르긴 뭘 몰라요? 허, 참."

라희를 바라보던 리센의 눈빛을 떠올리자 문득 불쾌해졌다. 현과 비슷한 욕심이 그에게도 담겨 있었다.

"넌 네가 얼마나…."

백옥처럼 흰 피부, 크고 맑은, 그러나 고혹적인 라희의 눈이 자신을 바라보고 있었다.

"…얼마나 어여쁜지, 사내를 자극하는지 몰라. 그놈들이 널 어떤 눈으로 보는지."

예상치 못한 그의 말에 라희는 말문이 턱 막혔다. 하, 하고 헛웃음을 치며 넘겼지만 속으로 호의 눈에 제대로 콩깍지가 쓰였나 보다 생각했다. 대수롭지 않게 김 샌 표정을 짓는 라희를 보며 호는 작은 한숨을 내쉬었다.

"궁이 갑갑해?"

"…."

"그래, 가자. 나들이. 그 데이트인지 뭔지. 네가 원하면 어디든 가야지."

"정말요?"

"내가 빈말 하는 걸 봤어?"

"아니, 그거 말구요. 내가 원하면 어디든 간다는 거. 나 가고 싶은 곳이 있는데. 아니, 꼭 보고 싶은 사람이 있어요."

라희의 기대에 찬 눈망울을 보고 호는 뒤늦게 후회했지만 늦었다. 라희는 기다렸다는 듯 호에게 다가가 낮은 목소리로 그 이름을 말했다.

***

"우와아아!"

신이 나서 폴짝폴짝 뛰는 아이의 모습에 라희는 세상 행복하다는 듯 환하게 미소 지었다. 그런 라희를 다소 생각 많은 표정으로 호가 보고 있었다. 라희와 호는 둘 다 눈에 띄지 않는 평복을 입고 있었다. 마찬가지로 여느 평민 아이와 다름없는 옷을 입은 린의 곁에는 평범한 아낙의 옷을 입은 보모상궁이 서 있었다.

"그렇게 신이 나느냐?"

"네, 숙부님! 너무 좋아요! 누나, 아니… 숙모님 감사합니다!"

자신이 장터에서 고른 장난감을 꼭 껴안고 좋아하는 린의 모습에 라희의 마음이 따뜻하게 차올랐다. 린이는 지금 호가 마련한 비밀 사가에서 기거하고 있었다. 외진 곳이라 인적이 드물어 발각되기 쉽지 않은 곳이었다.

"아버님이 사냥 나갈 때 구경한 적이 있습니다. 아버님이 짐승을 맞추셨는데, 북을 이렇게 쳤어요. 쿵! 쿵! 정말 멋졌어요!"

천진난만한 린이의 말에 호도 라희도 조금 당황했지만 미소를 잃지는 않았다.

"나인들에게 물어 봤는데, 나중에 저도 커서 노루를 맞추면 병사들이 북을 울릴 거래요. 쿵! 쿵!"

제 아비의 운명과 숙부의 운명이 뒤바뀌었다는 사실을 알아들을 리도 없고 인지할 수도 없는 어린아이였다. 호가 마음 한 구석 린이에 대한 죄책감을 느끼고 있다는 것을 라희는 알고 그의 손을 잡아주었다.

"고마워요. 소원 들어줘서."

"오늘이 처음이자 마지막이다."

"…네, 알았어요."

심복 병욱을 통해서만 먹을거리와 필요한 것을 린이와 보모상궁에게 전달하고 있었다. 찾지 못하는 곳에 숨겨 두는 것만이 린이의 목숨을 보존할 방법이었다.

"린아, 그런데 배 안 고파?"

"음…."

라희의 말에 린이 문득 허기진지 배를 매만졌다. 찡긋 미소 지으며 라희가 들고 온 보자기 하나를 더 펼쳤다.

"짜잔! 우리 린이 위해서 과자 잔뜩 가져왔지!"

"우와아아아! 우와…!"

탐스럽게 쌓여 있는 유과와 강정류, 과편류는 모두 좋아하는 것들이었다. 린이는 신이 나서 라희의 치마폭에 매달렸다. 라희가 즐겁다는 듯 까르륵 웃었다. 린이, 그리고 보모상궁과 다정스레 유과를 나눠먹는 라희의 모습을 흐뭇하게 바라보던 호가 린에게 시선을 옮겼고, 심경의 복잡함이 다시 마음을 어지럽혔다. 죽어가던 현의 말이 다시 귓가에 들려오는 듯했다.

'그 애는 내 핏줄이 아니니까….'

역적의 자식은 죽어 마땅하나 현은 린이가 자신의 핏줄이 아니니 죽게 하지 말라 하였다. 그저 린이를 지키기 위한 죽기 직전의 계책일 뿐일까. 아니, 그렇다 하기에 현은 생전에도 린이에게 지나치다시피 냉정했고 엄했다.

'린이 정말 현의 핏줄이 아니라면, 누구의 자식일까….'

옛 형수, 강아가 부정을 저질렀다는 말일 텐데. 그것도 시기를 생각해 보았을 때, 청나라 땅에서 말이다. 도무지 그 상대를 짐작할 수 없었다. 아니, 다 쓸모없는 생각이다. 지금 와서 진짜 아비가 누구인지 알아봤자 무슨 소용이 있단 말인가.

"숙부님도 드세요! 얼른요!"

유과를 들고 자신을 부르는 린이를 보며 호는 어지러운 마음을 숨기고 인자한 눈빛으로 답했다. 린이 현의 자식이 아니더라도, 호는 현의 마지막 부탁을 들어주고 싶었다.

***

린이를 보고 온 지도 벌써 나흘이 지났다. 새벽이면 서리가 내리고, 폐부로 스며드는 공기는 더욱 차가워졌다. 호는 심복 병욱에게 명해 두터운 이불 몇 채와 장작을 린이에게 보냈다. 착실한 벙어리 머슴을 고용해 후한 삯을 주며 그들과 함께 머물게 했다. 그것이 호가 린이에게 해 줄 수 있는 최선이었다.

챙!

날카로운 검날이 대기를 가르며 귀신이 울부짖는 듯한 파열음을 만들어냈다. 대나무 잎에서 떨어진 물방울이 둘로 갈라졌다. 검은 무복을 입은 호가 새벽부터 검술을 수련하고 있었다. 날래고 유려하나 굵직하고 강한 동작들은 검무처럼 아름다웠다.

휘익, 챙!

호가 날선 검 끝을 먼 산의 능선을 향해 겨누었다. 그 빈 공간에 현이 아른거렸고, 리센이 아른거렸다. 호는 다시 정신을 집중하며 잡념을 없앴다. 호가 날아오르듯 뛰어 검을 내질렀다. 굵은 대나무 한 그루가 몇 갈래로 갈라져 후두둑 떨어졌다.

"누구냐?"

작은 바스락거리는 소리도 호는 놓치지 않았다. 아까부터 느껴지는 낯선 시선을 알고 있었다. 흠칫하는 기색이 느껴졌다.

"송구합니다. 저하께서 수련을 하고 계신지 몰랐습니다."

당황한 기색이 역력한 모습으로, 열여덟이나 되었을 법한 여인이 일어섰다. 호는 미간을 찌푸린 채 그녀에게 다가갔다. 본 적이 있던 얼굴이었다.

"너는…."

"세자저하를 뵙습니다. 소녀 이판 김장호의 여식 난영이라 하옵니다."

"아, 그랬지."

이제야 생각이 났다. 옹주의 벗으로 궁에 들었다던 아이인데, 이 이른 시간에 동궁의 후원에 있다니 수상한 느낌이 들었다.

"이곳엔 어찌 온 것이냐?"

"실은 어제 옹주께서 잃어버리신 물건이 있사온데, 찾으러 주변을 살피다 길을 잃었습니다. 무례인 걸 알지만 저하께서 검을 다루시는 모습에 넋을 잃어…."

얇은 옷감으로 여민 듯한 흰 저고리 사이에 난영의 살결이 비쳤다. 그녀의 볼은 발그레했다. 호는 손에 든 검을 검집에 넣었다.

"혹시 소녀가 저하를 방해한 것이옵니까?"

"무슨 말이냐?"

"소녀 때문에 수련의 흐름이 끊겨…."

"끝낼 시간이 되었을 뿐이다."

떠오르는 아침 햇살을 등진 그가 들어온 길을 다시 걷기 위해 뒤를 돌아섰다. 깊은 눈매와 콧날, 붉은 입술. 남중일색이라는 말이 과하지 않은 그의 용모가 잔상처럼 남아 난영은 마음이 부풀어 올랐다.

"따라오거라."

"어디를… 말이옵니까?"

은근슬쩍 속살을 보여주는 저고리, 순진무구한 듯 색기 있는 말투, 사내의 자존심을 한껏 띄워주기. 오늘 난영이 준비한 세 가지 무기였다. 난영은 다음 말을 기대했다.

"길을 잃었다 하지 않았느냐? 옹주의 처소까지 데려다 주겠다."

절반의 성공이다. 난영은 기뻐 어쩔 줄 모르겠다는 미소를 띠우며 졸래졸래 호의 뒤를 따랐다. 사내들은 일반적으로 기 센 여인을 싫어한다. 내숭으로 온몸을 무장한 채, 난영은 수줍게 웃으며 그와 말을 나누었다. 소문대로 철옹성처럼 단단하고 얼음벽처럼 차가운 사내이다. 그러나 어디엔가 그를 열게 할 문이 있을 거라 믿었다.

***

슬픈 꿈을 꾸었던 것 같다. 베갯잇이 축축했다. 사춘기 때 가끔 잠에서 깨면 이유도 모르게 울고 있었을 때가 있었다. 그처럼 푸르던 나이로 돌아오자 마음도 다시 어려졌는지, 라희는 울며 잠을 깼다. 무슨 꿈이었는지는 기억나지 않았다.

"기침하셨습니까?"

주인보다 일찍 기상해 교대한 박 상궁이 흠칫 놀라며 라희를 맞았다. 이제 동이 트기 시작한 이른 시간인데 벌써 일어나다니, 해가 서쪽에서 뜨려나 보다 생각했다.

"데운 목욕물을 준비할까요?"

"아뇨. 그냥 정방에서 알아서 씻고, 산보나 갈게요."

"하오나…."

"동궁 마당에서 바람이나 쐴 거니 걱정 말아요."

쌀쌀한 날씨임에도 뜨뜻한 물이 당기지 않아, 궁녀들이 사용하는 비좁은 시설에서 대충 미지근한 물로 샤워를 끝낸 라희는 옷을 갈아입고 밖으로 나섰다. 격식을 따지지 않는 라희의 행동에 궁인들이 질겁을 하곤 했지만, 호가 라희의 뜻을 따라주라 명한 이후에는 암묵적으로 라희의 기행이 허용되고 있었다.

"후…"

불을 뜨끈하게 떼서인지 실내에 있을 때는 이리 쌀쌀한지 몰랐는데, 밖에 나오니 입김이 하얗게 불어져 나왔다. 그래도 오랜만에 아침 공기를 들이키니 상쾌했다.

"…놀랐지 뭡니까, 호호호호!"

"…그랬구나."

적막 속에 남녀의 대화 소리, 여인의 웃음소리가 몽롱하게 들려왔다. 라희는 반사적으로 주변을 두리번거렸다.

"…."

검은 무복과 넓은 등, 훤칠한 키의 뒷모습이 익숙하다. 후원에서 함께 나오는 여인은 속이 비치는 저고리와 붉은 계열의 치마를 입고 있었다. 갑자기 가슴이 욱신거렸다.

"앗!"

여인이 발을 헛디뎠는지, 외마디 비명과 함께 넘어지려던 것을 남자가 받는다. 아니, 안아주는 듯하다. 여인이 사내의 품에 쏙 들어갔다. 발밑이 통째로 꺼지는 듯한 기분이다. 호였다. 그는 분명 호였다.

"…합니다."

"…거라."

먼발치라서인지, 정신이 멍해서인지 그들의 대화가 잘 들리지 않는다. 그의 품에서 나와 수줍은 듯 고개를 숙이던 여인과 호가 몇 마디 대화를 나눈다. 그리고 다시 나란히 걷는다. 다른 방향을 향해 걷는다. 벌에 쏘인 듯 가슴이 아리다가, 쫓아가 발로 걷어차고 싶을 만큼 화가 치솟다가, 다시 멍해진다. 홀로 수련하러 갔을 그가 왜 다른 여인과 함께 후원에서 나왔을까. 그들은 다정해 보였다.

"마마, 산보를 가신다더니…."

"산보로는 안 되겠어요."

"예?"

"나쁜 놈. 후, 내 옷 좀 입고 있어줄래요?"

불안한 예감은 틀리지 않는다. 박 상궁의 표정이 폭격을 맞은 듯 일그러졌으나 라희는 눈에 뵈는 게 없었다.

"오늘은 옷 바꿔 입기 말고. 옷 하나만 구해다줘요."

박 상궁은 내심 생각했다. 오늘도 편하기는 글렀구나.

***

현대에서는 힘들 때 혼자 술을 마시고는 했다. 나쁜 습관인 건 알았지만 때로는 취해서라도 현실을 도피하고 싶을 때가 있었다.

그렇다고 알콜중독자처럼 방구석에서 무작정 소주를 깠던 것은 아니다. 동네의 작은 바에서 알딸딸해질 정도로만 몇 잔을 기울이고 왔을 뿐이다.

"키야아!"

딱 소리가 나도록 술잔을 내려놓자 주막의 객들이 힐끔거리며 라희를 쳐다보았다.

"어린 도령인 거 같은데 대낮부터… 쯧쯧."

"요즘 것들은 하여간."

수군거리는 소리 따위는 귓바퀴에도 굴러가지 않았다. 사내처럼 상투를 틀고 평복으로 변복을 한 라희의 모습은 어린 미소년의 모습이었다. 고운 피부와 섬섬옥수의 가는 손은 빼도 박도 못하게 여성스러웠지만, 이 시대에 여자가 사내 차림을 하고 대낮부터 술을 퍼마실 것이라는 상상은 아무도 하지 못하는 것이 다행이었다.

"후…."

아까 본 광경을 생각하면 할수록 분통이 터졌다. 호가 함부로 궁을 나오지 말라 했는데, 이렇게 가출하듯 나간 것도 반항심이었다.

"넌 네가 얼마나 예쁜지, 다른 사내들이 어떤 눈으로 보는지 몰라? 웃기고 있어, 아주. 지가 그렇게 여자를 밝히니 세상이 다 그렇게 보인 거면서."

벌컥, 또 한 잔의 탁주를 들이켰다. 몽롱하다. 호와의 첫날밤, 술 한 병을 들이켜고 다음날 엄청나게 고생한 뒤로 술을 쳐다보기도 싫었는데. 오늘은 땡긴다. 미치도록.

"에이씨, 바로 머리채를 잡아끌었어야 하는 건데."

이글이글 라희의 눈이 타올랐다. 주모가 혀를 끌끌 차며 부침개와 국물 한 사발을 내려놓고 갔다. 라희의 행색이 영 못미더웠는지 값은 선불로 받았다.

"무슨 힘든 일이 있었기에 백주대낮부터 술판이야?"

누군가 라희의 상 맞은편에 불쑥 나타나 앉았다.

"라희 도령."

어지러웠지만 눈을 찌푸리며 앞을 바로 보았다. 눈이 붉다. 어릴 적 파충류 전시회에서 보았던 백사처럼 피부가 희다.

"리셴?"

"이거 몇 개?"

리셴이 손가락 두어 개를 흔들었다.

"확 부러뜨려 버릴라. 두 개잖아요!"

"뭐야, 이런 거친 면모도 있었어? 갈수록 끌리는데?"

"남자들은 다 똑같아. 말은 청산유수."

"널 속상하게 했어? 네… 서방이?"

라희는 대답 대신 술잔을 벌컥 들이마시더니, 탁 내려놓았다.

"…나쁜 새끼."

빈궁의 입에서 나올 만한 소리는 아니다. 취기에 달아올라 붉어진 볼에 뾰루퉁한 라희의 모습이 리셴의 눈에는 그저 미치도록 귀여웠다.

"널 서운하게 하다니, 나쁜 새끼 맞네."

"그 사람 욕하지 말아요."

"뭐?"

"욕해도 나만 욕할 거예요."

라희는 후, 하고 한숨을 깊게 내쉬었다. 오해일까, 오해일 수도 있지 않을까. 하지만 오해더라도, 아까의 그 모습은 마음이 너무 아팠다.

"내가 그 사람만의 여자이듯, 그 사람도 나만의 남자일 거랬는데…. 나쁜 새끼."

바람을 피웠던 전 남편. 과거로 비롯된 트라우마일 수도 있다. 그래서 지나치게 예민해졌을 수도 있다. 그렇게 제 자신을 다독여 보려 했지만 아픈 건 어쩔 수 없다.

"부럽다."

"뭐가요?"

"세자 자리이든, 왕의 자리이든 부럽지 않은데. 너 같은 여자가 그자를 좋아한다는 것이 부러워."

"나 같은 여자가 뭔데요?"

드라마 속에나 나올 법한 대사이다. 리센이 깊고 진지한 눈으로 라희를 바라보았으나, 라희는 심히 어지러워 그런 분위기를 느낄 새가 없었다.

"그래요. 나 그 사람 좋아해요, 너무나."

"…."

"그래서 맘이 아파요. 그 사람이 다른 여자랑 있으면."

리센은 앞에 놓인 잔에 술을 채워 입안으로 털어 넣었다.

"우씨, 내 술이에요."

"치사하게 굴지 마. 마음 아픈 사람끼리 한잔하자구. 날도 풀렸는데.”

“리센도 마음 아파요? 왜요?”

“그 사람이 다른 남자와 있어서. 매일, 온종일.”

리센이 무슨 말을 하는지 알아들을 수 없었다. 취기가 한계에 다다른 라희는 꾸벅꾸벅 졸기 시작했다. 리센은 자신의 겉옷을 벗어 라희에게 덮어씌워 주었다. 그리고 또 한 잔을 들이켰다.

“어떡하지. 이렇게 자꾸 욕심나서.”

리센은 중얼거렸다. 처음에는 그녀를 그저 조금 독특한, 보기 힘든 좋은 물건이라 생각했는데, 어느 순간부터 점점 마음을 빼앗기고 있었다. 홀리듯이. 늦가을의 그 낮. 바람이 차갑기보다는 쓴 느낌이었다.

***

청 친왕의 그림자들 중 하나인 산은 주군의 친서를 읽은 후 그것을 불에 태워 없앴다. 그의 곁에 있던 무인이 의아하다는 듯 물었다.

“세손을 더는 찾지 않는 것 아니었습니까?”

“드러나지 않게 찾는다.”

“그것이 무슨….”

그의 조직은 조선에도 도처에 뿌리를 두고 세를 키워가고 있었다. 이판을 통해 세자빈 자리를 노리고 있는 난영 역시 그중 하나였다.

"심양에서 이현과 그 처에게 딸려 있던 시녀가 오래된 편지를 가지고 주군을 찾아 왔다고 한다."

"이현이라면 죽은 세자 아닙니까?"

"주군과 친분이 있었다. 그 처 또한."

"편지라면 무엇을…."

"현이 처를 죽이고 그 시녀 또한 죽이려 했으나, 시녀는 현의 처가 주군에게 전하라는 밀서를 가지고 간신히 도망쳤다. 그러나 부상이 심해 오랫동안 깨어나지 못했었다고 한다. 그것이 벌써 5년이 넘었는데, 무슨 운명의 장난인지 이제야…."

무인은 산이 하는 말이 무엇을 뜻하는지 짐작할 수 없었다.

"오래된 편지의 내용이 무엇입니까?"

산은 제 자신도 믿기지 않는다는 듯 짧은 한숨을 내쉬더니, 말했다.

"내가 당신의 아이를 낳았습니다."

***

늦은 오후, 평복을 입은 호가 굳은 얼굴로 리셴의 대문을 두드렸다. 자신을 알아보지 못하고 막아서는 하인들을 때려눕힌 호는 금방이라도 검을 뽑아들 기세였다. 작은 누각에서 여유롭게 혼자 차를 즐기던 리셴이 호의 등장을 보고 픽 웃었다.

"내놓아라."

"싫다면?"

"신세를 진 적 있다고 네 오만불손함을 더 눈감아주리란 착각은 하지 말아라."

방금까지만 해도 차의 향과 맛이 아주 좋았는데, 리센은 찻잔을 내려놓았다. 호는 역시 라희의 뒤에 사람을 붙여 두었던 모양이었다.

"술에 취한 라희를 내 집으로 모셔둔 것이 오만불손이라면, 이 쌀쌀한 날에 노상에서 얼든 말든 지나쳐야 했나?"

"일국의 세자빈인데 네가 부를 수 있는 이름이 아니다. 빈궁마마라 부르거라."

"그렇게 소중하면 좀 잘해주지 그랬어. 오죽 속상하게 했으면."

비아냥거리는 듯한 리센의 태도에 호는 그에게 성큼성큼 다가가 한쪽 옷깃을 멱살 쥐듯 잡았다. 리센 역시 이전의 능글능글함은 그저 가식이었던 것처럼 맹렬한 기세로 호를 노려보았다.

"둘 다 그만해요!"

때마침 잠에서 깨어 사랑채에서 나온 라희가 둘의 대치를 목격하고 놀라 달려갔다. 라희는 호의 팔을 붙잡고 그를 떼어 놓았지만 둘의 오고가는 눈빛 속에는 여전히 불꽃이 튀고 있었다.

"다 나 때문이에요. 내가 너무 취해서 리센이 도와준 것뿐이라구요!"

라희를 돌아보는 호의 눈은 심장을 얼려버릴 듯 차가웠다. 그는 정말 화가 나 있었다. 그는 다시 리센을 살기 가득한 눈으로 노려보고는, 라희의 손목을 낚아채 그 집을 빠져나왔다. 마당에는 널브러진 하인들이 아이고 하며 허리나 다리 따위를 두드리고 있었다.

"…."

그에게 거의 끌려가듯 한참을 잡혀가던 라희가 문득 강하게 그의 손을 쳐내었다.

"뭐 하는 거냐?"

호의 차가운 목소리가 가슴에 비수처럼 꽂혔다. 속이 메스꺼웠다. 술을 많이 먹어서가 아니라 아침의 그 장면이 생각나서. 호의 입가가 비틀렸다.

"리센이 잘해주겠다고 해? 나처럼 바쁘지도 않고, 널 혼자 놓아두지도 않고 항상 네 곁을 지키겠다고? 그래서…."

말 같지도 않는 그의 오해에 라희의 가슴속에서 울컥 무엇인가 올라왔다. 호의 말이 쐐기처럼 박혔다.

"그자에게 가고 싶은 거냐?"

그래, 이런 장면에서 사극 여주인공들은 어떻게 했더라. 라희는 아랫입술을 깨물었다. 취기로 가라앉았던 분노가 샘솟는다. 비록 겉은 이팔청춘일지라도 속은 너무 많은 세상의 풍파를 겪어 버렸다.

"…놈."

"뭐?"

"이 나쁜 놈아!"

정적 속에 휭 하고 바람이 불었다. 라희의 외마디 고함소리가 메아리치듯 바람을 타고 울려 왔다. 별안간 자신을 물어뜯을 듯 노려보는 라희는 영락없이 첫날밤의 그 모습이었다. 호의 눈썹이 꿈틀거렸다.

"나만 본다며! 다른 년 안 들인다며! 이 거짓말쟁이! 사기꾼!"

"대체 그게 무슨 뚱딴지같은 소리…."

"아침에 다 봤거든요? 아주 딴 년 품에 안고 좋으셨나 봐요? 그래! 내가 속상해서! 술 좀 마셨어요. 마셨다구! 다 그쪽 때문에!"

처음엔 이게 무슨 소리인가 했다. 딱히 기억에 담아두지 않았기 때문이다. 호의 인상이 일그러졌다. 아침에 김장호의 딸을 우연히 마주쳤고, 길을 잃은 그녀를 옹주의 처소까지 안내해줬다. 중심을 잃어 넘어지려 했기에 부축해 주었을 때, 잠시 제 품에 안겼던 것 같기도 하다.

"본 것이냐?"

툭 던지는 호의 말에 라희는 열불이 치솟았다. 그런 현장을 와이프에게 목격당해 놓고 저 죄책감 없이 태연한 말투라니.

"변명도 안 하시네요? 그래, 이러니저러니 해도 그쪽도 남자인걸. 달려드는 여자들은 많고, 이 시대에서는 첩 여럿 두어도 불법이 아니니. 근데 말이죠? 그 거지 같은 사상 다 이해할 수 있어요. 그래도! 그래도! 나한테 거짓말하는 건 아니잖아요?"

"무슨 거짓말."

"당신에게 여자는 나 하나뿐일 거라면서요."

호를 노려보는 라희의 눈가가 약간 붉어져 있었다. 호는 한숨을 푹 내쉬었다. 그녀의 실망스러운 감정이 절절히 느껴져 마음이 무거웠다.

"거짓말 한 적 없다."

"또 거짓말!"

"믿어줘. 다시 한 번 네게 청하겠다. 나를 믿어."

그를 얽어매던 분노는 사라진 채, 그 눈에는 진중함만이 있었다. 라희는 가슴이 아팠다. 그리고 혼란스러웠다. 그는 분명 믿을 만한 사람이었으나, 제 눈으로 본 것이 있는데 어떻게 믿으란 말인가.

"다 내 잘못이다. 너를 오해하게 한 내 잘못. 너를 속상하게 한 내 잘못. 그저 길을 잃은 사람을 데려다준다 생각했을 뿐이었는데, 널 헤아리지 못했다."

"…."

"그러나 믿어줘."

그가 다가와 라희를 제 품에 꼭 끌어안았다. 울컥 감정이 터진 라희는 그에게서 벗어나려 반항했으나, 그는 그럴수록 라희를 더 꽉 안았다.

"네가 좋다. 너만 좋다."

귓가를 파고드는 그의 말에 라희는 반항을 멈추고 그의 품에 오래토록 안겨 있었다. 젖은 눈이 스르르 감겼다. 힘차게 울리는 그의 심장 박동이 느껴졌다. 진실로 뛰어오르는 그 소리에 귀를 기울인 채, 라희는 그의 품에 이마를 푹 기대었다.

***

대조전의 흥복헌, 중신들이 임금 앞에서 모여 어전회의에 열을 올리고 있었다. 조세에 대한 논의였다. 왕은 다소 무심해 보이는 듯한 표정으로 자리에 앉아, 그들의 대화에 귀를 기울이고 있었다.

"삼남 지방의 조세를 반으로 경감하자니, 이 시국을 인지하고 있는 겁니까? 대동법이 시행된 이래로 이미 백성들은 조세의 짐을 많이 덜었습니다."

"올해 비가 내리지 않는 통에 흉작이 심해 백성들이 큰 고초를 겪고 있다 합니다. 납세의 방법이 편해졌다고는 하나, 납세할 곡식이 수확되지 않는데 무슨 소용이겠습니까? 전하께서는 윤허하여 주시옵소서."

"이는 아니 될 말입니다."

호판 장윤의 말을 이판 김장호가 정면으로 막아섰다.

"조세의 경감은 세폐(공물)에 영향을 미칠 수밖에 없는데, 자칫 청에서 트집을 잡아 무리한 요구를 해올까 저어됩니다."

"청에 미리 사신을 보내어 이해를 구하는 것이 어떠합니까?"

"그놈들은 사람의 탈을 쓴 짐승입니다. 조롱과 모욕이 돌아오지 않으면 다행입니다."

김장호의 말에 장윤은 물러서지 않았다.

"백성들의 피눈물을 덜어 줄 수 있다면 그깟 조롱과 멸시를 두려워하는 것이 수치스러운 일입니다. 이판께서는 저번에는 관리들의 봉록을 올려 달라 청하시더니 백성들의 고통을 경감하자는데 어찌 이리 반대하고 나오시는 겁니까!"

"조선은 사대부의 나라입니다! 호판 대감이야말로 어찌 같지 않은 것을 같다고 억지를 부리십니까!"

장윤과 김장호의 언성이 높아지자 영상이 중재하고 나섰다.

"둘 다 그만하시오. 어전에서 소리를 높여서야 되겠소?"

“이판의 말에도 일리가 있으나, 호판의 말도 와당구려.”

팽팽히 신경전을 벌이던 그들이 임금의 말에 황급히 고개를 숙였다.

“어려운 때 관리들의 봉록을 경감하고 왕실의 곳간을 줄이면 청에 사신까지는 보내지 않아도 될 일이오. 호판의 말대로 삼남 지방에는 조세에 예외를 둘 것을 명하오. 단 절반은 과하니 그보다는 덜 경감하시오. 짐도 그곳의 사정을 익히 들은 바 있소.”

“전하!”

“성은이 망극하옵니다!”

왕의 판결에 희비가 엇갈렸다. 김장호는 호판 장윤을 보며 이를 으득 갈았다. 청렴하고 계파를 타지 않는 그는 큰 적수로까지 여겨지지는 않았지만 눈엣가시였다. 특히나 난영을 세자빈의 자리에 올려야 하는 이때, 장윤의 딸이 빈궁의 자리를 차지하고 있다는 것은 매우 탐탁찮은 일이다.

“세자가 분명 세손을 숨기고 있을 것이다.”

어전회의가 끝나고 나온 그는 제 수하에게 확신을 담아 말했다. 그의 눈이 분노와 질투에 이글대고 있었다.

“하오나 친왕께서 더는 세손을 찾지 말라고….”

“아니, 찾아야 한다. 그래야 일이 수월하게 진행돼.”

“그러다가 친왕의 분노를 사게 되면 일이 복잡해집니다.”

“내가 그 오랑캐 섭정왕 놈의 눈치까지 보아야 한단 말이냐! 세손을 찾아야 그것을 빌미로 세자빈과 장윤을 함께 쳐낸다."

김장호는 우물쭈물할 뿐 빠릿하게 행동하지 못하는 수하에게 냅다 호통을 쳤다.

"찾아라. 찾아야 한다! 조선 팔도를 전부 뒤져서라도!"

"…명 받들겠습니다."

세손이 무슨 의미가 있다고, 친왕이 그것까지 제 뜻대로 하는지 김장호는 화가 치솟았다. 만일 친왕과의 협력이 깨져 그가 난영을 다시 데려간다면 다른 꼭두각시 여자아이를 대신 세자빈에 밀어 넣으면 된다. 그는 어찌되었건 조선 권력의 정점이 되고자 하는 오만한 욕심에 휩싸여 있었다. 영상에게 가서 세손의 일을 다시 공론화하도록 설득할 생각이었다.

***

자금성 밖의 예친왕부, 실질적으로 중원재패를 달성하며 순치제의 섭정으로서 청 제국의 실권을 쥐고 있는 친왕 도르곤이 머물고 있는 곳이다. 땅을 박차고 하늘을 딛는 듯 역동적으로 질주하는 명마 위에 두터운 갑옷을 걸친 그가 노련한 기수처럼 움직이며 활을 당겼다. 그의 눈이 빛나고 활시위를 놓는 소음이 들렸다. 풀어 놓은 새 두 마리가 꿰뚫려 바닥으로 툭 떨어졌다. 뒤따르던 장수들이 멈추어 주군을 예찬했다.

"눈으로 보고도 믿지 못하겠습니다."

"조자룡은 일백 장이나 떨어진 돛 줄을 화살로 끊었다고 하던

데, 왕야께서는 이백 장 떨어진 명줄도 활 하나로 쥐락펴락 하실 듯합니다."

장수들의 극찬에도 그의 눈은 감흥 없이 쓸쓸했다. 파닥거리다가 죽어 가는 새, 그 눈동자 속에 한 여인이 보였다. 오랫동안 잊고 있었던 여인이다. 죽었고, 다시는 돌아오지 않을 여인이다.

'강아….'

청나라 최고의 실권자인 그에게는 여인이 많았다. 적복진(정실부인)이 다섯에, 측복진(측실부인)이 넷이다. 그들 중에는 조선 여인도 있었다. 그러나 그 모두가 그녀만큼의 강한 기억을 그의 가슴에 남기지는 못했다. 또한 아홉의 적복진과 측복진 모두 그의 아들을 낳지 못했다. 그러던 그에게 얼마 전 마음에 큰 파동을 몰고 온 밀서가 전달되었다.

"산이는 소식이 없느냐?"

"지금쯤 서신을 받고 총력을 기울이고 있을 것입니다. 하오나 찾는다 하더라도 조선과는 거리가 거리인지라…."

"조선으로 가야겠다."

"왕야께서 직접 행차하신다는 말씀이옵니까?"

도르곤은 말을 거칠게 때리며 자신의 궁으로 내달리기 시작했다. 강아의 시녀가 가져온 서신이 진실이라면 더 지체하고 있을 수 없었다. 얼마 전 꿈에서 현이 나타나 마지막 인사를 했다. 현이 역모의 혐의로 쫓기고 있다는 소식을 들은 지 얼마 되지 않았는데, 예감대로라면 현은 분명 죽었을 것이다. 오 년 전 잃어버린 그녀와의 운명이 다시 자신을 이끌고 있다는 생각이 들었다.

***

달이 환한 밤, 양가댁 아씨처럼 고운 치마에 댕기머리를 한 라희가 호의 손을 잡은 채 어두컴컴한 길을 걷고 있었다. 화려한 꽃들 대신 길가 양 옆으로 자라 있는 억새풀이 살랑거리며 그들을 환영했다. 늦가을의 길에서는 비에 젖은 흙 향이 났다.

"여기는…!"

분명 와본 적이 있는 장소였다. 묻어두고 있었지만 잊을 수 없는 곳이었다.

"그때 내가 한 말 기억해?"

아까의 일 이후로 종일 어색해 시선을 돌리던 라희를 호는 이곳까지 이끌고 왔다. 달빛에 비춘 그의 선은 비현실적일 만큼 아름답다. 여전히 위험하다. 그 눈이 라희를 담고 있었다.

"너에게 내 생을 발목 잡힐 생각, 아주 많다고 했었지."

"…그게 왜요? 후회해요?"

그의 고백에 답했던 장소이다. 정확히 말하자면 한 번 거절했다가 그에게 다시 넘어가버렸던 곳이다. 저 아름다운 호수에 반해, 아니 호수보다 넓고 깊을 듯한 그의 마음에 빠져. 라희의 물음에 그는 한동안 답이 없었다. 그래, 후회할 만도 할 것이다. 라희는 자조했다.

"똑 부러지고 맹랑한 줄 알았는데 바보 천치구나."

예상치도 못하게 훅 들어오는 그의 공격에 라희는 반사적으로 그를 찌릿 노려보았다.

"내가 왜 후회할 것이라고 생각해?"

"…그건 내가, 내가… 우씨! 내가 바보 천치라며요! 내가 호한테 질투나 하고! 피곤하게 하고!"

"네가 나를 믿지 못한다고 생각했는데, 그게 아닌 것 같다."

그의 말에 라희의 말문이 막혔다. 그는 작은 한숨을 내쉬었다.

"너는 네 자신을 믿지 못해."

그의 말에 망치에 머리라도 맞은 듯 뒤통수가 띵했다.

"내가 내 자신을 믿지 못하다니 그게 무슨 말이에요?"

"네 스스로의 가치를 믿지 못한다고, 이 바보야. 네가 다른 사람에게, 나에게 얼마나 큰 존재가 될 수 있는지. 아니 얼마나 큰 존재인지. 백번을 말해줘도 왜 믿지 않아?"

직설적으로 표현하자면 자신감 부족이다. 제 약점을 콕 찌르는 그가 미웠고, 한편으로는 고마웠다. 생각하지 못했던 부분이다.

"아까의 일은 백번이라도 너에게 사죄할 생각이 있다. 온전히 내 불찰이었으니까. 하지만 다시는 그런 식으로 말하지 마. 난 너와 함께한 순간 그 하나하나, 좋은 기억도 좋지 않은 기억도 후회하지 않아."

"…."

"그러니 다시는 내 마음을 부정하는 말 따위는 하지 말아라. 아무리 속상하더라도."

가득 떠오른 달처럼 마음이 벅차오른다. 호수에 가득 담긴 별은 그날처럼 영롱히 반짝인다. 라희가 끝내 울먹였다.

"응, 응…. 절대로 안 그럴게요."

라희와 마주선 호의 손이 그녀의 머리를 귀 뒤로 쓸어 넘겼다. 그녀의 입술을 담기 위해 고개를 숙여 다가왔을 때 문득 라희가 손을 뻗어 호의 두 볼을 감쌌다.

"잠깐."

라희의 두 눈이 그를 담고 있었다. 라희의 붉은 입술이 달싹였다. 꼭 하고 싶은 말이었다.

"사랑해요."

라희가 발꿈치를 들어 그에게 훅 다가가 입을 맞추었다. 사랑스러운 그녀의 움직임에 자극받은 호는 맹렬히 그녀의 입으로 파고들어 소담스러운 입술과 혀를 제 것인 마냥 끝없이 탐닉했다. 밤이 깊어지고 있었다.

***

나홀로 조선시대로 타입슬립한다는 것은 혈육과 친지 따위도 없고, 살아온 길을 공감할 사람 하나 없는 외로운 인생이 시작된다는 것을 의미한다. 라희 또한 호를 제외하고는 심적으로 어디 하나 의지할 곳 없다 생각했다. 하지만 반가운 소식에 설레는 걸 보니, 자신도 모르게 의지하고 있었나 보다.

"호판 대감 드십니다."

박 상궁의 말에 라희는 안면 가득 미소를 띠었다.

"무탈하셨습니까, 빈궁마마."

"예, 아버님."

라희의 아비이자 호판 장윤 영감이었다. 처음 그의 집에서 깨어났을 때 참 많은 일이 있었는데, 라희는 지금도 그때의 일을 생각하면 웃음이 났다.

"안색이 밝아 보입니다."

"아버님. 저번에도 청했지만 그냥 둘만 있을 때는 말씀을 놓으시면 안 될까요?"

"안됩니다. 법도에 어긋납니다."

호판 장윤은 단호히 거절했다. 그가 자신의 청을 들어 주지 않는 이유가 혹시나 딸의 흠이 되지 않을까 걱정해서라는 것을 라희는 잘 알았다. 조선시대에 와서야 처음 만난 인연이지만 장윤을 생각하면 친정처럼 푸근한 느낌이 들었다.

"네, 제가 어떻게 이기겠어요."

"훗날 내명부를 이끄시려면 사사로운 것에 치우치지 않고 왕실의 본이 되셔야 합니다."

장윤은 다소 엄히 말했다. 중전이 반폐인 상태로 감금되어 있는 이때, 그리고 왕이 새로운 중전을 들일 것 같지도 않는 상황. 라희는 궁 안의 여성들 중 일인자라 해도 과언이 아니었다. 왕의 첩들이 있기는 하나 엄연히 세자빈과는 품계가 다르다.

"명심할게요."

"빈궁마마, 제가 오늘 찾아뵙고자 한 것은…."

장윤의 안색이 다소 어두워졌다.

"빈궁마마께 물을 것이 있어서입니다. 이 애비에게 솔직히 답해 주셨으면 합니다."

갑자기 무거워진 분위기에 라희는 조금 당혹해했지만 고개를 끄덕였다.

"네, 말씀하세요."

"혹시…."

그가 말을 흐렸다가, 다시 입을 열었다.

"세손마마를 숨겨주고 계신 것은 아니겠지요? 혹여 어떠한 아는 것이 있으시다면, 말씀해주십시오."

갑작스러운 질문에 라희는 말문이 턱 막혔다. 갑자기 장윤이 세손의 이야기를 꺼내는 이유가 무엇일까? 호가 린이를 숨겨주고 있다는 사실이 드러난 것일까? 장윤의 눈에는 근심이 가득 차 있었다. 그는 진심으로 라희를 걱정하고 있었으나, 라희는 솔직히 답했을 때 장윤이 어떤 행동을 할 것인지 예측하기 힘들었다.

"아버님, 염려하지 마세요."

"빈궁마마, 마마께서는 이 부족한 애비 밑에서도 올곧고 바른 분으로 성장해주셨습니다. 전하를 도와 역모를 바로잡는 일을 해내셨을 때는 너무도 자랑스러웠지요. 그러나 오직 하나 걱정인 것은 마마께서 가지고 계신 지나친 동정심입니다."

"저는… 제가 생각하기에 옳은 일을 할 뿐이에요."

"전장의 한가운데서 적을 돕는 것이 과연 옳은 일이겠습니까?"

호도, 아버지도 모두 이 궁을 고립무원의 전장처럼 표현한다. 불의한 것을 보더라도 초연하라는 그들의 당부가 라희는 거슬렸다.

"여섯 살 아이를 어떻게 적이라 부르겠어요? 엄마도 아빠도 없는 가여운 아이예요."

"마마! 목소리를 낮추시옵소서!"

"아버님도 그 아이를 역적이라고 생각하세요?"

"역적의 자식은 똑같은 역적입니다."

장윤의 얼굴은 굳어 있었다. 라희는 한숨을 내쉬었다.

"제게 동정심이 없었더라면 지금 이 자리에 없었을 거에요. 아버님의 앞에도."

생판 얼굴도 몰랐던 호에게 시집가기로 한 것도, 혼약이 자신에 의해 깨지면 장윤이 입을 타격이 걱정되서였다. 라희는 원래 그랬다. 자신과 관계없는 일인데도, 남이 불행해지는 것을 그냥 보고 있지 못하는 성격이었다.

"그게 무슨 말입니까?"

"세손에 대해 저에게 묻지 마세요. 저는 아는 것이 없어요."

라희의 말에 장윤은 한참이나 딸의 눈을 쳐다보았다. 바르고 착하나 똑 부러지지는 못하는 아이였는데, 시집가기 하루 전 갑자기 다른 사람처럼 변하더니 지금 역시 어릴 적과는 분위기가 사뭇 달랐다. 딸을 믿어야 할까. 장윤에게는 방법이 없었다.

"간만에 만난 애비가 잔소리나 늘어놓고 있으니 싫으시겠지요."

"…."

"걱정이 되어서… 너무 걱정이 되어서 그럽니다. 애비의 마음, 이해해주세요."

장윤이 희끗희끗한 눈썹을 반달 모양으로 구부렸다. 라희는 가슴 한구석이 데워지는 듯한 느낌이 들었다. 가족, 내게도 가족이 있구나 하는 생각에 코가 시큰거렸다.

"네, 아버님…."

라희는 말끝을 흐렸다. 장윤은 라희를 애틋하고 인자하게 바라보았다. 저잣거리에 돌고 있는 희한한 소문을 핑계로 영상과 이판을 비롯한 무리들이 조정의 공론을 라희에게 불리하게 호도하고 있었다.

***

찬바람이 분 지 얼마나 되었다고, 겨울이 성큼 다가오고 있었다. 사계절이 뚜렷한 나라지만 더위와 추위는 길게 느껴지고, 막상 편히 외출할 만큼 적당한 날은 많지 않다. 조선시대 역시 그러했다. 특히 겨울은 현대에 있을 때보다 훨씬 추운 느낌이었다.

"잠깐만요. 왜 그렇게 급해요."

"따뜻하게 둘러라."

뜨뜻히 데운 방 안에서 꾸벅꾸벅 졸고 있던 오후의 시간, 별안간 문이 열리더니 용포를 입은 호가 뛰쳐 들어왔다. 그리고 두꺼운 도포를 걸쳐주더니 밖으로 끌고나가려 하고 있었다.

"오늘이 무슨 날인지 아느냐?"

그의 미소를 보며 '잘생긴 날'이라고 답할 뻔했다. 하루도 빠짐없이 잘생겼지만, 오늘따라 더 잘생긴 것 같다. 치사할 만큼 잘났다.

"무슨 날인데요, 대체?"

"너와 함께…."

동궁전 밖에 나서자마자 숨이 하얗게 변했다. 온몸에 느껴지는

한기보다 더 가슴으로 와닿았던 것은,

"…함께 첫눈을 맞는 날."

눈이 내리고 있었다. 첫눈은 보통 야박한 진눈깨비인데 함박눈이 내렸다.

"와아…."

호가 라희의 손을 꼭 잡았다. 그의 손은 차가웠지만, 그래서 더 좋았다. 차가운 만큼, 그에게는 내가 따뜻한 사람이 되는 것이다.

"예뻐요."

"너도 어여쁘다."

"우리 왕자님, 언제부터 그렇게 능글맞아지셨어요?"

현대에서보다 더한 외로움에도 초연하리라 마음을 다잡았는데, 외롭지 않다. 핸드폰도 없이 불편한 시대이지만 가슴이 비어 있지 않다. 나날이 채워져 간다.

"여인을 연모한다는 것이 이런 것인 줄 몰랐다."

"…."

"맛있는 것이 있으면 네가 생각나고, 즐거운 것이 있으면 네가 생각나고, 이렇게 눈을 보아도 네가 맨 처음 생각난다."

사랑하는 사람이 낭송하는 시를 읽듯, 그의 운율에, 그의 음성에, 손에서 느껴지는 그의 맥박 소리에 취해간다. 흩날리는 눈은 꿈속의 아름다운 풍경 같다.

"변하면 안 돼요."

"내가 할 말이다."

그의 품에 폭 안겼다. 그의 어깨, 금실에 닿아 사르르 녹아드는 하얀 눈을 보다가 라희는 눈을 감았다. 적막하다. 그들은 더 이상 말이 없었다. 그저 서로에게 기대며 이 행복이 영원했으면 바랐다.

***

호의 심복 병욱은 어둑한 새벽부터 린이와 보모상궁을 위해 장작을 그들의 마당에 배달하였다. 그들을 돕기 위해 이곳에 기거하는 벙어리 머슴이 있었지만, 그와는 별개로 병욱 역시 호의 명으로 이곳을 잘 관리해야 할 의무가 있었다. 이 장소는 호의 사람들 중에서도 병욱만이 아는 곳이었다. 병욱은 집을 나서기 전 호가 보낸 고기를 마루에 올려두었다. 아침에 보모상궁이 고기를 보고 기뻐하며 린이를 위해 고깃국을 끓일 것이다.

터벅터벅.

사람이 쉽게 발견하기 힘든, 길 같지도 않은 꼬불한 산길을 걸어 나오며 병욱은 이유 모를 시선을 느꼈지만, 주변을 둘러보아도 사람의 기척은 느껴지지 않았다.

바스락.

그때 갑자기 풀숲 어디에서인가 낯선 소리가 들렸고, 병욱은 잽싸게 몸을 날리며 검을 뽑아들었다. 온몸에 긴장이 흘렀다. 다시 바스락거리는 소리가 나더니 튀어나온 것은 다름 아닌 산토끼였다.

"휴…."

병욱은 다시 몸을 돌려 걸었다. 병욱이 뒤돌아 시야에서 사라지는 것까지 확인한 뒤, 나무 위의 복면인이 훌쩍 뛰어내렸다. 제 기척을 숨길 수 있을 만큼 무예에 조예가 깊은 자였다. 그는 음침히 웃더니, 병욱이 나왔던 길의 발자취를 되짚으며 산속으로 거슬러 들어갔다.

"제 아무리 숨긴다 하더라도, 결국 꼬리가 잡혔구나, 하하하하!"

그날 오전, 사내의 보고를 들은 이판 김장호는 신이 나 웃었다. 자신이 가지고 있는 모든 사병들을 세자의 꼬리를 잡기 위해 투입한 지 며칠이 지났다. 세자의 심복으로 알려진 병욱이 지난밤 장터에서 고기를 산 것을 목격한 그들은 이틀간 중점적으로 병욱을 감시하라는 명을 받았고, 결국 린이의 거처를 알아냈다.

"일이 쉬워지는구나. 이제는 진정 세자가 결정의 기로에 서겠군. 제가 살 것인지, 제 부인을 살릴 것인지. 물론 전하께서는 세자가 후자를 선택하도록 내버려 두지 않으시겠지만."

"대감께서는 친왕의 명을 잊으셨는지요?"

앞에서 난영이 푹 한숨을 쉬며 말하자, 김장호의 표정이 일그러졌다.

"이건 둘도 없을 기회이다. 쉬운 기회를 왜 버려야 한다는 말이냐?"

"세손의 일은 찾지도 말고 덮어두라 한 데는 이유가 있을 것입니다. 그분은 두려운 분이십니다. 일을 쉽게 하려다 그르칠까 걱정됩니다."

"더 이상 말 말거라. 너 같은 계집이 어찌 사내의 대업을 왈가왈부 하느냐? 너는 그저 앞으로 세자빈이 된 이후의 일에만 대비하고 있거라."

김장호의 핀잔에 난영은 일어서서 자리를 피했다.

"그래, 어찌되었건 나는 내 일을 하면 되는 것이다."

난영은 마음을 다잡았다. 호의 잘난 얼굴과 오만한 눈빛이 아직도 눈앞에 아른거렸다. 쉽지 않은 것을 해내는 것이 더 짜릿했다. 우연을 빌미로 접근점을 만드는 중이었다. 확실한 것은 호는 난영에게 점점 경계를 풀고 있었다.

***

급한 전갈로 인해 대전에 대소신료들이 긴장한 얼굴로 모였다. 임금이 옥좌에 앉아 모두 허리를 숙여 예를 표했다. 그들 중에는 호도 있었다. 원래는 어전회의에 세자가 참여하는 일이 많지 않지만, 이번에는 임금의 명으로 호가 참석해 있었다.

"오랑캐들이 또 군사를 이끌고 와서 이 나라를 위기에 빠트리려 하고 있습니다. 급히 군사를 모아 방비해야 합니다."

"그들이 목적도 알리지 않고 오는 판국에 괜히 움직였다가는 트집을 잡힐 것입니다."

"굴욕을 되풀이할 수는 없습니다. 통촉하여 주시옵소서, 전하!"

장내에 전쟁의 기운이 감돌고 있었다. 영상을 비롯한 반청파와 친청세력들이 설전을 벌이는 판국, 이판 김장호가 말을 꺼냈다.

"그들은 전쟁을 하고자 오는 것이 아닙니다. 고작 천이 될까 말까 하는 수입니다."

"이판 대감의 말이 맞습니다. 도르곤이 직접 오는 것을 보아 중대한 문제를 논의하러 오는 것으로 사료되옵니다."

이판의 말에 장윤이 동의했다. 장내가 조용해졌다. 임금은 표정이 없었다.

"우선 그들을 맞을 관리들을 지금이라도 국경으로 보내는 것이 어떻겠습니까? 청의 황제 노릇을 하고 있는 자인데 성의 표시라도 해야…."

친청파 관리의 말을 세자 호가 막았다. 호의 눈빛은 차갑고 잔잔했으나, 살기 어린 분노가 낮게 깔려 있었다.

"예고도 없이 남의 집에 들이닥치는 무례한 짓을 환대해 줄 필요는 없습니다. 우리가 그들과 화친을 맺은 것은 맞으나, 입안의 혀처럼 굴 이유는 없습니다."

호의 말에 임금이 고개를 끄덕였다.

"그렇다면 세자는 어찌하면 좋겠는가?"

"그들이 지나는 길목에 있는 각 고을 수령에게, 그들이 원한다면 먹을 것과 거처를 제공하라고 연통하십시오. 그들이 이곳 한양에 다다르면 그때 제가 직접 그들을 맞이하겠습니다."

적대하지도 않고, 환대하지도 않고. 임금의 마음에 쏙 드는 말이자 상황에 적절한 대처였다. 도르곤이 사병들을 이끌고 조선으로 향하고 있다는 사실은 첩보를 통해 급히 들어온 사실이었다. 도무지 목적을 알 수 없는 움직임이었다.

"제가 아는 도르곤은 날뛰는 무뢰배가 아닙니다. 그를 제게 맡겨 주십시오, 전하."

한때 현의 친우나 다름없었던 그를 호는 잘 기억하고 있었다. 그릇이 큰 사내였다. 야만적일 만큼 잔인한 모습도 있었으나, 예의를 지키는 자였다.

"그래, 너를 믿고 맡기겠다."

일 년 전보다 훨씬 노쇠해진 임금이 인자한 얼굴로 고개를 끄덕였다. 아마 이번 일을 무사히 넘기면 조정에서 세자의 입지가 더욱 커질 것이다. 김장호는 고민에 빠졌다. 어쩌면 이번이 세자빈을 끌어내릴 마지막 기회일지도 모른다. 임금의 명은 그리 길지 않을 것이다. 청으로의 진출도 좋지만 그것은 먼 이야기이고, 부마의 자리가 탐이 났다.

"전하께 감히 여쭐 말씀이 있습니다."

어전회의가 끝나고 대전으로 다시 돌아가려는 왕의 앞을 김장호가 막아섰다. 아까의 자리에 모였던 모든 신료들이 떠난 후의 일이었다. 영상은 제 편이었지만, 김장호는 이 일에 선수를 치는 것이 낫다고 판단했다.

"청 친왕에 대한 소식에 마음이 어지러우시겠지만, 지체하시면 아니 되올 일이라…."

"그것이 무엇이오?"

"망측한 말씀이나, 빈궁마마께서 역적의 무리와 연관되신 듯합니다."

"이판! 세자빈이 현을 잡고 슬퍼했던 일은 다시 언급하지 말라 했을 텐데…."

김장호의 눈이 음침히 빛났다. 입은 슬픈 표정이었으나 눈만은 교활히 웃고 있었다.

"그것이 아니오라. 빈궁께서 역적 이현의 자식 이린을 숨기고 계십니다."

왕의 얼굴이 굳었다.

***

어전회의를 끝내고 동궁으로 돌아가는 길, 여인의 난처한 목소리가 들려 길을 조금 돌아가 보니 담에 난영이 매달려 있었다. 호는 의아해하며 그곳으로 다가갔다.

"무엇을 하고 있느냐?"

"앗, 저하!"

조금 엉거주춤한 자세로 담에 매달려 있는 난영의 치마폭이 조금 올라가 흰 살결이 드러나 보였다. 호의 곁을 지키고 선 별감은 침을 꿀꺽 삼켰다.

"그것이 담에 오른 새끼고양이를 구하려다가…."

"내려오면 될 것을."

"오를 때는 몰랐는데, 내려오려는데 막상 아래를 보니 겁이 납니다."

풀쩍 뛰어도 다리에 어느 정도의 충격만 갈 듯한 높이였으나, 겁이 많은 성격인지 난영은 망설이고 있었다. 대수롭지 않은 일로 귀찮게 한다는 듯, 호가 무심한 한숨을 푹 내쉬었다.

"내 어깨를 잡거라."

담의 높이는 훤칠한 호의 키와 비슷했다. 호가 난영에게 두 팔을 뻗어 내밀었다. 난영은 망설이는 듯하다가, 호의 어깨에 제 몸을 실었다. 호의 손이 난영의 등을 감쌌다. 난영이 다치지 않기 위해서였으나, 보기에는 포옹하는 것과 다름없었다.

"앗."

난영의 손이 호의 목을 둘렀다. 그녀의 큰 가슴이 물컹하며 호의 잘 다져진 몸에 닿았다. 지켜보던 내관의 얼굴이 발그레해졌다.

"이젠 놓거라."

"어머…!"

발이 땅에 닿았음에도 난영은 호를 안고 있었다. 조금은 의도된 것이었으나, 호의 표정은 단호했다. 미약이 섞인 좋은 향분도 썼는데, 이 사내는 어째서 이렇게 감흥 없는 것일까. 난영은 자존심이 상할 지경이었다. 호가 제 갈 길을 가려 뒤돌아섰다.

"저하!"

이제 최후의 수단이었다. 난영은 호에게 달려가 눈을 크게 뜨고 억울하다는 표정으로 외쳤다. 호가 난영을 뒤돌아보았다.

"드릴 말씀이 있습니다. 사람을 물려주시겠습니까?"

호가 고개를 끄덕였다. 호를 따르던 별감과 내관이 자리를 피했다. 돌담 옆, 두 사람은 조용히 마주했다. 난영이 얼굴을 붉히며 말했다. 그녀의 눈에는 아침 이슬처럼 맑은 눈물방울이 맺혀 있었다. 사내의 마음을 어지럽히는 또 하나의 무기였다.

"아시면서 외면하시는 겁니까?"

"무슨 말을 하는 것이냐?"

애절한 난영의 호소에도 호의 눈은 차갑고 무심하기 그지없었다.

"아버님을 졸라 옹주마마의 곁에 더 오래 기거하는 이유, 저하 때문인 것 아시잖아요. 저하를 한 번이라도 더 만나 뵙고 싶어서…."

난영의 가슴이 떨리고 있었다. 남자를 입맛대로 길들이는 것에 능숙한 그녀였지만, 꿈쩍도 하지 않은 이 잘난 사내에게 반쯤 진심이 되가고 있는지도 몰랐다. 그는 진정 갖고 싶은 사내였다. 호가 작은 한숨을 내쉬더니 되물었다.

"그랬느냐?"

"저하를 연모합니다."

그들 사이에 묘한 정적이 흘렀다. 호는 당혹감을 느꼈지만 무언가 대답하기 어려웠다. 어째서인지 조금 취한 듯한 느낌도 들었다.

"저에게… 조금의 마음도 없으십니까?"

물기 어린 난영의 눈빛이 호를 향했다. 검술 연습을 할 때도, 연못에서 산책을 할 때도, 오늘도, 난영을 무던히도 많이 마주쳤다. 운명을 가장한 우연, 라희의 곁을 맴도는 사내들에게 그것을 경계하였는데 막상 자신의 곁을 난영이 맴돌 때는 매몰차게 떼어내기 힘들었다.

"대답해주십시오."

바람이 불었다. 분명 초겨울의 쌀쌀한 바람이었는데 호는 어쩐지 귀 끝이 달아오르며 바람이 데워지는 듯한 느낌이 들었다. 난영의 입술은 홍시처럼 붉었다. 그리고 담 너머 그들의 긴 정적을 한 남자가 흥미롭게 엿듣고 있었다. 리센이었다.

"흠…."

의도된 것은 아니었으나, 생각지도 못한 수확이었다. 리셴의 입술이 비틀렸다. 그는 호의 대답에 촉각을 곤두세우고 있었다.

***

동궁전에 다다른 호를 라희가 반갑게 맞았다. 붉은 용포를 입은 그를 라희는 꼭 껴안았다. 상궁들이 헛기침을 하며 자리를 피해주었다. 격식에 맞지는 않으나 금슬 좋은 세자 내외의 애정행각은 꽤나 흐뭇한 장면이기도 했다. 라희는 해맑은 표정으로 그를 올려다보았다.

"밖에 많이 춥죠?"

"고뿔 조심하거라. 여인의 몸은 항시 따뜻이 해야 한다."

"추위에 남자 여자가 어디 있어요. 호도 좀 껴입고 다녀요. 움직이기 거추장스럽다고 이런 얇은 거나 두르고 다니고. 내가 내복이라도 구해줘야 하나? 히트텍이 딱인데."

그의 차가운 손을 붙잡고 라희는 호호 불었다. 그러다가 문득 멈추었다. 오늘은 뭔가 그의 느낌이 달랐다.

"그런데 혹시 오늘…."

"…."

라희의 시선이 다시 호의 손을 향했다. 라희가 말을 줄이자, 호는 어디에서 치솟는지 모르는 죄책감과 불안감이 엄습해 왔다. 라희가 싱긋 웃었다.

"무슨 일 있었어요?"

"무슨 말이냐?"

"평소 만나던 사람이 아닌 다른 사람을 만난 적 있어요?"

라희의 질문에 호는 잠시 멈칫하더니 시선을 피하는 듯했다. 그는 순간 살짝 고심했다. 그러나 스스로 답을 내었다. 모든 것을 말할 필요는 없다고.

"그런 일 없다."

라희의 시선이 잠시 아래를 향했다. 무슨 말을 해야 하는지 잠시 고민하더니 라희는 아무렇지도 않게 씩 웃었다.

"그래요? 그냥… 그냥 궁금해서요. 우리 이제 저녁 먹어요."

"그러자."

가슴 한구석이 시큰거려 왔다. 믿음. 그에 대한 믿음과 나에 대한 믿음. 라희는 속으로 여러 번 두 글자를 되뇌었다. 그러나 한 가지 사실에 대한 생채기가 꽤 아팠다. 호는 거짓말을 하고 있었다. 그의 손에서 여자들이 쓰는 향 냄새가 짙게 풍겼다.

9
아찔한 투옥일지

다음 날 호는 임금의 부름을 받고 대전으로 나아갔다. 근심 가득한 표정으로 앉은 아비를 보며 호는 조심스레 물었다.

"심려를 끼치는 일이 있으십니까?"

"임금은 만백성의 아비이다. 작은 일에 정신을 빼앗겨 큰일을 망치면 안 된다."

"작은 일은 무엇이고 큰일은 무엇입니까?"

임금의 의중을 짐작하기 힘들었다. 임금은 지쳐 보였으나 마음이 어떤 방향으로 굳은 듯, 그 말투가 단호했다.

"너는 강한 자에게 강하나 약한 자에게는 동정을 가지고 대하지. 그것은 군자의 기질이기는 하나, 왕은 조금 달라야 한다. 강한 자에게든 약한 자에게든 공정해야 한다. 이치에 맞지 않은 일에는 단호해질 필요가 있어."

"…."

"너는 오늘 이미 한 번, 네 자리를 빼앗긴 것이나 다름없다. 현이가 그런 짓을 했다면 가차 없이 내쳤을 것이다."

결국 발각된 것인가. 호의 얼굴이 굳었다.

"단 한 번의 관심도 두지 않으셨던 아이 아닙니까. 눈감아주실 수는 없는 것입니까?"

"그러지도 않을 것이고 그럴 수도 없게 되었다."

이미 이판 김장호가 세손의 거취에 대해 알게 된 이상 영상과 다른 중신들이 알게 되는 것은 순식간이다. 왕은 현을 미워했으나 린이에 대해서는 큰 관심이 없었다. 단지 현의 아들이라는 것만으로 그 싹을 잘라 버리고 싶어 하긴 했다.

"라희는 오늘부로 폐세자빈이다."

예상치 못한 왕의 말에 호의 눈빛이 싸늘해졌다.

"지금 무슨 말씀을 하시는 겁니까?"

"세손을 숨긴 것은 네가 아니라 라희다. 그 아이가 제 역할을 다하지 않으면 중신들은 네 폐위를 논할 것이다. 역적의 자식을 숨긴 죄는 세자라 해도 피할 수 없다."

"아버님께서는 이 모든 것을 멈출 힘이 있으십니다. 그 아이는 이미 한 번 아버님을 구했는데, 어찌 아버님은 그 아이를 내치려 하십니까?"

"왕은 사사로운 온정에 휩쓸려서는 안 된다. 뼈저리게 느끼거라."

호의 눈에서 무시무시할 정도로 강한 살기가 뿜어져 나왔다.

"저를 먼저 내치십시오. 세손은 제가 숨겼습니다."

"네 이놈! 정신 차리거라!"

"중전마마를, 어머님을 아직도 연모하시지요."

호의 외침에 왕이 말을 잊은 듯 그대로 얼어붙었다.

"현과 손잡고 전하를 죽이려 한 역적임에도 폐위하지 않고 살려 두시는 이유, 전하의 사사로운 정 때문 아닙니까? 도저히 죽일 수가 없어서! 떠나보낼 수가 없어서!"

"…나가거라."

반정으로 왕이 되기 전부터 함께한 조강지처였다. 처음으로 사랑한 여인이자 죽는 날까지 함께하고 싶던 여인이었다. 그녀가 궁에 들어와 궁의 여인들처럼 변해가고, 급기야 백년가약을 저버리고 자신을 죽이려 했음에도 몹시 미워하고 원망할 뿐 도저히 중전을 사사할 수 없었다.

"제게도 그런 여인이 있습니다, 아버님."

"내 꼴을 보거라."

"…."

"너는, 지혜로워야 한다. 나는 실패한 왕이지만, 너는 성공한 왕이 되어야 한다. 나는 약한 왕이지만, 너는 강한 왕이 되어야 한다."

"아버님!"

"새로운 세자빈으로는 이판의 딸을 염두에 두었다. 옹주의 벗으로 궁에 머물고 있는데 어여쁘고 마음이 곱더구나."

호는 더 참지 못하고 일어섰다. 아버지를 보는 눈빛이 이리 서슬퍼런 적은 처음이었다. 돌아서는 호를 임금이 노한 눈으로 바라보았다. 그것은 순수한 화의 감정보다는 슬픔과 고통이 섞인 분노였다.

"여봐라! 세자를 잡아두거라!"

왕의 호통에 들어오는 내관들을 뿌리치고 호는 대전의 밖으로 향했다. 왕의 명을 들은 병졸들이 자신을 향해 달려오고 있었다. 발이 묶일 것이다. 호는 무력으로 이곳에서 벗어날 자신은 있었으나 랬다가는 상황을 더 악화시킬 것이다.

"병욱아."

호는 제 그림자처럼 따르는 심복 병욱을 불렀다. 병욱은 그가 부리는 자들 중 가장 무예가 뛰어나고 몸이 날랜 자였다. 그는 별감의 복장을 하고 있었으며 궁 안에서 유일하게 부릴 수 있는 자이기도 했다. 이미 아버지가 마음을 먹은 이상 더 지체할 시간이 없었다.

"일이 급박하게 돌아간다. 당장 가서 피신시키거라."

"존명. 그런데 어디로 가야 합니까?"

병욱의 말에 호는 잠시 멈칫했다. 아마도 거처가 드러난 것으로 보이는 린이의 처소는 그의 심복들 중 병욱만이 그 위치를 알고 있다. 병욱이 아니면 린을 피신시킬 수 없을 것이다. 라희 역시 한 시라도 지체했다간 왕명을 받은 병사들이 그녀를 포박하는 것을 막을 수 없을 것이다. 둘 중 하나를 선택해야 했다.

***

어둑한 산길, 두 남녀의 다급한 발소리가 흙길에 진동하였다.

그들은 쫓기고 있었다. 지리에 익숙한 병욱이 그녀의 발걸음을 인도했다. 정말 간발의 차였다. 병욱이 그녀를 데리고 나오자마자 병사들이 우르르 그녀가 머물고 있는 처소에 들이닥쳤다.

"헥, 헥…."

그녀의 입에서 거친 숨소리가 뿜어져 나왔다. 지금껏 궁에 있으며 일평생 도주라는 것을 하게 되리라곤 상상하지 못했는데. 평소에 몸을 움직여두지 않아서인지 온몸의 근육이 비명을 지르는 듯했지만 태평하게 몸을 주무를 시간 따위는 없었다.

"이쪽으로, 이쪽으로요."

병욱이 그녀의 앞에서 샛길로 뛰며 눈짓했다. 먼 곳에서 횃불이 일렁이는 것이 보였다. 병사들이 수색에 박차를 가하고 있는 것이었다. 그녀는 갑작스레 자신에게 들이닥친 병욱의 표정을 보고 한 가지를 직감했다. 어쩌면 정말 죽을 수도 있겠구나.

"힘이… 힘이 들어서 못 가겠습니다…."

"안 됩니다. 조금만, 조금만 더 가면 저들에게 벗어나 쉴 수 있습니다."

끈질긴 추격전을 펼치기 시작한 지 벌써 네 시진이었다. 이미 두어 봉우리를 넘었다. 역모의 혐의인지라 그들을 잡으면 큰 상을 받을 것이기에 병사들은 기를 쓰고 추격했다. 그녀는 정말 기절할 것 같았다.

"헥… 헥…."

외진 내리막길은 금방이라도 호랑이가 나올 정도로 으스스했으나, 지금은 차라리 호랑이라도 나와줬으면 하는 바람이었다. 병사들이 겁을 먹고 도망칠 수 있게 말이다. 저들에게 잡히면 모진 고문 끝에 죽을 것이다.

"힘내십시오. 세손마마를 위해서라도."

주저앉았던 그녀는 병욱의 다그침에 다시 일어섰다. 병욱의 등에는 고된 표정의 세손 린이가 업혀 있었다. 아장아장 막 걷기 시작할 적부터 그녀는 린이를 제 아들처럼 지켜왔다. 그녀는 린이를 위해서라도 일어서야 했다.

"드디어 추격을 벗어난 듯합니다, 상궁마님."

병욱이 지친 안색으로 말했다. 보모상궁은 그제야 한시름 놓고 병욱의 등에 업힌 린이를 보듬었다. 그날따라 더욱 어둑한 밤하늘에는 달이 보이지 않았다.

***

백색의 의복으로 환복한 라희는 붉은 포승줄에 매여 친국장으로 가고 있었다. 상궁들의 곡소리가 동궁전에 울려 퍼지고, 라희의 주변은 의금부의 군사들이 포위하다시피 하고 있었다. 라희의 얼굴은 새하얗게 질려 있었다.

"세자빈을 앉히거라."

찬바람이 살을 에일 듯 날카롭게 옷 사이로 스며들었다. 옥좌에 앉은 임금의 모습이 보였다. 호는 없었다. 수많은 병사들과 몇몇의 중신들이 왕의 며느리 친국을 집중해서 지켜보고 있었다.

"네 죄를 알 것이다."

"…."

라희는 입술을 깨물었다. 사랑의 단꿈에 빠져 있어 잊고 있던 것일까. 이곳은 조선시대였다. 금방이라도 주리를 틀거나 살을 인두로 지지기 위해 병사들이 움직일 것 같아 정신이 아득해져왔다. 턱이 덜덜 떨렸다.

"세손은 어디 있느냐?"

"모르는 일이에요."

"내 너를 어여삐 여겨 아껴주었거늘, 어찌 나를 이리 배신하였느냐?"

"알고 있다 하더라도 말씀드리지 않았겠지만, 진심으로 모릅니다."

두려웠지만 라희는 눈을 바로 뜨고 또박또박 대답했다. 임금이 세자인 호 대신 자신에게 모든 죄를 뒤집어씌우고 있다는 것은 알았지만 그녀는 호에 대해서는 일언반구도 하지 않았다. 단지 그가 보고 싶었다.

"고신을 당해야 진실을 말하겠더냐?"

사극에서 역모에 가담된 자들을 문초하는 장면은 끔찍하기 그지없다. 라희는 그런 장면이 나올 때마다 눈을 가리거나 채널을 돌렸다. 평생 겪어본 적 없는 고통을 겪게 될지도 모른다.

"전하! 아버지가 죄를 지었다고 고작 여섯 살 난 아들이 함께 벌을 받는다는 것은 너무합니다. 가족이란 이유로 짓지도 않은 죄를 뒤집어쓴다니, 형제인 세자저하나 제수뻘 되는 저도 죄가 없다고 말할 수 있겠어요?"

"세손을 숨겨주었던 이유를 실토하는 것이냐?"
"제게 역심 따위 있을 리 없다는 거 잘 아시잖아요. 저는 전하를 모시고 환궁하여 오히려 현의 무리를 몰아낸 적 있습니다. 만일 제가 현의 편이었다면 오히려 허약해지셨던 전하께 나쁜 마음을 먹으면 먹었지, 왜 전하를 제 목숨을 걸고 도왔겠어요?"
추위와 두려움에 의한 떨림이 점점 잦아들었다. 중신들 중 일부는 라희의 말에 설득당하기라도 한 듯 고개를 끄덕였다. 왕은 복잡한 눈으로 며느리를 바라보았다. 이미 세손이 세자에게 보호받고 있었다는 것이 들통 난 이상, 희생양이 하나 있어야 했다. 라희를 미워한 적 없으나 그 죄는 라희의 몫이 되어야 했다.
"세손을 어디에 숨기었느냐?"
그의 낮은 목소리가 장내에 묵직하게 깔렸다. 김장호가 제보한 세손의 거주지로 병사들을 보냈으나 한발 늦었다. 그들은 도주한 이후였다. 왕은 오히려 잘되었다고 생각했다. 세손이 허튼 소리를 했다간 세자의 입지가 위태로워질 수도 있다. 왕은 병사들에게 다시 명했다. 세손을 발견하면 즉시 죽이라고.
"모릅니다."
라희는 단호한 눈으로 대답했다. 도주한 린이가 어디에 있는지 라희가 알 길도 없었고, 알 수 없어서 다행이라고 생각했다. 적어도 추국을 받다가 고통스러워서 말해버릴 일은 없을 테니까.
"주리를 틀거라."
"전하! 하오나 세자빈이십니다!"
왕의 명령에 신료들 몇이 놀라 명을 물릴 것을 청하였다. 그러나 왕의 눈은 차가웠다. 라희를 향한 미움이 본심이든 아니든, 옥좌에 앉은 자로서의 어쩔 수 없는 숙명이었다.

"…."

병사들이 가져오는 긴 장대 둘을 보자 라희의 심장이 미친 듯 뛰었다. 저걸 다리 사이에 끼운다고? 미친 듯 고통스러울 것이다. 이 상황을 모면할 수 있는 방법은… 없다. 아무리 생각해도 없다. 눈물이 날 것 같았지만 덜덜 떨며 기다리는 수밖에 없었다.

'도저히 죽일 수가 없어서… 떠나보낼 수가 없어서…. 제게도 그런 여인이 있습니다!'

왕의 귓가에 호가 했던 말들이 소용돌이쳤다. 호는 꼼짝없이 발이 묶여 이곳으로 오지 못할 것이다. 왕은 가슴에 깊은 통증을 느꼈다.

"아니다. 멈추어라."

눈을 꼭 감았던 라희가 다리에 닿던 나무의 차가운 감촉이 다시 사라지자 슬며시 눈을 떴다. 옥좌에 앉은 왕은 말이 없었다. 무섭고 무거운 정적이 흘렀다.

"어차피 그 아이를 숨겼던 것이 제 자신임을 스스로 실토한 마당에 더 힘 뺄 필요 없다. 옥사에 가두거라."

"하오나 세자빈마마께 세손의 위치를…."

"현이 그놈처럼 뛰어보았자 손바닥 안이다."

뱀 같은 눈으로 입꼬리를 올린 채 추국을 지켜보던 김장호가 라희를 고신할 것을 권하였으나 왕은 결국 제 결정을 물렀다. 세자와 공모한 범죄를 홀로 뒤집어쓰는 며느리에 대한 최소한의 인정이라 여겼다.

"지금 이 시각부터 세자빈 장씨의 폐빈을 명한다."

왕의 한마디에, 라희의 표정이 번개라도 맞은 듯 굳었다. 장내의 모든 중신들도 놀란 얼굴로 왕을 쳐다보았다.

"하오나 죄가 완전히 확정되기도 전에…."

"이보다 더 확정적일 수도 있는 것이오? 세자빈이 이미 세손을 제가 숨겼었다 실토하였고, 세손의 도피처에서 세자빈이 준 것으로 보이는 물건들도 발견되었소."

"…."

라희의 아비 장윤은 이 추국에 부름 받지 못했다. 궐에 들어오는 것도 어렵고 나가는 것은 더 어렵다더니, 다 거짓말이다. 불과 두어 시간 만에 폐세자빈이 될 줄은 상상하지 못했다. 라희는 슬픈 눈으로 자조했다.

'호… 난 어떻게 해야 하나요?'

린이를 숨긴 것은 제 목숨이 위협받는 지금 상황에서도 후회스럽지 않았다. 이리 될 줄 알고 다시 돌아가도 그녀는 린이를 보호했을 것이다. 단지 춥다. 맨살로 얼음 벌판에 나간 느낌이다. 몸도 마음도 너무 시려 눈물이 날 것 같았다. 호가 보고 싶었다.

***

도르곤과 군사들이 평양에 다다랐다는 급보가 전해져왔다. 이틀간 동궁에 유폐되어 있던 호는 간만에 바깥 공기를 마실 수 있었다. 그의 눈빛에는 살기가 감돌았고 얼굴은 싸늘히 굳어 있었다. 몇 번이나 이곳을 탈출해 라희를 구하러 갈까 충동이 들었으나 이성의 힘으로 간신히 그것을 잠재웠다.

"처음부터 모른 체할 것을…. 귀찮은 일에 관여하기 싫었는데."

동궁을 나서자 익숙한 사내의 목소리가 들렸다. 호는 눈짓하여 주변의 사람을 물렸다.

"나도 네놈의 얼굴을 보는 것이 반가워질 줄은 몰랐다."

"그런데 세자저하, 은근히 눈치가 빨라."

"내가 짐작한 것이 사실인지 아닌지만 말해."

"사실이야."

리셴의 답에 호의 머리가 복잡해졌다. 청나라 복식에 장식이 된 여우 가죽을 목에 두른 리셴의 입에 웃음기가 떠올랐다.

"그런데 하나만 물어봐도 돼?"

"네가 중요한 것을 확인해주었으니, 나도 답해 주는 게 예의겠지."

"라희보다 세손을 먼저 피신시키는 게 옳긴 해. 세손이 훨씬 쓸모 있는 패니까. 그런데 그 상황에서 세자저하가 세손을 택할 줄은 몰랐어. 차디찬 옥사에서 라희는 덜덜 떨고 있을 텐데. 그 와중에도 제가 죄를 뒤집어쓰려고 세자저하의 말은 한마디도 안 꺼낸다는데."

"묻고 싶은 게 뭐야?"

리셴의 붉은 눈에 떠오른 것은 멸시 어린 분노였다. 호 역시 살기 가득한 표정으로 리셴을 노려보았다.

"세자저하가 예뻐서가 아니라 라희 때문에 도와준 거야. 내가 돕지 않으면 라희가 죽을 테니까. 그렇게 죽기에는 아까운 애야.”

“목숨이 아깝다면 내 것에 대해 함부로 왈가왈부하지 마. 고작 몇 마디 나눈 걸로 네가 그 아이를 안다고 생각해?”

“적어도 내가 세자저하라면 그 아이를 이 상황까지 몰아가진 않았을 거야.”

“나도… 그러길 바랐다.”

그날의 일이 떠오르자 호는 미간을 찌푸렸다.

“내가 택했던 것은….”

***

바닥에서 흙내와 짚 냄새가 섞여 구수하게 올라왔다. 차가웠다. 얇은 소복을 입은 라희는 몸을 둥글게 말고 쭈그려 앉아 떨고 있었다. 숨이 찬 공기와 맞닿아 숨을 내쉴 때마다 앞이 뿌옇게 변했다. 옥사의 이곳저곳에서 죄인들의 신음소리가 들렸다.

“빈궁마마. 아니, 이제 폐세자빈이 되셨으니 그 이름으로 불러드릴 수는 없겠군요.”

젊은 여인의 목소리에 라희는 고개를 들었다. 막힌 옥의 맞은편에, 고운 한복을 차려입고 댕기머리를 한 어린 여자가 서 있었다. 나이는 라희의 또래나 되었을까, 아니 그보다 조금 더 어려 보였다.

“누구세요?”

말을 하는데 입술이 덜덜 떨렸다. 추운 곳에 장시간 있어서 떨림을 통제하기 어려웠다. 언젠가 맡아보았던 듯한, 진한 향이 후각을 자극했다.

“마마의 자리를 대신하여 세자빈이 될, 김난영이라 하옵니다. 처음 인사드리는군요.”

그녀는 미소 짓고 있었다. 라희의 눈빛이 적대적으로 변했다.

“그게 무슨….”

“어찌하여 그런 짓을 하여 파멸을 자초하신 것입니까? 제 배로 낳은 것도 아닌 아이인데, 동정심이 지나치셨습니다.”

“저기요. 그쪽이 누구인지는 모르겠지만 나는 내 행동에 후회하지 않아요. 그리고 세자빈이라니, 그건 그쪽의 일방적인 희망사항 같은데?”

“어찌 보면 삶은 고통의 연속이지요. 내가 사랑하는 사람이 내 마음 같지 않다는 것, 그걸 깨닫는 것은 그중에서도 어찌나 고통스러운 것인지….”

“뭐래는 거야? 자기 말만 하네.”

의금부 간수들도 그리 삼엄히 경비하지는 않는 모양이라 생각했다. 미친 여자를 제멋대로 옥에 들어오게 하다니 말이다. 난영의 입꼬리가 올라갔다.

“저를 정말 못 알아보시겠어요? 저는 마마의 시선을 느꼈는데.”

“무슨 헛소리에….”

“세자저하의 품, 참 따뜻하더군요.”

난영이 고개를 살짝 돌려 자신의 옆모습을 라희에게 보였다. 그 순간 과거에 보았던 한 장면이 라희의 머릿속에 스쳐지나갔다. 동궁의 뜰에서 호와 함께 나오던, 다정히 걷다가 호의 품에 안기던 그 여인의 옆모습이었다. 그리고 그녀에게서 뿜어져 나오는 진한 향, 호의 손에서 맡은 바 있었다.

"…."

딛고 있던 바닥이 무너지는 듯한 느낌이었다.

"기억하셨나 보군요."

"하…."

"저하께서는 강하고 완벽하신 분이십니다. 그런 분의 옆에는 당신처럼 주제 모르고 격식 없이 날뛰어, 그분의 명성에 흠이 될 여인은 어울리지 않죠. 당신께는 슬픈 일이나, 저하께서는 저를 새로운 빈으로 맞겠다 약조하셨습니다."

라희는 굳은 표정으로 고개를 숙였다. 주먹에 자기도 모르게 힘이 들어갔다. 난영의 말이 귓가를 맴돌며 윙윙 울려 퍼졌다.

"저도 알고 있습니다. 세손을 숨긴 것이 당신 혼자 한 일이 아니라는 것. 당신은 저하를 보호하기 위해 입을 닫고 있지만, 저하는 당신을 찾아뵙지 않는군요. 하기야, 세손을 피신시킬 정신은 있었지만 당신까지 도주시킬 성의는 없으신 분인걸요."

냇물처럼 매끄럽게 흐르는 난영의 말 속에는 악의가 가득했다. 난영은 품에서 작은 병을 꺼내 옥사의 사이로 그것을 내밀었다. 반쯤 넋이 나간 듯한 라희가 고개를 들었다. 도자기로 만든 작은 호리병이었다. 난영이 선심을 쓰듯 말했다.

"곧 전하께서 사약을 내리실 것입니다. 사약을 마시면 오장육부가 타는 듯 아프며 죽는 그 순간까지 고통에 몸부림친다 하더군요. 이것은 제가 당신께 드리는 동정입니다."

"…."

"마시십시오. 고통 없이 끝날 것입니다."

라희가 병을 받아들어 살펴보았다. 병을 꽉 쥔 라희의 어깨가 떨리고 있었다. 난영은 뱀 같은 미소를 지으며 라희를 바라보고 있었다. 라희가 여기서 죽어준다면, 모든 일이 쉬워질 것이다. 이 정도까지 몰아붙였는데, 절망하지 않을 리 없었다.

"…친…."

"네?"

라희가 병을 쥔 손을 옥사 밖으로 쑥 내밀었다. 자신의 명치부까지 다가온 라희의 주먹에 난영은 깜짝 놀라 뒤로 물러났다. 고개를 들자 절망과 슬픔으로 얼룩져 있어야 할 라희의 얼굴이 드러났다. 아니꼬운 듯 미간이 찌푸려져 있고 입 주변이 분노로 실룩이고 있었다. 라희가 이를 으득 갈며 난영에게 말했다.

"미친년아. 너나 처먹어."

난영의 눈가가 움찔댔다. 그녀의 방법은 조선의 어지간한 사대부가 조강지처들에게는 아주 잘 먹혔을 것이다. 그러나 라희는 다르다. 눈앞의 이 여자가 진짜 상간녀인지 예비 상간녀인지는 몰라도 씹어 먹어줄 준비가 되어 있었다. 병을 내민 손과 별개로, 다른 손이 재빨리 옥사 밖으로 나와 난영의 머리채를 틀어쥐었다. 난영의 외마디 비명 소리가 들렸다.

"꺄악!"

"남의 남자한테 꼬리치니까 좋아? 잘못했다고 빌어도 불꽃 싸대기를 날릴 판에, 뭐? 나한테 죽으라고? 미쳤어? 이게 적반하장도 유분수지! 오늘 너 죽고 나 살자!"

"이거, 이거 안 놔? 미쳤어! 꺄아악!"

난영이 반항할 새도 없이 라희에게 머리채가 잡혀 머리가 옥사의 나무틀에 쿵쿵 부딪혔다. 전쟁이 따로 없었다. 아니, 이 정도면 라희의 일방적인 공격이었다.

"그래, 나 미쳤다! 니가 꼬리치려던 그 남자, 처음에 나한테 미친개라 불렀는데 그걸 몰랐구나? 조강지처 놔두고 너랑 결혼한다고? 개 풀 뜯어먹는 소리 하고 있네! 니 머리카락 오늘은 풀이라고 치자, 내가 다 뜯어먹어 버리게!"

"으아악! 아파! 놓으라고!"

라희는 너 잘 만났다, 하는 심정으로 무자비하게 난영의 머리카락을 잡아 뜯었다. 현대에 있을 때도 전남편이 바람을 피웠을 때, 둘다 이렇게 해줬어야 했었는데 하는 후회까지 들 정도로 사정없이 머리채를 흔들었다. 난영의 고통스러운 비명이 옥사에 가득 울려 퍼지고 질겁한 간수들이 우당탕 달려오는 소리가 들렸다.

병사들이 간신히 라희의 손아귀에서 난영을 떼어내었다. 난영은 사색이 된 채 눈을 크게 뜨고 라희를 노려보며 부들부들 떨었고, 라희는 입꼬리를 한쪽만 올린 채 헐떡이고 있었다.

"이, 이런 실성한…!"

"머리채 한 번 잡히니 정신이 들지? 드루와! 드루와!"

세자빈이 내로라하는 사대부가의 여식이라 하여 크게 적수가 되지 못할 것이라 생각했던 것은 난영의 큰 착각이었다. 어릴 적부터 조직에서 산전수전 겪어오던 자신만큼이나 기도 세고 두려움도 모르는 여자였다.

“내 호의를 거절한 것을 후회하게 될 것이오.”

산발이 된 난영이 도끼눈을 뜨고 라희를 노려보았지만, 라희는 콧방귀도 뀌지 않았다.

“내가 드라마란 드라마는 다 보고 산 사람이야. 너 같은 악녀들 하는 짓은 안 보고도 다 안다고. 뭐? 호가 나를 도주시킬 성의가 없어? 네 거짓말이 더 성의가 없어.”

“지금 무슨 헛소리를 지껄…”

“됐고, 꺼져. 내 앞에서도, 그리고 세자저하 앞에서도.”

“갇혀 있는 주제에 기세가 등등하군요. 그래, 언제까지 그럴 수 있나 봅시다.”

분노에 눈가를 움찔거리던 난영이 휙 돌아섰다. 라희는 호기롭게 난영의 뒷모습을 노려보았다. 두 여인의 신경전에 병졸들이 침을 꿀꺽 삼켰다.

‘거짓이어서… 다행이야.’

난영이 새 세자빈이 될 것이며 호와 혼인을 약조했다고 말할 때까지만 해도, 흔들렸던 것은 사실이다. 그러나 그 다음에 한 말을 들었을 때, 라희는 난영이 자신을 좌절시키기 위해 거짓말을 하고 있다는 것을 깨달았다.

‘세손을 피신시킬 정신은 있었지만, 당신까지 도주시킬 성의는 없으신 분인걸요.’

그것은 명백히 사실과 다른 말이었다. 라희는 호가 대전에서 임금과 설전을 벌이고 발이 묶였던 그날을 회상했다. 쌀쌀했던 그날, 두꺼운 피복을 걸치고 동궁을 산책하던 라희의 앞에 매처럼 날쌘 한 사내가 들이닥쳤었다.

"누구세요?"

"접니다."

흑의를 입은 병욱이 고개를 들었다. 전속력으로 달려서인지 얼굴에 송골송골 땀이 맺혀 있었다.

"시간이 없습니다. 세손마마의 거취가 발각되었습니다. 군사들이 곧 들이닥치고, 전하께서는 마마를 주범으로 몰아가실 것입니다. 어서 피해야 합니다."

"뭐라구요?"

"다 제 불찰입니다. 뒤를 조심했어야 하는데, 세손마마의 처소에 드나드는 것이 발각된 것 같습니다."

"그래서 린이는요! 린이는 지금도 거기에 있어요? 이미 잡힌 거예요?"

자신의 안위보다 린이를 걱정하는 라희를, 병욱은 다급히 채근했다. 호가 그에게 급히 명을 내렸다고 했다. 라희를 최우선으로 피신시키라고 말이다.

"빈궁마마, 시간이 없습니다."

"왕명이 떨어졌군요. 그래요. 시간이 없네요."

"그럼 어서!"

"린이를 구해주세요."

"마마!"

라희는 떨고 있었지만, 단호했다. 병욱은 말도 안 된다는 듯 라희를 설득했다.

"마마를 먼저 궁 밖 안전한 곳으로 뫼시고, 수하들에게 일러 세손마마를 모시라고 명령하겠습니다. 지금 마마께서 해야 할 일은 이곳을 빠져나가는 것입니다."

"그들을 소집하려면 또 시간이 걸리잖아요. 전하의 군사들보다 더 빨리 린이에게 가야 해요. 린이는 잡히면 분명 죽을 거예요. 그쪽이 정말 발이 빠르시다 들었어요. 부탁이에요. 지금 당장 궁을 나가 린이에게 가줘요!"

"빈궁마마! 아니됩니다. 그럴 수는 없습니다."

"그리고… 만일 나까지 사라지면, 린이를 숨겨주었던 죄로 대신들이 모두 호를 물어뜯을 거예요. 전하께서 나를 잡으라 명하신 이유는 호의 죄를 저 혼자 뒤집어쓰라는 말인 거 다 알아요."

"아시면서 왜!"

"호를 위해서라도 난 이곳에 남아야 해요. 제발 린이를 부탁해요!"

라희의 결연한 의지가 담긴 눈을 보며 병욱은 가슴이 답답했으나 그녀를 데리고 갈 수 없다는 것을 인정해야만 했다. 병욱은 떨어지지 않는 발길을 옮겨 궁 밖으로 달렸다. 라희와 린, 둘 다 놓칠 수는 없었다. 그는 더 필사적이 되었다. 라희는 병욱의 뒷모습을 굳은 얼굴로 바라보았다. 얼마 되지 않아 뒤에서 상궁들의 비명 소리가 들려 왔다. 병사들이 온 모양이었다. 포박당하고, 친국 후 옥사에 갇히는 것은 순간이었다. 그것이 벌써 사흘 전의 일이었다. 라희는 차가운 벽에 등을 기대었다. 그녀는 자신의 결정을 후회하지 않았다.

***

도르곤의 소군대가 한양에 다다랐다. 이미 한 번 청나라 군대에게 자신들의 아버지, 어머니, 혹은 아들딸을 내어준 적 있는 백성들이 두려운 눈으로 그들의 행진을 바라보았다. 도르곤은 용맹해 보이는 흑마를 타고, 그의 큰 등치에 걸맞는 단단하고 무거운 갑주를 착용하고 있었다. 그의 뒤로 변발을 한 청의 장군들이 수도 없이 따르고 있었다.

"왕야께서 직접 오셨는데, 마중 나오지도 않고. 조선왕의 태도가 참으로 불손합니다."

"요새 먹고 살 만한가 본데, 폐하께 말씀드려 세폐를 더 올리라 하십시오."

마치 미개한 곳에 오기라도 한 듯 민초들을 흘겨보며 불만을 내뱉는 장군들을 도르곤은 조용히 타일렀다.

"일부러 조용히 온 것이다. 말을 삼가라."

이때, 먼 곳에서 뿌연 흙먼지가 진동하며 거친 말발굽 소리가 들려왔다. 몇 필의 말이 수십 필의 말로 늘어났고, 금세 도르곤의 지척에 다다른 그들이 말을 멈추었다. 도르곤의 흑마에 비할 만큼 윤기가 흐르는 갈기를 가진 백마에서 붉은 용포를 입은 남자가 내렸다. 도르곤은 눈을 가늘게 뜨며 내렸다. 그의 장군들도 모두 말에서 내렸다.

"왕야를 뵙습니다. 그간 무탈하셨습니까?"

조선의 왕이나 세자가 입는 복식을 한 남자는 도르곤만큼이나 키가 훤칠하고 어깨가 넓었으며 그보다 젊었다. 흰 피부와 유려한 턱선이 고와 계집 같은 분위기도 있었지만, 깊고 찬 눈매와 높은 콧대는 모든 면에서 재능이 뛰어났던 한 사내아이를 떠올리게 했다.

"오랜만입니다. 이호. 아니, 세자저하."

호를 알아본 도르곤의 인상이 부드러워졌다. 강아가 죽은 뒤 현과는 원수지간이 되었으나, 그의 동생인 호에게는 나쁜 감정이 없었다. 현과 함께 볼모로 심양에 왔을 때, 호는 십대 초반의 사내아이였다. 연배가 차이 나 함께 어울리지는 않았지만, 도르곤은 호를 기억하고 있었다.

"왕야는 그때와 변한 것이 없어 보입니다."

"세자께서는 많이 변하셨군요."

"왕야께서 무슨 연유로 조선을 찾으셨는지 알고 있습니다."

"…."

"우선 궁으로 모시겠습니다."

호의 말에 도르곤의 안색이 변했다. 고작 십대 초반이었던 호는 그때도 제 감정을 잘 드러내지 않았고, 속을 알 수 없었다. 지금도 그랬다. 도르곤이 조선을 찾은 이유는 공식적으로 말할 수 없는 이유였다. 하지만 호는 아무렇지도 않은 얼굴로 작게 미소까지 띠고 있었다.

"그럽시다."

호와 도르곤, 그리고 그들을 따르던 자들이 다시 말에 올라탔다. 도르곤은 과거와는 달리 호에게 맞존대를 하였다. 그가 조선의 세자가 되었기 때문이었다. 그를 따르는 자들은 약소국인 조선

왕과 왕실에 대해 무시하기 일쑤였지만, 도르곤은 그에 동의하지 않았다. 영원할 것 같았던 명 제국도 허무하게 지고, 후금이 모든 대륙을 재패하고 있었다. 힘은 영원하지 않다. 그렇기에 모든 작은 것들을 경계해야만 한다.

***

왕은 홀로 고심하고 있었다. 아까 내관들이 의금부 옥사의 일을 고하였다. 폐세자빈이 한바탕 난리를 피웠다고 한다. 그 아이도 억울할 것임을 이해했다. 그러나 그는 시아버지이기 이전에 아버지였다.

'그 아이를 살려주십시오. 적어도 제가 친왕을 맞이해올 때까지는 그 아이에게 해를 가하지 마십시오.'

도르곤을 맞이하러 나가기 전 호는 왕에게 다시 한 번 주청했다. 왕은 직접적인 대답을 회피하며 호를 격려하였다.

"그 아이를 제거하려면 호가 궁을 나선 지금이 적기이구나. 어쩔 수가 없다."

호가 얼마나 낙심할지, 분노할지 알고 있었다. 그러나 지금도 세자빈이 현, 그리고 린과 관련되어 있으며 엄벌해야 한다는 상소가 들어오고 있었다. 영상 일파의 짓인지는 알았다. 그러나 임금은 판단했다. 흠을 안고 있는 세자빈은 호에게 단점이 될 것이다.

"상선."

왕의 부름에 노내관이 들었다. 허리를 숙인 그에게 왕은 굳은 얼굴로 지시했다. 왕에게 가까이 다가가 그의 낮은 음성을 숙지한 상선은 명을 받들겠다 답하였다.

***

겨울이라고 다 추운 것은 아니다. 날이 풀리며 따스한 날이 있곤 한다. 삼한사온이라고도 한다. 살 떨리게 춥다가도, 오늘은 조금 참을 만한 날이었다. 호를 못 본 지도 벌써 사흘이었다. 난영의 말이 저주처럼 귓가에 떠돌았다.

덜컹.

옥사의 문이 열리더니 병졸이 주먹밥 두어 개와 물을 내밀었다. 질리도록 먹은 것이나, 배고픔에는 편식이 없다. 새벽 내내 잠은 안 오고 시장했던 라희는 주먹밥을 덥석 베어 물려다 멈추었다.

'여기서 주는 음식이나 물을 그냥 먹으면 곤란해. 엄청 고전적이고 재미없게 죽을 수도 있다고. 매번 이걸 사용해서 확인해봐.'

난영이 들리기 전, 병졸의 차림새로 변복한 리센이 옥에 다녀갔다. 그는 라희를 여기서 죽게 하지 않을 것이라는, 묘하게 감동적인 말과 함께 작은 도구를 하나 주었다.

"…!"

소매에 꽂힌 은침으로 주먹밥을 쿡 찔러본 라희는 안색이 굳었다. 은침이 푸르스름하게 변해가고 있었다.

"말도 안 돼…."

만일 확인하지 않고 그냥 주먹밥을 먹었으면 중독되어 죽을 뻔했다. 물에도 은침의 다른 끝을 담가 보았다. 거무스름하게 녹슬 듯 변하는 은침의 빛깔이 확연히 드러났다. 누군가 라희를 죽이려고 하고 있었다. 난영일까, 혹은 왕일까.

"…."

입맛이 달아난 라희는 주먹밥과 물을 바닥에 내려놓았다. 이 춥고 더러운 옥사에서 아무것도 먹지 않고 얼마나 더 버틸 수 있을까. 추위와 배고픔보다 더 처절히 라희의 마음을 찢어놓는 것은 외로움이었다. 호는 한 번도 얼굴을 비추지 않았다.

'사약을 마시면 오장육부가 타는 듯….'

난영의 말이 다시 귓가에 맴돌았다. 두렵다. 두렵지 않다면 거짓말이다. 라희는 간신히 울음을 억눌렀다. 독이 든 주먹밥이 보였다. 문득 옥에 들렀던 리센의 붉은 눈동자가 떠올랐다. 언제나 장난스럽던 그의 눈에 짙은 분노가 서려 있었다.

"나가자, 지금. 어떻게든 병사들을 따돌려볼게."

"안 돼요. 지금 내가 나가면 다시는… 호의 곁에 돌아올 수 없을지도 몰라요."

"이봐, 지금 그게 중요해? 라희 네 목숨이 위험하다고! 똑똑한 척은 다 하면서, 정작 이럴 땐 왜 이렇게 멍청해?"

"멍청한 게 아니라 믿는 거예요."

"…."

라희의 말에 리센은 입을 닫았다. 라희의 눈동자는 묘한 확신에 차 있었기 때문이었다. 혹시나 그때, 리센을 따라갔더라면 어땠을까. 라희는 상상해보았다. 후회했을 것이다. 그 모든 상황에서 라희는 호에게 온전한 믿음을 주지 못했으나, 마지막으로 그를 믿기로 결심했다. 무모한 도전일지도 모르지만 이 고초에도 불구하고 라희는 믿기로 했다.

세손을 숨긴 혐의로 병사들에게 사로잡혔던 그날, 자신을 구하러 온 병욱을 린이에게 먼저 보냈을 때, 병욱이 문득 뒤돌아서서 라희에게 말했다. 라희는 그 말을 또렷이 기억하고 있었다.

"저하께서는 분명 마마께서 저를 세손께 양보하리라고, 만약 끝까지 고집을 피우시면 마마의 청을 들어달라 명하셨습니다."

호는 라희를 잘 알고 있었다.

"그리고 그런 상황이 벌어지면 마마께 꼭 이 말씀을 전해달라 하셨습니다."

병욱의 얼굴에 호의 모습이 겹쳐졌다. 그의 목소리가 들리는 듯했다.

"날 믿고 기다리거라. 널 꼭 구하겠다."

옥사 안에 앉아 병욱이 전했던 호의 말을 애써 되뇌며 라희는 제 무릎에 얼굴을 파묻었다.

***

궁에 당도하자 붉은 복식을 한 조선의 관리들이 깍듯이 도열하고 있었다. 호의 옆에 선 도르곤은 위풍당당한 기세로 앞을 보고 걸었다. 돌계단을 몇 걸음 더 올라가자 용포를 입은 조선의 임금이 서 있는 것이 보였다. 약 십여 년 전에 보았을 적보다 많이 노쇠한 느낌이었다. 왕은 큰 미소를 지으며 말했다.

"왕야, 조선에 오신 것을 진심으로 환영하오."

"오랜만에 뵙습니다. 전하, 그동안 무탈하셨는지요."

도르곤이 고개를 앞으로 살짝 숙이며 목례하였다. 도르곤을 따르던 장군들이 수군거렸다. 조선의 관리들 역시 웅성거렸다.

"왕야, 어찌하여 조선왕에게 고개를 숙이십니까!"

"조용하거라. 나는 사신으로 이곳에 온 것이 아니다."

자신의 책사가 왕을 향해 눈을 부릅뜨자, 도르곤은 그를 질책했다. 왕과 관리들 역시 이리도 정중한 청의 인물은 처음이었기에 쉽게 적응하지 못하는 모습이었다. 남한산성에서의 패배 이후 조선에 오는 청의 사신들은 모두 오만하기 그지없었다. 자신들의 왕을 떠받들고 조선의 왕을 신하 취급하며 명령조로 말하는 사신들이 많았으나, 감히 어찌하지 못하였다.

"개인적인 용무로 조선에 방문하였다가 안부를 물으러 들렀습니다. 황상의 대리인으로 온 것이 아니니 아우처럼 편히 대해주십시오."

"허허, 불편함이 없도록 내 최선을 다하겠소. 세자, 귀한 손님을 모셔오느라 고생하였다."

"황공합니다, 전하. 왕야께서 오신다는 소식을 듣고 전하께서 연회를 준비했습니다. 긴 여정에 지치셨을 텐데 먹고 마시며 여독을 푸는 게 어떻겠습니까?"

"좋소. 이리 환대해 주니 고마울 따름이오."

조선을 찾았던 뜨내기 사신들과는 달리, 청나라 권력의 정점에 있던 도르곤이었으나 그 태도에서는 오만함이 보이지 않았다. 그는 병자년에 강화도를 함락시키고 자신과 동년배이던 현, 그리고 어린 호를 인질로 청으로 데려가면서도 신사적인 태도를 잃지 않았다. 두 아들을 보내며 제 아들을 낮추어 말하며 가르침을 달라 말하던 임금에게 이러한 위로의 말도 건넨 바 있었다.

'세자께서 대처하시는 바를 보니, 제가 가르칠 바가 아닙니다. 염려하지 마십시오.'

당시 스물다섯, 황제의 아우인 예친왕으로 정치적 기반이 탄탄했으며 무예와 지략 그 어느 것도 빠질 데 없었던 그는 태도 또한 조선의 유학자들이 무시하던 오랑캐의 것과는 거리가 멀었다. 그렇다고 무르게 볼 수도 없는 자였다. 그는 병자년에 조선을 패배시키는 것에 실질적으로 가장 공이 컸던 자였다. 수도 없는 조선의 병사들을 죽이고 많은 지역을 약탈하였다.

***

옥류천 인근에서 연회가 열렸다. 사신단이 왔을 때 며칠이고 여는 큰 연회에 비할 바는 아니었다. 푸른색, 붉은색, 흰색 옷을 입은 무희들이 가야금과 장구 소리에 맞추어 학처럼 춤을 추었다. 수라간 상궁들이 정성들여 만든 음식들과, 좋은 술이 펼쳐졌다. 기백이 넘는 도르곤의 병들 중 지위가 낮은 자들은 제외하고, 십수 명의 청나라 장군들이 함께 연회에 참석했다.

"물 좋고, 공기 좋고, 조선 여인의 춤사위 또한 좋으니 조선에 오기 참으로 잘했다는 생각이 듭니다."

왕의 우측에 도르곤이 앉아 있었고, 그 우측에는 세자 호가 자리해 있었다. 양 옆의 상들에는 조선의 신료들과 도르곤의 장수들이 마주보듯 앉아 있었다.

"한 잔 받으시오."

임금이 그에게 잔을 채워 주었다. 그는 두 손으로 잔을 받아 마시고 왕에게 술을 올렸다. 왕이 즐거워하며 술을 마셨다.

"그런데 왕야께서 조선에서 하실, 개인적인 용무란 무엇이오?"

"인연이 닿았던 사람을 찾고 있습니다."

"그자에 대해 아는 것이 있다면 말해 주시오. 내 온 힘을 다해 돕겠소."

"말씀만으로도 감사히 여기겠습니다."

도르곤은 또 한 잔을 입에 털어 넣었다. 모든 것을 다 가진 그에게도 가질 수 없었던 것이 있었다. 초야의 짐승들조차 가진 그것을 도르곤은 갖지 못했다. 그것이 먼 땅 조선까지 향한 이유이기도 했다.

"세자께서도 한 잔 받아 주시오."

도르곤의 말에 호는 잔을 받았다. 진한 향만큼이나 강한 술이었다. 호는 도르곤이 갖지 못한 것이 무엇인지 알고 있었다. 아버지에게는 있으나, 자신에게는 없는 것.

"나는 세자께서 조선으로 돌아가기 전의 모습이 아직도 눈에 선하오."

"그렇습니까?"

"선황께서 세자와 세자의 형, 현에게 원하는 것을 물으셨지. 조선에 돌아가기 전 선물로 주겠다고 말이오. 현은 선황의 벼루를 달라 하였지. 누구든 갖고 싶어 하던 것이었소."

지금은 역적이 되어 사사된 현에 대한 이야기가 도르곤의 입에서 나오자 소란하던 말소리가 차츰 줄어들었다. 호는 술을 입에 털어 넣었다.

"그 당시 대군이었던 세자의 청을 듣고, 나는 사실 예측했다오. 저 아이가 훗날 조선의 후계자가 되겠구나. 차마 입에 담지는 못했지만 말이오."

취기가 오른 도르곤이 기분 좋은 표정으로 호에게 한 잔 더 따르며 말했다.

"그대는 선황께 감히 청했지. 볼모로 함께 잡혀 온 백성들과 함께 돌아가게 해달라고. 그것이 그대가 원하는 선물이라고 말이오."

모든 조선의 포로들을 돌려보내준 것은 아니지만, 호의 간청 때문에 많은 포로들이 조선으로 돌아왔다. 이 이야기를 들은 왕은 현에 대해 분노를 참지 못했고, 호를 더 애정하게 되었다.

"제 몸만 편히 고국으로 돌아가기에, 함께 온 백성들이 걸렸을 뿐입니다."

호의 대답에 왕은 내심 흡족해했다. 다시 무희들이 춤을 추기 시작했다. 날이 어둑해지자 곳곳에서 횃불이 피어올랐다. 불은 추위를 녹이고 흥을 더 북돋웠다. 두 여인의 쌍검대무가 빠른 박자에 맞추어 흥미진진하게 펼쳐지고 있었다. 왕은 얼굴이 벌게진 채로 데운 술을 마시며 도르곤에게 운을 띄웠다.

"왕야께서는 불과 열일곱에 전장의 선봉에 서서 몽골의 칸을 굴복시켰다고 들었소."

"원의 옥새를 차지하기까지, 초원에서의 무수한 전쟁이 곧 저의 삶이었던 것 같습니다. 선황께서 황제의 자리에 오르신 후에야 조금 쉴 수 있었지요."

"허허, 왕야의 실력을 눈으로 보고 싶구려. 내 조금 젊었더라면 대련이라도 청했을 텐데 아쉬울 따름이오."

왕은 검에는 큰 소질이 없었으나, 뛰어난 자들의 검술을 관람하는 것을 좋아했다. 반 취기로 해본 말인데, 의외로 도르곤이 진지하게 답했다.

"청하신다면 받아들이겠습니다."

"농이오. 나는 무예에 소질이 없소."

"세자저하의 무위가 조선에서는 감히 따라올 자가 없다 들은 바 있습니다. 전하를 대신하여 세자저하께서 저와 대련을 펼치시는 것은 어떻습니까?"

도르곤의 눈에 장난기가 돌았다. 취한 왕은 웃으며 박수를 쳤다.

"그 좋은 생각이오. 호야, 어떻게 하겠느냐? 어디 한번, 나를 위해 싸워 보겠느냐?"

"왕야, 청을 물러 주십시오. 취기에 잘 분간하지 못해 자칫 왕야의 몸을 상하게 할까 걱정입니다."

말투는 공손했으나, 내용은 자신감이 넘쳐났다. 호의 태도에 도르곤은 더욱 그와 검을 겨루어보고 싶은 생각이 들었다.

"하하하! 내가 다칠까 걱정이라! 대단한 자신감이오! 세자께서 나를 이기시면 그것이 무엇이든 소원 하나를 들어주겠소."

도르곤은 호탕하게 웃으며 제안했다. 그의 장군들이 일순간 술렁였으나 서생처럼 외모가 잘난 젊은 세자가 자신들의 노련한 주군을 이길 리 없다는 생각으로 그 술렁임이 다시 수그러들었다. 호가 왕에게 시선을 돌려 담담히 말했다.

"왕야를 이긴다면 전하께서도 제게 상을 주십시오."

"내 너에게 무엇인들 못 주겠느냐. 네가 왕야를 이기면, 나 또한 네 소원 하나를 들어 줄 것이다."

아버지의 답을 듣고야 호는 자리에서 일어섰다.

"그러고 보니, 왕야께서는 제게 이기셔도 얻는 것이 없군요. 저 또한 무언가를 걸어야 재미있지 않겠습니까?"

"좋은 술만으로 충분하오."

"그것은 전하의 것이니, 저는 다른 것을 걸지요. 왕야께서 저를 이기신다면…."

도르곤 또한 대련을 위해 자리에서 일어났다. 호는 도르곤이 찾으러 온 것이 무엇인지 알고 있었다.

"저는 왕야께서 찾으시는 사람을 찾아드리겠습니다."

그것은 '자식'이었다. 도르곤은 아홉의 처첩들을 두었으나 후사가 없었다. 호의 답을 들은 도르곤의 눈매가 날카로워졌다.

"좋소, 세자. 각오하시오."

내관들이 호의 겉옷을 받았다. 무희들이 춤을 멈추고 뒤로 흩어져 사라졌다. 악공들 또한 무거운 악기를 치웠다. 청의 정점에 있는 예친왕과 자신의 아들이 눈앞에서 대련하는 장면을 보다니, 임금은 매우 들떠 있었다. 청을 미워했으나 청의 황제라도 된 듯한 느낌에 더욱 기분이 좋았다.

스윽.

날카로운 소리와 함께 도르곤의 검이 은빛 날을 드러냈다. 무희들이 춤추던 곳, 두 사내가 용호상박의 기세로 마주서 있었다. 대신들과 청의 장군들 모두 숨을 삼켰다.

***

돈만 있으면 자금성의 방비도 두렵지 않다. 병졸의 옷으로 변복한 리셴은 제 근무지인 마냥 자연스럽게 의금부의 옥사로 들어왔다. 그에게 큰돈을 받은 부위와 군졸들은 헛기침을 하며 자리를 비켜주었다.

'이득을 기대하지 않고 움직이는 것은 나답지 않아. 상인은 작은 것이든 큰 것이든, 미래의 것이든, 당장의 것이든, 대가를 받고 물건을 건네지. 하지만 어째서, 항상 그 아이의 앞에서 내 저울은 고장이 나버리는 것일까.'

지아비가 있는 여인이다. 그것도 조선의 세자빈. 당돌하고 영리하며 가치 있는 아이이지만 얻으려 하였다간 치명적인 손해가 뒤따를 수 있다. 참을 수 없이 욕심이 났지만, 그것 또한 그 아이의 희소성과 가지지 못한 것에 대한 미련 때문이라고 생각했다. 리셴은 초조히 발을 옮겼다.

"라희! 라희야!"

라희의 옥사 앞에 선 리센의 표정이 굳었다. 그는 숙련된 기술로 황급히 옥사의 걸쇠를 풀고 안으로 들어갔다. 푸석한 짚 위에 라희는 시체처럼 누워 있었다. 입김이 날 만큼 찬 날씨였지만 얼핏 손에 닿은 라희의 몸은 불덩이처럼 뜨거웠다.

"정신 차려. 언제부터 이런 거야!"

"…."

"젠장, 이럴 줄 알았으면 더 일찍 올걸. 지금이라도 늦지 않았어. 지금 당장 널 데리고 이곳을 나가 송 영감을 불러야겠어."

라희가 옥사에 갇혔다는 소식을 들은 첫 날, 그녀를 설득하러 이곳에 들어왔다가 은침을 건네고 아쉽게 발을 돌렸다. 둘째 날은 도저히 밤잠을 이룰 수 없었고, 오늘도 답이 안 나오는 문제를 저울질하다 결국 자신의 마음을 인정하고 이곳으로 향했다.

"…요…."

생기발랄했던 붉은 입술이 하얗게 질려 푸석푸석했다. 라희는 나오지 않는 목소리를 쥐어짜내며 입술을 달싹였다. 어둠 속, 리센의 붉은 눈이 보였다.

"뭐?"

"…안 돼요…."

앉은 리센의 품에 누워 안긴 듯한 자세로 축 처져 있던 라희가 힘겹게 고개를 내저었다. 리센이 이를 아득 갈았다.

"지금 네 꼴을 봐. 다 죽어간다고. 멍청한 고집은 그만 부려."

"안 돼요…."

"안 되긴 뭘 안 된다는 거야."

열이 펄펄 끓어 정신이 혼미해질 지경인데도, 기어이 안 가겠다는 말만 되풀이하는 라희에게 리셴은 화를 냈다.

"죽으면 다 무슨 소용이야. 날 봐. 네가 그렇게도 원하는 세자 저하는 네가 죽든 살든 여기 와보지도 않잖아. 지금 네 곁에 있는 건 나야. 그러니까 허튼 소리 말고, 내 말 좀 들으라고."

"죽더라도…."

"너 정말 미쳤어?"

"이번엔 죽더라도… 이 소중한 마음, 사랑하는 마음… 하나 정도는 가져가고 싶어요. 저번에 죽을 때는 그러지 못했으니까. 미움밖에 없었으니까…."

누워 있는 라희의 눈 꼬리에 맺힌 눈물이 툭 하고 리셴의 무릎으로 떨어졌다.

"너 대체 무슨 말을 하는 거야. 저번에 죽을 때라니."

"…믿고 기다릴 거예요. 그 사람이 항상 나를 믿어주었듯."

라희는 절대 움직이지 않겠다는 듯 눈을 감았다. 온몸에 도는 오한으로 인해 고통스러웠고, 머리가 깨질 듯 아팠지만 그를 따라 나가고 싶지 않았다. 탈옥을 한다면 죄의 여부가 무죄로 밝혀지더라도 더는 그의 여인으로 남아 있을 수 없을 것이다.

"젠장! 장라희!"

리셴이 지금 할 수 있는 것은 아파 제 몸도 가누지 못할 상태인 주제에 고집을 부리는 라희에게 화를 내는 것, 그리고….

"귀한 거니까 잘 삼켜. 쓰더라도."

그가 소지하고 다니는 몇 가지 환들 중 발열을 멎게 하고 진통

효과가 있는 환이 있었다. 그것을 라희의 입에 그냥 넣어줄 수도 있었지만 리센은 다른 방법을 택했다. 자신의 입에 넣은 뒤 고개를 숙여 라희의 입술을 덮쳤다. 라희의 눈썹이 움찔거리고, 눈물이 옆으로 한 방울 더 툭 떨어졌다.

"읍…."

쓰디쓴 약환이 목구멍으로 넘어갔다. 라희의 입에 약환을 밀어 넣은 뒤에도 리센은 입맞춤을 멈추지 않았다. 아니, 갈망하던 것을 맛본 터라 멈출 수 없었다. 그녀의 마른 입술을 빨아 축이고, 그녀의 입안을 강렬하게 휘저었다. 그를 밀어내려는 듯한 신음소리가 그를 더 자극하고 있었다. 약환이 가져다준 쓴맛이 다할 때까지 리센은 라희의 입술을 탐닉하고 또 탐닉했다.

***

고즈넉한 밤의 비밀스러운 정자, 장옷을 둘러쓴 한 여인이 초조한 눈으로 연못에 비친 달을 바라보고 있었다. 그곳을 홀로 서성거린 지 얼마나 흘렀을까, 나무 바닥을 삐걱거리며 울리는 사내의 발걸음 소리가 들려왔다. 그녀는 뒤를 돌아보지 않았다.

"오랜만이오."

"친왕께서 조선까지 오신 연유가 무엇이오?"

"그보다 내게 먼저 해야 할 변명이 있을 텐데?"

사내는 우악스럽게 그녀의 손목을 잡고 자신을 향해 돌렸다. 낯빛이 고우나 표독스러움이 보이는 난영의 얼굴이 달빛에 드러났다. 난영의 큰 눈 안에는 산의 화가 난 얼굴이 담겼다. 산이 위협하듯 말했다.

"어찌하여 명을 어긴 것이오?"

"세손을 더 추격하지 말라는 명 말이오? 나 또한 이판께 그러지 말 것을 말했으나, 이판이 독단적으로…."

"친왕께서 그대에게 기대하는 역할이 고작 그것뿐이라 생각하오? 그가 친왕의 명을 어기려 하거든 보고를 했어야지! 이판의 독단적인 행동 때문에 일이 얼마나 어렵게 되었는지 알고 있소?"

산의 다그침에 난영이 자신의 손목을 잡은 그의 손을 뿌리쳤다. 그녀의 눈에는 본능적인 두려움이 차오르고 있었다.

"설마 세손이… 친왕께서 조선까지 오신 이유란 말이오? 어찌해서…."

"그대는 이미 그대의 임무를 망쳤소. 모든 일에서 손을 떼고 처분이 있을 때까지 칩거하시오."

산이 제 할 말을 끝내고 차갑게 돌아섰다. 난영의 손이 덜덜 떨리고 있었다. 그들의 주군은 상을 베풀 때는 관대하고 벌을 내릴 때는 가혹한 사람이다.

"한 번만! 한 번만 더 기회를 주시오!"

난영은 산에게 달려가 그의 옷자락을 쥐었다. 산이 더러운 것이라도 묻은 듯한 눈으로 난영을 돌아보았다.

"기회는 내가 내리는 것이 아니오."

"내가! 조선의 세자빈이 되겠소. 거의 다 된 일이오. 사흘, 아니 이틀만 시간을 주시오. 폐세자빈이 옥사에 있소. 그년이 죽으면 세자빈에 오를 사람은 나밖에 없소."

"그렇게 호언장담하더니 그대는 아직도 세자를 치마폭에 가두지 못했소."

"친왕께서 대청제국의 황제가 되실 때, 내가 조선의 왕비가 된다면 조선에서 행해지는 그 어떤 불순한 움직임도 막을 것이오. 그러니 제발, 친왕께 말씀해주시오."

다급한 나머지 '황제'라는 말을 내뱉은 난영의 애걸에 산의 눈빛에 살기가 어렸다.

"그 입, 조심하시오."

"대협!"

"이틀. 이틀간 두고 보겠소. 단 그 안에 폐세자빈이 죽지 않는다면 왕야의 분노는 한겨울 서리발과는 비교되지 않을 정도로 매서워질 것이오."

산은 돌아서서 제 길을 가고, 난영은 굳은 얼굴로 산의 뒷모습을 바라보고 있었다. 친왕 도르곤의 분노라, 두려움에 턱이 덜덜 떨릴 지경이었다. 가슴 한켠에서 폐세자빈이 된 라희에 대한 분노가 들끓었다.

"네년을 꼭 죽이고 말 것이다."

산전수전을 다 겪고, 친왕의 그림자로 훈련받으며 성장한 난영과는 달리, 양가집 딸로 축복받으며 태어나 화초처럼 자라 세자빈의 자리에 오른 라희. 그녀는 운 좋게도 세자의 사랑 또한 분이 넘치도록 받고 있었다. 그녀의 고고한 입술에서 쏟아져 나왔던 욕지거리와 자신의 머리칼을 우악스럽게 잡던 손놀림이 아직도 환영처럼 맴돌았다.

"그래…. 사람은 다 똑같아. 냄새나는 시궁창에서 태어나 기구하게 자란 나나 꽃밭에서 태어나 귀하게 자란 너나, 궁지에 몰리면 무는 거야. 죽을힘을 다해 멱줄을 끊어야 살 수 있으니까."

난영은 제 치마폭에서 검은 암기를 꺼냈다. 두 끝이 푸르스름한 표창이었다. 난영은 본래 미인계에 쓰이기 위해 키워진 아이라 무예에 능하지는 못했으나, 몇 가지 무기를 쓰는 법은 배워 능숙히 알고 있었다.

"차라리 그 약을 마시고 죽어버리지 그랬어. 내 호의를 거절한 것을 후회하게 될 거라 했잖아."

제 손에 쥐어진 암기를 보며 난영은 어둠 속에서 홀로 중얼거렸다. 두터운 구름이 달을 가리고 있었다.

***

조금 전까지만 해도 왁자지껄했던 연회의 흥겨움은, 더 흥겨운 것을 보기 위해 정지했다. 무관들은 한 합이라도 더 눈에 담기 위해 째진 눈을 더 크게 뜨려 애썼다. 왕은 취기 속에서도, 자신의 아들에게 시선을 떼지 못했다.

챙.

호의 움직임은 날랜 여우 같았고, 도르곤의 검 놀림은 묵직한 힘이 느껴지는 곰을 보는 듯했다. 호가 빠른 속도로 선공해오는 것을 도르곤은 침착하고 여유 있게 막아냈다.

"조선의 세자, 대단하구나. 기대를 뛰어넘었어."

"그래봤자 왕야께서 봐주고 계시는 것이 아닙니까?"

"움직임만 화려한 것이 아니다. 화려한 저 기술 속에 군더더기가 없다는 것이 더 놀랍구나."

얼굴 잘난 세자의 무위를 은연중에 무시했던 청의 장군이 감탄했다. 넓은 대륙에서도 찾기 힘든 고매한 실력을 가지고 있으면서도 저렇게 젊다니. 저 정도의 자가 조선의 차기 후계자라는 점이 더 무서웠다.

챙, 챙.

무희들이 검무를 추듯, 마치 합을 맞춘 듯 두 검은 물 흐르듯 움직였다. 대련이었으나 마치 검끼리 대화를 하고 있는 듯했다. 빠른 움직임 속에서도 숨이 차는 기색이 없는 호를 보며 도르곤은 내심 감탄했다.

'무골이로구나.'

하지만 감탄은 거기서 끝내기로 했다. 왕의 앞이라 호의 검을 받아주며 박자를 맞추어준 것뿐이었다. 무인들끼리 서로를 봐주는 것은 예의가 아니지만, 상대는 한참 어린 애송이였다. 물론 그 자질이 욕심날 정도의 천재이기는 하지만, 무수한 세월을 전장에서 보낸 도르곤에게 미칠 정도는 아니었다.

"흐앗!"

도르곤이 검에 더 힘을 실으며, 발을 본격적으로 움직이기 시작했다. 오랜 세월 만들어진 근육에서 나오는 힘은 가공할 만했다. 검이 부딪힐 때마다 불꽃이 튈 지경이었다. 밀고 들어가던 형세였던 호가 조금씩 밀리고 있었다.

'어째서 당황하지 않는 것인가.'

갑작스레 제 실력을 발휘해 밀고 들어오는 도르곤에게 당황해 숨이 가빠질 만도 한데, 호의 기색은 그대로였다. 그리고 중요한 것은, 밀고 있으나 밀리지 않았다. 작은 파도를 제 몸으로 받아내고, 큰 파도는 흘려보내며 호는 아까보다 진화된 검법을 보여주고 있었다.

'감히! 실력을 숨긴 것인가!'

호의 움직임은 방어적 검술의 정석이면서, 도르곤 제 스스로 힘이 빠지도록 타격을 유도하고 있었다. 아무리 기골과 역량이 큰 도르곤이라고 하더라도, 그처럼 무거운 검법을 계속해서 사용하면 힘이 빠져 위력이 약해질 수밖에 없다.

'빠르게 끝낸다.'

제 앞에서 처음부터 온 실력을 발휘하지 않았던 세자 호에 대해 도르곤은 약간의 화가 치밀었다. 봐준 것은 도르곤 자신만이 아니었다는 사실이, 그리고 한참 어린 그를 간파하지 못했다는 것이 자존심 상했다. 그는 인정사정 봐주지 않고, 호에게 맹공을 퍼붓기 시작했다.

'역시 넘을 수 없는 산 같은 자이구나.'

변칙적으로 자신에게 가해지는 도르곤의 공격에 호는 다시 밀리고 있었다. 검을 쥔 손에 계속 묵직한 통증이 가해져 왔다.

'나는 여기서 질 수 없다.'

호에게는 그와의 대련에서 져서는 안 되는 절실한 이유가 있었다. 며칠간 잠을 거의 자지 못했지만 그녀의 얼굴을 떠올리자 정신은 오히려 더 또렷해졌다. 가슴으로 날아오는 검날을 힘겹게 막자 검이 파르르 진동했다. 호는 이를 악물었다. 도르곤의 눈빛을 보고 이번이 마지막 합이 될 것이라고 예측할 수 있었다.

"흐읏!"

"합!"

두 사내가 남은 모든 힘을 다해 마지막 한 수를 내던졌다. 그리고 그들의 검이 맞닿을 찰나의 사이에, 호는 몸을 반 바퀴 틀어 검을 비켜 내질렀다. 호의 왼팔에 검상으로 인한 따끔거림이 느껴졌다. 자신이 든 검에 사람의 몸이 푹 관통하는 오묘한 느낌이 전해져왔다.

"헉!"

"으악!"

호는 검을 놓았으나 사람의 몸에 정통으로 꽂힌 검은 바닥에 떨어지지 않았다. 도르곤의 눈이 믿기지 않는다는 듯 커져 있었다. 왕과 청의 장군들이 기함하고 있었다.

"어찌 네가!"

도르곤의 얼굴이 분노로 물들었다. 호는 피로 젖어오는 왼팔을 지혈하기 위해 오른손으로 꾹 눌렀다. 둘만의 무대였던 그 자리에 남은 이는 둘이 아니었다. 호의 검에 꿰뚫려 입에서 피를 뚝뚝 떨어뜨리는 자는, 다름 아닌 도르곤의 젊은 장수였다. 마지막 합이 있기 전 도르곤을 뒤에서 기습하기 위해 달려든 것이었다. 호의 기지가 아니었으면, 도르곤은 호에게 정신이 팔려 중상을 입거나 목숨을 잃었을 것이다. 도르곤은 차갑게 식은 눈으로 그에게 검을 겨누었다. 도르곤의 장군들이 급히 뛰어 들어와 위협적으로 윽박질렀다.

"네놈 또한 지르하란의 끄나풀이었더냐? 아니면 후거의 잔당들이냐?"

"네 어찌 감히 왕야를! 배후가 누구더냐!"

젊은 장수는 입에 머금은 피를 퉤 내뱉고서는, 가슴에 검이 꽂힌 채 도르곤을 노려보았다. 그의 눈이 붉게 충혈 되어 있었다.

"도르곤 네놈이 황제가 될 수 있을 성싶더냐! 네놈은 내 아버지를 죽이고 내 어머니를…. 으윽!"

그가 말을 끝맺기 전 도르곤의 검이 움직이며 그의 목을 그었다. 뒤켠에서 상황을 지켜보던 무희들이 비명을 지르며 제 눈을 가렸다. 끔찍한 장면이었다.

"왕야! 어찌 배후를 묻지 않으십니까?"

"이자의 시체를 잘 보존하거라."

호는 도르곤이 황급히 그를 베어버린 이유를 짐작했다. 보는 눈이 많은 타국의 궁에서 그자를 심문한다면 얻을 것보다 잃을 것이 많다고 판단한 것이다. 그러나 그는 철두철미한 자였다. 본국으로 돌아가면 시신으로 신원을 조사해 배후를 알아내든지, 그것이 되지 않으면 죽은 자를 오체분시하여 제 적들이 볼 수 있는 곳에 내걸 것이다. 왕은 눈앞의 잔혹한 장면에 술맛이 떨어진 듯 술잔을 내려놓고 눈을 가늘게 떴다. 그를 죽인 도르곤이 검집에 검을 넣으며 호에게 돌아섰다.

"조선과 관련 없는 시덥잖은 일로 이런 한심한 꼴을 보여 부끄럽소. 내 적이 내 부하들 사이에 숨어들어 있다는 것도 모르는 꼴이라니, 낯을 들 수가 없구려. 대련에서는 내가 졌소. 세자가 아니었으면 필시 목숨을 잃었을 것이오."

"왕야께서 무사하셨으니 됐습니다."

"부상에 대해서는 진심으로 사과하오. 내 너무 몰두했소."

"왕야께서 본 실력을 발휘하셨다면 생채기로 끝나지 않았겠지요. 범접할 수 없는 실력의 차이를 느꼈습니다. 제가 진 것입니다."

호의 말에 도르곤은 내심 혀를 내둘렀다. 조선의 젊은 세자는 몇 번이나 그를 놀라게 하고 있었다. 호는 상황을 수습하며 그의 체면이 상하지 않도록 적절히 대처하고 있었다. 세자의 뛰어난 정치적 자질도 눈에 보였다. 도르곤은 껄껄 웃으며 왕에게 말했다.

"하하하! 전하께서도 세자께 상을 주셔야겠습니다."

"세자! 참으로 잘했다. 내 오늘 대련을 본 바, 왕야께 범접하려면 앞으로 검술에 더욱 정진하여야 하나, 오늘 큰 공을 세웠기에 약속대로 네 소원을 들어주겠다."

"성은이 망극합니다."

호는 성큼성큼 왕에게 다가가 한쪽 무릎을 꿇었다. 의복의 어깨가 피로 인해 짙게 물들어 있었다.

"네 원하는 것이 무엇이냐? 말해보거라. 무엇이든 들어줄 것이다."

조선의 신료들과 청의 장군들, 그 모두의 시선이 호에게 쏠려 있었다. 그중에는 이판 김장호도 있었다. 그는 불길한 예감에 미간을 찌푸렸다. 호는 흔들림 없는 눈으로 왕을 바라보며 입을 열었다.

"폐세자빈 장씨의 죄를 사면하고, 다시 복위시켜 주십시오."

눈앞의 피 튀기는 사건들에도 가시지 않던 취기가 증발한 듯, 왕의 얼굴이 차갑게 식었다.

"그 아이만이, 제가 원하는 것입니다."

호의 눈은 강한 결의에 차 있었다. 도르곤이 이 상황을 흥미롭게 지켜보고 있었다. 폐세자빈이라는 여자에 대해 궁금증이 생겼다. 대체 어떤 여인이기에 앞길 창창한 세자의 마음을 저토록 휘어잡았을까. 그리고 어떤 연유에서 폐빈이 된 것일까.

"전하! 아니되옵니다!"

"전하! 장씨는 대역죄인 이현의 아들을 숨기고 있다는 혐의가 있습니다. 절대로 아니 될 일입니다."

세자의 청에 영상과 이판을 비롯한 신료들이 벌떡 일어나 왕의 앞으로 달려와 넙죽 엎드렸다. 이판의 입에서 나온 '이현의 아들'이라는 말에 도르곤의 낯빛이 굳어졌다. 설마 장씨라는 여인이 폐세자빈이 된 이유가 그 아이와 맞닿아 있다는 것인가! 그는 복잡한 눈으로 세자 호를 말없이 바라보았다. 그리고, 오랜 정적 끝 왕이 입을 열었다.

10
임진나루의 심연

"…허한다."

"전하! 어찌…!"

"그만들 하시오! 손님 앞에서 내 체면에 먹칠을 할 생각이오?"

왕의 말에 한마디 더 대꾸하려던 이판이, 등골이 오싹할 정도로 음습한 살기를 느끼고 문득 고개를 들었다. 도르곤이었다. 사람을 산 채로 찢어발길 듯한 그의 살기가 자신을 향하고 있었다.

'어째서…!'

이판은 차마 더 말하지 못하고 입을 닫았다. 어찌하여 자신의 협력자이던 친왕 도르곤이 하필 자신에게 분노하고 있는지 알 길이 없었다. 호가 왕을 향해 큰절을 올리더니 말했다.

"전하께 역심을 품어 그 아이를 구하려는 것이 아닙니다. 여기서 모든 것을 말씀드릴 수는 없으나, 그 아이는 죄가 없습니다."

왕은 한숨을 내쉬었다. 자신의 약한 면모를 닮지 않기를 바랐는데, 헛된 희망이었다. 그 아이를 끝내 버리지 못하는 호의 심정을 이해했으나, 지금의 행동으로 인해 제 스스로 큰 약점을 짊어지게 됨에 탄식할 수밖에 없었다.

"너는… 끝내 나를 실망하게 하는구나. 상선은 와보거라!"

녹의를 입은 노내관이 왕에게 다가와 허리를 숙였다.

"옥사에 있는 장씨를 석방하여 친정으로 보내거라. 그리고 몸을 추스리고 의복을 정제한 뒤 다시 입궁토록 하여라. 세자빈의 폐위를 없던 일로 할 것이니 다시 가례를 할 필요는 없다."

"명 받들겠습니다."

명을 내린 왕이 제자리에서 일어섰다. 그의 얼굴은 몹시 피곤해 보였다.

"왕야, 귀한 손님을 두고 먼저 일어서는 무례를 용서하시오. 내 허약한 심신을 생각지 못하고 술을 너무 많이 마신 것 같소. 추태를 보일까 저어되오."

"어서 침소에 들어가 쉬십시오, 전하. 미리 전하지도 못하고 찾아뵌 객들을 이리 성대히 맞이해 주신 은혜만으로도 감사할 따름입니다."

"이해해주어서 고맙소. 왕야와 장군들을 위한 술과 음식이 많이 준비되어 있으니 부디 즐겨주시오. 세자는 왕야를 대접함에 소홀함이 없도록 하라."

"예, 전하."

왕이 자리를 뜨고, 그에 뒤이어 영상과 이판이 먼저 자리를 떴다. 장군들은 조선왕이 어찌 먼저 자리에서 일어나냐고 트집을 잡았으나, 도르곤은 그들을 엄히 꾸짖었다. 난입했던 젊은 장수로 인해 피투성이가 된 중앙이 정리되고, 다시 무희들이 들어와 나비처럼 춤을 추었다. 언제 대련이 있었냐는 듯 금새 연회는 흥취로 왁자지껄해졌다. 왕이 빈자리, 나란히 앉아 있는 호와 도르곤 사이에는 무거운 정적이 흘렀다.

"그런데 내기는 어떻게 되는 것이오?"

"왕야께서는 제가 이겼다 하시고, 저는 왕야가 이기셨다 주장하니 이렇게 하는 것은 어떻겠습니까?"

술을 한 잔 들이켠 도르곤이 세자 호를 보았다. 호는 아까보다는 가벼워진 눈빛에 은근한 미소를 머금고 있었다.

"왕야께서는 제가 원하는 것을 들어 주시고, 저는 왕야가 찾던 사람을 찾아드리겠습니다."

"하하하! 으하하하핫!"

호의 제안에 도르곤은 웃음을 터뜨렸다. 그는 이 상황이 재미있는지 한참을 박장대소하더니 겨우 웃음을 그쳤다. 호는 묵묵히 기다리고 있었다.

"미안하오. 대련도 그렇고 이 내기도 너무 즐거워서 실성한 듯 웃었소. 세자께서 하신 제안을 수락하겠소. 원하는 것을 말해보시오."

도르곤이 웃음기 가신 얼굴로 호를 쳐다보았다. 그가 일평생 누비었던 전장은 초원만이 아니었다. 그가 당당히 올라서 있는 광활한 제국의 최정상은 무기만으로는 올라설 수 없는 자리이다. 그의 눈은 독사의 알을 탐내는 사냥매처럼 날카로웠다. 호의 입꼬리 한쪽 끝이 올라갔다.

***

라희는 천근만근 무거운 눈꺼풀을 들어올렸다. 전통한옥의 흙을 잘 바른 높은 천정이 흐릿하게 눈에 들어왔다. 물 먹은 솜처럼 온몸이 무겁다. 기시감이 들었다.

"으윽…."

간신히 윗몸을 일으켰다. 머리가 핑 도는 듯 어지러움이 몰려왔지만 시간이 흐르자 정신을 차릴 수 있었다.

"여기는…?"

낯선 듯하면서도 익숙하다. 라희는 기시감의 원인이 무엇인지 알 수 있었다. 이곳은 라희의 친정, 장윤 대감의 안채였다. 현대에서 타임슬립을 해서 조선시대 장라희로 깨어났을 때 눈을 뜨자 이 천정이 보였었는데, 라희는 생각했다.

"따뜻해…."

불을 뗀 듯 온돌바닥이 뜨끈뜨끈해서 기분이 좋다. 차디찬 옥사에서 오한에 벌벌 떨다 정신을 잃었는데 깨어나 보니 이곳이라니. 꿈인 것일까. 꿈이었으면 깨지 않았으면 좋겠다고 생각했다.

삐그덕.

그때 안채의 문이 열리더니 찬바람이 코끝으로 스며들었다. 매서운 한파였다. 꿈은 아닌가보다. 그래서 더 다행이었다.

"아씨!"

라희와 눈이 마주친 순덕이 기뻐하며 반갑게 버선발로 들어왔다. 호에게 시집가기 전에 봤을 때보다 살이 더 찐 것 같았다. 라희도 오랜만에 보는 그녀의 모습에 무언가 반갑다는 표시는 하고 싶었는데, 괜한 어색함에 어찌할 줄 몰라 머뭇거렸다. 그때 순덕이 갑자기 울음을 터뜨렸다.

"아이구, 우리 아씨! 아씨께서 옥사에 계시다는 말에… 흑…. 얼마나 걱정을 했는지. 대감마님도 한숨도 못 주무시고 밥 한 술도 못 넘기시고 가슴만 치고 계시고! 아이구, 아씨! 다행이구먼유! 참말로…. 흑…."

"괜찮아요. 나 이제 괜찮으니까 울지 말아요. 나 이렇게 살아있잖아…."

자신을 걱정했다고 펑펑 우는 그녀의 모습에 눈물이 났고, 호의 생각이 떠올라 코가 더 시큰해졌다. 순덕의 울음소리가 밖에도 울렸는지, 황급히 안채로 뛰어든 이가 있었다.

"라희야!"

장윤 영감이었다. 그는 쏜살같이 라희에게 다가와 황급히 라희의 안색을 살폈다.

"정신이 든 것이냐? 몸은! 몸은 괜찮느냐?"

"네, 괜찮아요. 아무렇지도 않아요."

"옥사에서 얼마나 힘들었으면… 정신을 잃었겠느냐. 다행이다, 참으로 다행이야."

그의 두껍고 주름진 손이 떨리고 있었다. 이전에 보았을 때보다, 훨씬 수척하고 늙어 보였다. 라희는 볼이 축축해지는 것을 느꼈다. 그간의 고생이 떠올랐고, 서럽기도 했고, 어리광 부리고 싶기도 했으며, 미안하기도 했다. 친정, 이미 이 집은 라희의 진짜 친정이 되어 있었다.

"미안해요… 걱정 끼쳐드려서. 흑, 흑."

"괜찮다. 괜찮아. 살아있고 건강하니 다 되었다. 고맙다. 잘 이겨내주어서."

"흑, 흑…."

"울지 말거라. 울지 말아."

"대감께서도… 아니 아빠도 울지 말아요. 흑…."

생사의 기로에서 무사히 귀환한 라희, 그의 아버지 장윤 대감, 그리고 순덕이까지, 세 사람 모두가 아이처럼 어깨를 들썩이고 있었다. 라희는 한참을 울었다. 기운은 빠졌지만 마음만은 한 겨울에도 뜨뜻한 구들장처럼 든든하게 데워졌다. 변치 않는 내 편이 있다는 것은 축복이었다.

"라희야, 이제 나도 관직을 내려놓고 산천이나 유람하고 싶구나. 너와 함께 들에도 가고 바다에도 가고. 어떻겠느냐?"

순덕이 나가고, 부녀 단둘이 그동안 있었던 일에 대해 대화를 나누다 장윤이 문득 말했다.

"하지만 아까, 제 죄가 사면되었다고 하셨잖아요."

"라희야…."

"몸을 추스르면 다시 입궁하라는 명이 있으셨다고…."

장윤의 얼굴에는 수심이 가득했다. 그는 깊은 한숨을 내쉬었다.

"대군마마께서 세자의 자리에 오르실 줄 알았더라면, 내 너를 그분께 시집보내지 않았을 것이다."

"…."

"가문의 명예도 중요하지만 내게는 내 딸의 안위가 더욱 중요하다. 라희야, 이 아비가 방법을 찾을 테니 입궁하지 말거라. 그만큼 큰일을 겪었으면 됐다."

"하지만!"

"네 얼마나 세자 저하를 각별히 연모하는지 알고 있다. 하지만 세자빈이라는 자리가 그렇게 만만한 것이 아니다. 역모와 연관되었음에도 네가 사면되었다는 것이 기적이다. 폐세자빈이 된 네가 사약을 받는 것이 당연한 수순이었어."

라희는 장윤의 심정을 충분히 이해했다. 애지중지 키운 외동딸이 사약을 받게 되었다는 소식에 가슴이 얼마나 찢어졌을까. 순덕의 말대로 그는 밥도 먹지 못하고 잠도 자지 못했을 것이다. 라희는 말없이 듣고 있다가 제 아비의 손을 잡았다.

"아버님."

"아비의 청, 한 번만 들어 줄 수는 없겠느냐?"

라희는 말없이 장윤을 바라보았다. 그녀의 또렷한 눈에는 아버지에 대한 미안함, 그리고 물러설 수 없는 강단이 자리하고 있었다. 오랜 정적 끝에 장윤은 고개를 떨구었다.

"어릴 적부터 네 고집은 꺾을 수가 없었지."

"아버님 말씀대로 역모와 연관되고서도, 폐세자빈이 되어서도 이렇게 멀쩡히 살아있잖아요. 아버님 딸, 저 장라희. 호락호락하지 않아요. 끈질기게 잘 살 거라고요."

"이것아! 너를 시집보내고 나서 내 명이 부쩍 줄어드는 느낌이다."

장윤의 핀잔에 라희는 다소 슬픈 미소를 지었다.

"죄송해요, 정말. 이렇게 근심만 쌓아드리고 못났죠? 하지만 저… 가봐야 해요. 저를 기다리고 있는 사람이 있어요."

"딸자식 키워봤자 소용없구나."

"죄송해요."

"못난 딸 아니다."

"네?"

장윤이 굳은 표정으로 고개를 들어 라희의 눈을 똑바로 쳐다보았다.

"항상 자랑스럽고 어여쁜 딸이지, 네가 왜 못난 딸이더냐."

"아버님…."

"그래, 네 기어이 다시 입궁하겠다면 내 어찌 너를 말리겠느냐. 부디 이 나라의 세자빈으로서 네가 맡은 책무에 힘쓰고 무릇 조선 여인들의 본이 되도록 지아비를 잘 보필하며…."

"갑자기 잔소리는 왜…?"

"그리고 제발! 제발 조심하거라! 천방지축으로 날뛰지 말고!"

결국에는 버럭 핀잔을 주는 장윤의 모습에 라희의 얼굴에는 웃음이 떠올랐다. 딸을 설득하는 데 실패한 장윤 영감의 툴툴거리는 잔소리를 그 뒤로도 한참을 들어야 했으나 그 또한 즐거웠다. 아무렴 친정인데, 좋지 않을 수가 없다.

***

사방이 막힌 가마의 행렬이 궁문을 지나 동궁에 다다랐다. 떠 있던 밑판이 돌바닥에 닿는 느낌이 들었다. 사가에서 입던, 궁중 예복보다는 수수한 복식을 한 라희는 가마의 발을 걷고 밖으로 나왔다.

"미안하다."

그리웠던 이가 눈앞에 서 있었다. 넓고 우직한 어깨, 선 고운 얼굴, 깊은 눈빛 모두 그대로였으나 피부결이 메말라 보였다. 입술 또한 붉었으나 푸석했다. 의복은 잘 정돈되어 있었으나 그동안의 마음고생이 그대로 드러나는 얼굴이었다.

"너무 오래 기다리게 해서 미안하다."

그가 다시 말했다. 라희는 벅차오르는 마음으로 애써 태연히 미소 지었다.

"아니에요. 내가 선택했던 거니까요."

호가 더 참지 못하겠다는 듯 강하게 라희를 감싸 안았다. 라희의 숨결이 그의 가슴에 맞닿았다. 다시는 놓치지 않겠다는 듯 호는 라희를 있는 힘껏 끌어안으며 말했다.

"두려움이라는 것이 이런 것이었구나. 너무도 오랜만이었다. 그렇게 무서웠던 적은 없었다. 너를 잃을 수도 있다는 생각만으로."

"나도 두려웠어요. 하지만 꼭 구해줄 거라는 약속을 믿고 기다렸어요."

"네가 옥사에 갇혔던 사흘간, 찾아오지 않던 나를 원망하지는 않았느냐?"

"원망 안 했어요. 죽더라도 원망 안 했을 거예요."

호의 품에서 풀려난 라희가 호의 눈을 똑바로 바라보았다. 변함없이 생기 있고 자신감 넘치는 눈빛으로.

"호가 그랬잖아요. 난 호에게 엄청 가치 있고 큰 존재라고. 사정이 있어 나한테 오지 못했더라도, 호가 날 구하러 노력하고 있다고."

호의 손이 라희의 양 볼을 감쌌다. 라희의 볼이 찬 건지, 그의 손이 따뜻한 것인지는 몰라도 온기가 느껴졌다.

"단 한 순간도 네게 가고 싶지 않았던 때가 없다. 하지만 그랬더라면 전하와 영상 일파들은 널 하루빨리 죽이기 위해 몸이 달았을 거야. 그리고 전하를 방심하게 해야 했다. 폐세자빈이 된 네게 내가 관심을 끊은 것처럼. 내가 널 살려달라는 소원을 비리라고는 예상하시지 못하게 말이다."

라희는 고개를 끄덕였다. 그의 눈빛에서 뜨거운 진심이 느껴졌다.

"보고 싶었어요."

컴컴해진 하늘에서 눈송이가 하나둘 떨어졌다. 다시 만난 연인을 축복하듯, 부드럽게 흩날리며 그들의 머리에, 그리고 대지에 내려앉았다. 호는 대답 대신 메마른 입술을 축이는 것을 택했다. 부드럽게, 그리고 농밀하게 전해지는 그의 입술과 혀를 한껏 담으며 라희는 그의 옷자락을 잡고 품에 매달렸다.

***

다음날 아침, 편전에서는 이른 시각부터 신하들이 도열하여 있었다. 왕은 단상 위의 옥좌에 야윈 얼굴로 앉아 있었다. 세자 호는 왕의 오른편에서 복식을 갖춘 채 단정히 섰다. 입구이자 출구에서 도르곤이 제 장군들과 함께 걸어왔다. 잠잘 때를 제외하고 언제나 갑옷을 착용하고 있는 도르곤의 탄탄한 체격은 그가 전장에서 보내온 세월을 증명하고 있었다.

"왕야, 간밤에는 잘 주무셨소?"

"전하께서 마련해 주신 침소가 아주 편안하여 이틀간 깊게 잘 잤습니다."

영상과 이판, 호판, 수많은 신료들이 이 어전회의의 목적에 대해 궁금해 하고 있었다. 세자의 소원을 도르곤이 들어주기로 했다는 소문까지는 알려져 있으나, 그것이 무엇인지는 알려지지 않았다.

"왕야께서 세자의 소원을 들어 주기 위해 조정의 합의가 필요하다니, 궁금하구려."

왕은 말했다. 그 말 그대로였다. 청의 섭정왕을 초청한 이 독특한 어전회의는 호의 주청으로 이루어진 것이었다. 도르곤이 자신감 넘치는 웃음을 띤 채 말했다. 특별히 목소리에 힘을 담지 않아도 장대한 기골에서 나오는 성량은 편전을 쩌렁쩌렁 울렸다.

"내 입으로 말하긴 그러니, 세자께서 직접 말씀해보시오."

"전하."

도르곤의 말에 세자는 왕의 얼굴을 똑바로 올려다보았다.

"제가 청에 볼모로 갔을 때, 함께 간 백성의 수가 수십만이었고 그 반 이상이 부녀자였습니다. 속환가를 치루고 조선에 되돌아온 자와 제가 심양에서 데려온 자들도 있으나 여전히 많은 백성들이 고향 땅을 그리워하며 울부짖고 있습니다. 가족을 떠나보낸 조선의 백성들 역시 살아도 사는 것 같지 않은 나날을 보내고 있습니다."

당시의 일을 회상하자 왕은 참담한 표정을 지었다. 청은 포로를 잡아가며 높은 교환가를 제시했고, 양반 자제들을 포함한 일부의 백성들은 고국으로 돌아올 수 있었으나 대부분이 그렇지 못했다. 50명의 포로가 도망을 치면 청에서는 100명을 재차 포로로 요구하는 등 강국의 엄청난 횡포에 시달린 지가 오래되었다.

"세자께서 내게 참 어려운 요구를 하셨습니다. 그들은 이미 대청 황제 폐하의 백성이 되었다는 건 전하께서도 잘 알고 계시지 않습니까?"

도르곤의 어투는 무난하였으나, 왕은 가슴이 오랜 화로 들끓는 듯했다. 그들은 포로를 잡아갈 때 10년이 지나도 속환가를 치루지 못한다면, 남은 포로들은 모두 청의 백성으로 귀속된다는 통보를 하였다. 그리고 올해가 바로 10년째였다.

"저는 왕야께 십만의 백성을 되돌려 보내줄 것을 청했습니다."

세자의 말에 조정의 대신들이 헉 하며 깊은 숨을 들이켰다. 사람을 어찌 돈으로 환산하겠느냐마는, 양반이 아닌 일반 백성의 속환가는 한 명당 은 백 냥에 달했다. 조정에서는 두어 차례 속환사를 파견해 수천 명을 데려온 뒤로는 재정의 열악으로 거의 속환을 하지 못하는 지경이었다.

"내 거절하고 싶었으나 어찌 사내가 한번 뱉은 말을 다시 담을 수 있겠습니까? 세자께서는 선황께도 속환을 소원으로 빌어 수만의 포로들을 데려가더니, 애민의 정신이 끈질긴 분이십니다."

"왕야!"

왕이 단상에서 급히 뛰어내려와 흔들리는 눈으로 도르곤을 보았다. 그리고 아주 천천히, 무릎을 꿇으려 했다. 중신들이 기겁하였으나, 차마 말리지는 못했다. 도르곤이 재빨리 왕에게 다가가 그의 행동을 막았다.

"이러지 마십시오, 전하."

"간곡히 청하오. 백성들을 송환시켜 준다면 내 왕야의 은혜를 평생 잊지 않겠소."

"이러지 않으셔도, 세자께서 청하신 소원을 들어주리라 마음먹었습니다."

"고맙소! 참으로 고맙소!"

왕과 신하들의 눈이 환희로 물들었다. 도르곤의 방문 소식에 조선의 무엇을 더 빼앗아 갈까 두려워하였으나 이런 크나큰 선물을 안겨다 줄 것이라고는 차마 생각지 못했었다. 그들이 기쁨에 휩싸여 있을 때 도르곤이 한마디 덧붙였다.

"그러나 대청에 조선인 포로들을 데려간 것은, 조선이 대청제국의 아우국으로서 불충한 마음을 먹지 못하게 하려는 선황 폐하의 혜안 또한 있었다는 것을 전하께서도 아실 것입니다. 아무런 조건도 없이 그들을 송환시켰다간 황제 폐하께서 저를 크게 꾸짖으실 것이 분명합니다."

기쁨에 찬 장내가 다시 물을 끼얹은 듯 차가워졌다. 그럼 그렇지, 저들이 맨입으로 고작 세자와의 대련 하나로 그 많은 포로들을 속환시킬 리 없었다. 얼마나 가혹한 대가를 요구할까, 그들은 도르곤의 다음 말을 초조하게 기다렸다.

"인질을 주십시오."

도르곤의 말에 왕은 무거운 입을 뗐다.

"어떤 자들이 필요하오? 얼마나 필요하오?"

"전하!"

"전하! 아니 될 말씀입니다!"

왕의 반응에 중신들은 엎드리며 외쳤다. 도르곤이 십만의 백성을 해방시키면서 요구할 인질이란, 필시 고귀한 신분의 자들을 말할 것이다. 양민들을 해방하며 이 나라 양반들을 쓸어가겠다 청할 수도 있었다.

"하나면 됩니다. 조선에서 가장 고귀한 혈통의."

왕의 얼굴이 굳었다. 고귀한 혈통이란 설마. 왕은 호를 돌아보았다. 호는 표정 없이 묵묵히 서 있었다.

'설마 네 다시 인질로 가는 대신 백성들을 풀어주길 청했단 말이냐?'

그것만은 허할 수 없었다. 왕의 표정을 보고 도르곤은 우습다는 듯 껄껄 웃었다. 중신들이 살기 가득한 눈으로 도르곤을 노려보았으나, 차마 어찌하지 못했다. 그는 산천의 초목들조차 떨게 하는 청 최고의 권력가이다. 왕이 고개를 저으며 비통한 표정을 짓는 것을 보며, 도르곤이 다시 입을 열었다.

"그것만은…."

"틀렸습니다. 전하의 적통을 원하나, 제가 데려가길 원하는 자는 세자가 아닙니다."

도르곤의 말에 어전의 시간은 멈춘 듯했다. 중신들은 대체 저것이 무슨 말인지 알아들을 수가 없어 미간을 찌푸렸고 왕 역시 어리둥절한 것은 마찬가지였다. 중전과의 사이에서 본 왕의 적통은 현과 호뿐이었다. 현은 이미 죽었고, 호만이 정당한 핏줄이라 할 수 있는데 적통이라니. 세자인 호는 아직 자식이 없다. 그 순간 잊고 있던 한 아이의 얼굴이 떠올랐다.

"설마…."

"그렇소. 이현의 장자, 세손 이린을 인질로 데려가겠소."

"하, 하지만…! 그 아이는…."

왕이 대답을 머뭇거렸다. 많은 자들이 린을 추적하고 있으나, 그 소재가 파악되지 않았다. 그때 호가 왕의 앞에 무릎을 꿇었다.

"전하께 감히 죄를 청하며 진실을 고합니다. 역적 이현의 아들을 숨긴 것은, 제 처인 세자빈이 아니라 저입니다."

"세자!"

급박한 상황 전개에 이판 김장호는 눈을 굴렸다. 세손을 숨기고 있는 것이 세자빈이라고 고한 것은 자신이었고, 비록 그 아이를 죽이는 것은 한 번 실패했으나 다시 그 일로 물어뜯을 생각이었는데, 세자가 모든 신료들 앞에서 제 죄를 고백하고 있었다.

"비록 불충스러운 역적의 자식이기는 하나, 제가 후사를 보지 못하고 있는 상황에서 국익을 위해 쓰일 가치가 있다는 독단적인 판단으로 감히 그 아이를 숨겨두었습니다."

크게 꾸짖어야 마땅한 일이나 이 상황에서 어찌 호를 꾸짖을 수 있을까. 왕은 그저 눈을 크게 뜬 채로 멍하니 자신의 아들을 보고 있었다. 호가 미래를 예견한 것일까. 그것은 아닐 것이다. 호는 분명 동정심으로 린이를 보호했을 것이나 상황이 절묘하게 맞아떨어지고 있었다. 도르곤이 다시 청했다.

"전하, 세손을 인질로 데려가는 조건을 받아들이시겠습니까?"

"받아들이오."

어차피 죽이려 했던 손자이다. 십만의 백성을 송환받는 일에 비길 바 없다. 왕은 더 생각할 새도 없이 고개를 세차게 흔들었다. 늙은 중신들은 무슨 상황이 벌어지는지 채 파악치 못해 두리번거릴 뿐이었고, 젊고 총명한 신하들은 감탄과 존경의 눈으로 세자를 바라보았다.

"알다시피 그 아이는 내 장자 현의 유일한 자식이오. 세자를 제외하고 조선 왕위를 계승할 자격이 있는 유일한 아이라 할 수 있소. 그 아이를 볼모로 드리리다."

왕의 말에 도르곤은 내심 비웃었으나 겉으로 드러내지 않았다. 호가 숨겨주지 않았더라면 진작 죽었을 아이라는 것을 이미 알고 있었다. 그러나 그는 이 생색내기에 장단을 맞추기로 했다. 도르곤 자신에게 그 아이는 조선인 포로 십만의 가치 이상이라는 것을 왕은 절대 모를 것이다.

***

어전회의의 소식을 듣고 라희는 동궁을 박차고 나갔다. 편전을 향해 달려가는데 마침 회의가 끝난 것인지 호가 걸어 나오고 있었다. 호의 곁에는 서른 중반 정도로 보이는, 건장한 체격의 남자가 이국적인 갑옷을 입고 나란히 걷고 있었다. 라희는 화가 잔뜩 난 채로 호에게 달려가 멈추어섰다.

"라희… 여긴 어째서?"

"내가 고작 이런 결과를 위해 감옥에서 그 고생을 했던 건가요?"

사내의 시선이 느껴졌지만, 라희는 지금 사소한 것에 신경 쓸 때가 아니었다.

"그 어린애를 중국, 아니 청에 보낸다구요? 그것도… 인질로? 생판 아는 사람도 없고, 언어도 다르고, 음식도 다르고! 어른이 가도 외롭고 힘들 텐데 그 어린애를 자기 의지와는 상관도 없이 보낸다구요?"

"어차피 폐세자의 아들로 조선에서는 발붙이고 살지 못한다. 차라리 청에서…."

"호도 전에 인질로 청에 가 봤다면서요. 힘들었다면서요. 안 돼요. 절대 못 보내요!"

라희는 호가 린이를 청에 볼모로 보내기로 한 진짜 이유를 알지 못했다. 한숨을 내쉬는 호 옆에서, 도르곤이 풋 웃더니 끼어들었다.

"그때도 감탄했지. 어린 나이임에도 길고도 긴 여정 동안 불만 하나 말하지 않더군. 나중에 그 이유를 듣고 놀랐소. 나의 고초가 백성들의 고초에 비하겠냐는 세자의 그 말, 아직도 똑똑히 기억하고 있소."

도르곤의 말에 라희가 눈을 동글게 떴다.

"그때 청에 함께 가신 분인가요?"

"그렇소. 어제 같은데 벌써 십 년이군. 어쨌든 반갑소이다, 세자빈마마. 내가 그 생판 어린애를 청으로 데려가게 될, 예친왕 도르곤이라 하오."

"친왕이라면… 청나라의 왕이세요?"

"하하, 황제 폐하는 따로 계시고 나는 선황의 형제로서 지금 황제 폐하를 도와 섭정하고 있는 신하일 뿐이오."

그의 말은 반쯤만 진실이었다. 그는 자신을 신하일 뿐이라고 말했으나 실질적으로 청을 통치한다고 해도 과언이 아닐 만큼 큰 영향력을 가지고 있었다.

"린이를 데려가지 마세요! 부탁드려요!"

"미인이 하는 청은 어지간하면 들어 주는 편이나 이번은 안 되겠구려. 그런데 세자빈께서 자식도 아닌 세손을 그리 아끼시는 이유가 무엇이오?"

도르곤은 궁금한 듯 물었다. 호는 말없이 묵묵히 라희의 답을 기다렸다. 사실 호도 묻고 싶은 것이었다.

"처음 봤을 때부터… 그냥 보였거든요. 그 어린아이에게서…."

"무엇이 보였단 말이오?"

"외로움이요. 사랑받길 간절히 바라는 외로움, 아이답지 못한 외로움이요."

도르곤의 시선이 무거워졌다. 라희는 그 외로움에 대해 잘 알고 있었다. 어릴 적 친엄마를 잃고, 친척들 사이에서 커가며 가슴속에 항상 간직하고 있던 그 씁쓸함을, 물에 생쥐처럼 젖어 제 아비를 보도 오들오들 떨던 그 어린아이에게서 발견했다.

"나는 단지 린이가 아이답게 살 수 있었으면 좋겠어요. 따뜻한 곳에서 자고, 좋은 밥을 먹는 것 말고도. 마음껏 뛰어놀고, 소리도 지르고, 장난도 치고, 응석도 부리고요. 그리고…."

"…."

"사랑도… 받고요."

그들 사이에 긴 정적이 흘렀다. 호는 아무 말도 하지 않았다. 도르곤의 입에 씁쓸한 미소가 걸렸다. 도르곤은 라희의 눈을 똑바로 바라보았다. 그의 눈은 굳건한 의지로 차 있었다.

"약속하겠소."

"뭘요?"

"세자빈께서 세손에게 해주고 싶은 것들, 비록 그 아이의 고향이 아닌 먼 땅에서나마 그 아이가 자유롭게 노닐고 장난치고, 응석부리고. 또 사랑…."

그는 더 말을 이을 수 없을 것 같아 멈추었다. 그가 진심으로 사랑했던 하나뿐인 여인의 얼굴이 떠올랐다. 그녀가 어떤 심경으로 아이를 낳았을지, 어떤 심경으로 자신에게 밀서를 보냈을지, 그리고 어떤 걱정을 안고 눈을 감았을지. 그것을 떠올리자 숨 막히도록 슬픈 감정이 가슴을 메웠다.

호가 라희에게 말했다.

"걱정 말거라. 왕야께서는 약속을 지키시는 분이니까."

"하지만…!"

"믿거라. 그리고 나를 믿거라. 네 고집을 들어주면서까지 지킨 그 아이를 내가 쉽게 사지로 보낼 것 같더냐?"

호의 눈은 무심한 듯하면서도 따스하다. 라희만이 그의 온도를 알고 있었다. 호는 변하지 않는 사실을 홀로 직시하고 있기라도 한 듯, 강한 확신에 찬 태도였다. 그렇다고 린이를 청에 보내는 것에 동의하지는 않았으나, 라희는 호를 믿었기에 도르곤에게 더 청하지는 않았다. 그리고….

"누우나! 숙부님!"

도령한복을 곱게 차려입은 린이가 달려오고 있었다. 도르곤은 강아와 겹쳐지는 아이의 얼굴에 일순간 멍하니 넋을 잃었다. 린이의 뒤로 보모상궁과 병욱의 모습이 보였다. 이제 수배는 풀렸고, 언제나 천덕꾸러기였던 린이는 이 나라를 위한 최고의 보물이 되었다.

"린아!"

라희는 몸을 숙여 린이를 껴안았다. 도르곤의 시선은 여전히 홀린 듯 린이에게 향해 있었다. 그녀의 아이였다. 그리고 그의 아이였다.

'강아야, 네가 나를 이곳까지 인도한 것이더냐?'

라희가 재회의 기쁨에 젖어 있을 때, 그리고 도르곤이 벅차오르는 감격을 겉으로 드러나지 않게 꾸역꾸역 참아내고 있을 때, 그들을 보는 시선이 있었다.

옹주의 말동무는 궁을 드나들기 위한 핑계였을 뿐이다. 난영은 아마도 마지막일 기회를 위해 옷소매에 숨긴 표창을 매만지며 라희에게 시선을 고정하고 있었다.

'나는 살기 위해 발버둥 치는데, 너는 무엇이 잘나 그리 행복한 것이더냐?'

이틀 내내 궁에 있었으나, 동궁의 경계가 강화되어 라희를 쫓기란 쉽지 않았다. 라희가 호나 도르곤과 조금이라도 멀어졌을 때를 노려야 했다. 다행히 그들이 후원 쪽으로 움직이고 있었다. 복잡한 곳일수록 몸을 숨긴 채 암기를 사용하기 좋다. 난영은 살기를 숨긴 채 저들이 알아채지 못할 만큼 충분한 거리를 두며 라희를 쫓았다.

'내 오늘 너를 꼭 죽이고야 말 것이다.'

***

찬바람에도 린이가 밖에 나가 놀고 싶다고 조르는 통에, 호와 라희는 병욱을 호위로 대동하고 궐 밖으로 나갔다. 도르곤도 함께였다. 그들은 장터를 구경하다 주전부리를 사서 나누어 먹었다. 팽이치기를 하는 아이들을 보고 끼고 싶어 하는 린이를 보며, 라희는 팽이를 하나 사주었다.

"세자께는 참으로 고맙소."

"왕야께서 해주신 것에 어찌 비하겠습니까."

"아마 저 아이가 현의 친자가 아니라는 사실을 알고, 나와 강아에 대한 혐오스러운 감정이 먼저 들었을 것인데. 그럼에도 잘 보살펴주어 고맙소."

"아이에게 무슨 죄가 있겠습니까."

팽이치기에 져서 시무룩한 린이를 라희가 달래 주고 있었다. 호는 심양에서의 현과 형수를 떠올리며 씁쓸함에 젖었다. 강아를 보고 반한 현의 일방적인 청으로 인해 맺어진 그들의 관계는 겉보기에는 좋아 보였다. 그러나 현은 영원히 잡히지 않을 것을 잡으려 하는 강박과 괴로움에 시달렸고, 강아는 끝내 현을 사랑하지 않았다.

"혼인한 여인을 은애함에 어떤 변명을 할 수 있겠소. 그녀를 처음 본 것은 강화에서였소. 나와 군사들을 보며 다른 여인들은 벌벌 떨며 자지러지던데, 그녀만은 곧장 품에서 은장도를 꺼내 내게 겨누더군."

"형수님이셨으면 충분히 그러실 것 같군요."

"그녀에게 사실 혼인을 약조한 사내가 있었는데, 가문을 위해 당시 세자였던 현과 억지 혼인을 했다는 과거를 알게 되었소. 원치 않는 사내와 혼인하여, 생면부지의 타국에 기한도 없이 인질로 살아야 한다면 보통의 여인들은 좌절했을 것이오."

인질로 잡혀간 세자빈 부부는 심양에서 충분한 외교적 활약을 했는데, 호는 그 업적의 절반 이상이 강아의 공이었다는 것을 알았다. 그녀는 영리했고 수완이 좋았다. 청의 고위 관료의 부인들과 친분을 쌓아 남편을 돕기도 했으며, 무역에 적극적으로 참여하여 많은 이익을 냈다.

"여장부셨지요."

"항상 강한 척, 씩씩한 척했지만 그녀는 여린 마음을 가지고 있었소. 현은 그녀를 사랑했으나, 어느 순간부터는 본국에서 인정받기 위해 그녀에게 더 많은 것을 해내기를 요구했소."

"알고 있습니다. 그리고 왕야께서는 그것을 기회로 삼았겠지요."

날카로운 호의 말을 도르곤은 차마 부정할 수 없었다. 정신적으로 피폐해져 가는 강아를, 현에게서 들을 수 없는 달콤한 말로 유혹했다. 강화에서부터 갖고 있던 흑심을 심양에서 몇 년 만에 드러냈다. 당연하게도 그녀는 그를 거절했지만, 그는 그녀의 마음이 열릴 때까지 두드리고 또 두드렸다. 그리고 어느 밤, 현이 유곽의 다른 여인의 품에서 돌아오지 않던 그 긴 밤, 공허해진 그녀의 마음을 파고들며 밤을 같이 보냈다. 그 후 강아의 배가 불러왔다. 설마 그 하룻밤으로 생긴 자식인지는 알지 못하였다.

"어찌 보면 우스운 일이기는 합니다. 사내들은 혼인 후에도 첩도 들이고 기생놀음도 하며 혹여 그에 부인이 투기라도 하면 칠거지악이라 하며 못된 여자로 여기는데, 반대로 부인이 다른 사내를 만난다고 하면 부정한 여자라 비난하며 목숨까지 빼앗지요."

도르곤은 호의 말에 놀라 그를 쳐다보았다. 한 번도 생각해보지 않은 파격적인 발상의 전환이었다.

"일부일처가 국법으로 정해져, 하나의 사내가 오직 하나의 부인과만 사는 세상이라면 분명 나는 형수와 왕야를 증오했을 것입니다. 그러나 그렇지 않기에 저는 판단하지 않으려 합니다."

"하나의 사내에 하나의 부인이라, 재미있는 생각이구려. 설마 세자께서는 후궁을 들이지 않으려는 생각이오?"

도르곤의 질문에 호는 따스한 눈으로 라희를 바라보며 미미한 미소를 띠었다. 라희는 린이 대신 아이들의 팽이치기에 뛰어들어 팽이를 돌리고 있었고, 린이는 신이 나서 방방 뛰고 있었다.

"저 아이가 다른 사내와 있다고 생각하면, 화가 납니다. 라희가 온전히 제 것이기를 원합니다. 그리고 이런 감정을 느끼는 것은 저 아이도 마찬가지일 것입니다."

도르곤은 호의 말을 듣고 있다가 고개를 끄덕였다. 그의 아버지가 돌아가셨을 때, 어머니는 산 채로 순장당했다. 그는 격하게 항의했으나 받아들여지지 않았다. 함께 웃고, 밥도 먹고, 별을 보며 노래도 부르시던 어머니는 아버지의 소유물로 묻혔다.

"그렇소. 여인들 또한 감정과 생각이 사내들과 다르지 않지. 세자께서는 참 놀랍구려. 모든 행동에 명확한 논리와 철학이 있소."

"과찬이십니다."

"현 또한 조선의 다른 자들에 비해 트여 있고 능력 있는 자였으나, 그는 세자처럼 강하지 않았소. 세자가 왕위에 앉은 뒤 조선의 미래가 어찌 될지 기대되기도 하고 또한 걱정스럽기도 하오."

청은 조선이 강대해지는 것을 원하지 않았다. 명석하고 영리한 세자의 존재는 훗날 청에 위협이 될 수도 있었다. 가볍지 않은 정적이 흘렀다. 도르곤이 호를 다소 경계어린 눈으로 보고 있을 때였다.

"우와, 누나 정말 최고!"

"내가 소싯적에 동네 팽이치기 대장이었거든."

팔을 걷어붙이고 린이 대신 나선 라희의 팽이가 전장에 홀로 선

장수처럼, 쓰러진 팽이들 사이에서 유유히 돌고 있었다. 그리고 인파 사이에 섞인 난영이 라희에게 순간적으로 독을 품은 암기를 겨누며 제 발톱을 드러냈다.

"…!"

숙련된 무인인 도르곤과 호는, 먼발치서 갑자기 느껴지는 살기에 멈칫했다. 난영은 호의 무위를 대략적으로나마 알고 있었기에 오랜 시간 라희를 겨누지 않았다. 암살은 자객의 위치가 발각되기 전 끝나야 했다. 난영은 표창을 꺼내자마자 라희를 향해 잽싸게 날렸다. 그러나 그것이 난영의 손을 떠나기 전, 갑자기 장터에 팔려나온 닭이 푸드득 날아 시야를 방해하고 말았다.

"앗!"

이미 미끄러지듯 그녀의 손에서 떠난 표창이 빠른 속도로 라희에게 날아갔다. 그러나 난영은 무언가 잘못되었다는 것을 직감할 수 있었다.

푹!

"꺄아악!"

라희의 비명 소리가 저잣거리에 울려 퍼졌다. 도르곤은 그녀의 비명 소리가 들리기 전 무언가 공중에서 번뜩이는 것을 보았다. 불과 열 보쯤 떨어진 거리였지만, 그녀에게 뛰어가는 한 걸음 한 걸음이 호에게는 너무도 느리게 느껴졌다. 연약한 체구가 풀썩 하고 바닥에 쓰러지는 소리가 들렸다.

"라희야!"

"린아!"

두 사내는 몇 초 새 눈앞에 벌어진 상황에 얼굴이 딱딱하게 굳었다. 암기에 등을 맞아 쓰러진 것은… 린이었다. 난영은 얼굴이 하얗게 질려 즉각 도망쳤다. 도르곤의 분한 눈은 난영의 뒷모습을 놓치지 않았다. 도르곤이 정신을 잃은 린이의 등에 꽂힌 표창의 모양을 알아보고 린이를 제 무릎에 기대어 눕혔다.

"정신 차리거라! 안 된다! 내가 너를 어찌 찾았는데! 이제야 널 보게 됐는데!"

"린아! 린아아아!"

울부짖으며 린이에게 가려 손을 뻗는 라희를 호는 간신히 품에 가두며 저지했다. 그리고 망연자실해 있는 병욱에게 황급히 송 의원에게 연통하라 지시했다. 표창에 독이 적셔져 있었는지, 린이의 입술이 변색되고 있었다.

"안 된다! 너와 말 한마디 나누어보지 못했는데, 네 손 한번 잡아보지 못했는데. 아들아! 내 아들아!"

린이를 외치며 반쯤 정신이 나가 있는 라희는, 도르곤의 부르짖음을 듣고 놀라 얼어붙었다. 심장이 미친 듯 뛰었고 가슴이 찢어질 것 같았다. 호는 린이의 얼굴을 흔들며 넋이 나가 있는 도르곤에게 다가가 몸을 숙여 등을 내밀었다.

"왕야, 지체할 시간이 없습니다. 의원에게 가야 합니다."

도르곤은 애타는 시선을 린이에게 떼지 않은 채, 굳은 얼굴로 그 가벼운 체구를 안아들었다.

***

내리는 눈이 얼어붙고, 녹자마자 또 눈이 내리고 얼어붙었다. 시간은 화살처럼 빠르게 지나가며 겨울의 추위는 더욱 매섭고 깊어지고 있었다. 라희는 리셴의 집에 매일처럼 드나들며 린이를 보고 왔다. 린이는 죽은 듯한 얼굴에 점점 생기가 올라오고 있었으나 정신을 차리지 못한 지 달포가 되어갔다.

"오늘처럼 눈이 많이 내리는 날은 오지 마."

"…."

"네 몸을 먼저 생각하라고. 빈궁마마."

라희는 리셴의 말을 듣지 못한 것처럼 반응하지 않았다. 다만, 마른 수건으로 린이의 이마를 닦을 뿐이었다. 한숨을 내쉰 리셴이 라희에게 성큼성큼 다가왔다. 그리고 풀썩 앉아 라희를 정면으로 보았다. 라희는 리셴과 눈을 마주치지 않았다.

"정말 계속 날 모른 체할 거야?"

"…."

"널 살리기 위해 그랬어. 아니, 이건 다 변명이고 널 좋아해서 그랬어."

라희는 옥사에서의 일을 기억했다. 언제나 장난스럽던 리셴의 붉은 눈이 탐욕스러운 야수의 눈처럼 불타오르던 그 밤, 그는 라희의 입술을 삼켰다. 그의 긴 머리가 달빛에 은청색으로 빛나며 라희의 볼에 맞닿았다.

"너에게 아무것도 바라지 않아. 그러니까 지금은 마음 놓아. 적어도 지금은, 이 아이 때문에 네가 슬퍼하고 있는 지금은. 너에게 그런 짓 할 생각 없으니까."

리센이 일어났다. 그의 말은 마치 자신이 참고 있다는 것을 표현하는 듯했다. 라희는 그의 마음을 꿈에도 짐작하지 못했었다. 원체 특이한 말을 잘 하는 자라서 별 뜻 없이 받아넘겼던 것들에 그의 진심이 서려 있을 줄은 몰랐다.

스르륵, 탁.

미닫이문이 열리고 다시 닫혔다. 리센이 나간 것이다. 라희는 한숨을 내쉬고, 다시 린이를 바라봤다. 원래대로라면 세손에 복위된 린은 궁에서 어의들에게 치료받고 있어야 하나, 도르곤은 독의 종류를 귀신처럼 알아맞히고 해독법을 읊는 송 어의의 모습에 그를 신용하게 되었다. 그러나 엎친 데 덮친 격으로 연로한 송 어의가 얼음판에 발을 헛디뎌 다리가 부러졌고 궁에 다닐 수 없게 되었다. 결국 린이 리센의 거처에서 머물게 되었다. 라희에게는 리센을 다시 보는 것이 불편한 일이었으나 린이의 걱정이 되어 매일 찾아올 수밖에 없었다.

"빈궁마마라고 했다가, 너라고 했다가, 유부녀를 일컫는 지칭어가 일정치 않군."

린의 방을 나온 리센은 만주어로 말하는 낯익은 사내의 모습에 차갑게 미소 지었다. 도르곤이 말을 덧붙였다.

"나는 평생 업보라는 것을 믿지 않았는데 요즘은 그 말이 마음에 와 닿아. 남의 것을 욕심내어서 벌을 받는 것도 같고 말이지."

"저라면 그렇게 어설프게 보내지 않았을 것입니다."

"하하."

"간절히 바라던 것이 제 손에 들어왔다면 온 힘을 다해 끌어안아야죠, 빠져나가지 못할 정도로 강하게. 저승이든, 조선이든 멀리 가버리지 못하게요."

도르곤은 리센의 대답을 끝까지 듣고 빙그레 미소 지었다. 정보와 독을 주로 취급하는 상단의 주인답게, 그는 도르곤의 비밀을 알고 있었다. 세자빈을 애틋하게 대하는 목소리, 그리고 린이 때문에 세자빈이 옥사에 갇혔던 상황을 되돌아보자 세자 호가 모든 것을 알고 있었던 이유가 짐작되었다. 리센이 세자빈을 구하기 위해 호의 정보원 노릇을 했던 것이었다.

"리센이라…. 좋은 이름이네. 아버지가 지어 주신 이름은 아닐 테고, 직접 지었나?"

"전대 상단주님께서 지어주셨죠."

"다이샤의 상단주인 자네에 대해선 많은 소문을 들었지. 수녕공주의 소생이라는 말도 있고, 복충왕의 소생이라는 말도 있고."

"제가 주씨이건 아니건, 과거의 이름은 버렸습니다."

도르곤의 말을 리센은 태연한 태도로 맞받아쳤다. 명나라 황족의 성씨, 주씨. 여전히 청에 위협이 되는 존재들이었다. 명의 마지막 황제가 죽은 뒤 주유숭은 남쪽에 명의 부흥을 내건 세력들을 형성하고 있었다.

"어쨌거나 고맙군. 자네의 도움이 없었으면 황망하게 저 아이를 떠나보냈을 걸세. 훌륭한 의원을 데리고 다니는군."

"왕야께서는 정말 떠나실 겁니까?"

"송 의원이 제 실력으로는 여기까지라고 하더군. 내 성으로 데려가 모든 명의들을 끌어 모을 생각이네."

도르곤은 이미 마음을 굳혔다. 청까지 향하는 길은 험난하고 긴 여정이 될 것이나, 온 힘을 다해 그 아이를 보살필 것이다. 조선의 임금은 제 가마와 비할 만한 좋은 가마와 명마들을 내어주었다. 어의 둘도 딸려 주었다.

"그리고 고마워하실 필요는 없습니다."

리센의 눈빛이 한겨울 추위마냥 매서웠다. 도르곤은 리센의 붉은 눈에 서린 청과, 청의 친왕인 자신에 대한 경멸을 느낄 수 있었다. 아무리 다른 인생을 살고 있다 하더라도, 결국은 명의 후예란 말인가. 리센이 말을 덧붙였다.

"라희가 아니었더라면 저는 그 아이를 죽게 놔두었을 테니까요."

리센의 말은 진심이었다. 세자빈에게 약해지는 제 모습을 시인하는 리센의 답에 도르곤이 재미있다는 듯 웃었다.

"칠 년 전, 나도 자네처럼 다른 사내의 여인을 연모했지. 사실 그녀만 내게 온다면 세상 전부와도 바꿀 수 있다 생각했다네. 그러나 지금은 그때의 내가 원망스럽고 후회스럽다네."

도르곤은 흩날리는 눈송이를 바라보았다. 강아를 처음 만난 날, 강화에서도 이렇게 굵은 눈송이가 가랑비에 옷이 젖는 듯한 속도로 대지를 수북이 덮어가고 있었다.

"연모하지 말 것을, 시작하지 말 것을…. 그 마음이란 것이 어떤 것인 줄 몰랐더라면 이토록 오래 그리워하며 고통스럽지는 않았을 텐데."

그들 사이에 잠깐의 정적이 흘렀다. 리센이 싱긋 웃더니 한숨을 내어쉬듯 답했다. 얼핏 장난처럼 가벼운 너스레였으나 결코 가볍지 않을 말이었다.

"그러게 말입니다. 그러나 이미 시작해버린 것을, 그리고 불이 붙어버린 것을… 어찌할까요?"

***

침상에 홀로 잠든 이판 김장호의 얼굴 옆에 날선 검이 푹 꽂혔다. 귀에 거슬리는 소리에 무거운 눈을 뜬 김장호는 고개를 돌렸다. 검날에 비친 자신의 모습에, 놀란 그는 소리를 지르며 허겁지겁 일어났다. 검은 옷을 입은 자객이 그를 내려다보고 있었다.

"으아아악! 누, 누구냐!"

"약속을 어긴 자를 응징하러 왔소."

들어본 적 있는 목소리였다. 김장호는 눈을 가늘게 떴다.

"산 공, 산 공이시오?"

자객이 꽂힌 검을 거두어들이고 다시 그를 겨누었다. 그는 틀림없이 친왕의 그림자 산이었다.

"어, 어째서 이러시오! 오해가 있으면 말로 풉시다! 검을 어서 내려놓으시오."

"오해라…. 하하, 왕야께서 이미 분노하신 판국에 다 소용없는 일이오."

"내가 대체 무엇을 잘못했소!"

"그대는 세손을 쫓지 말라는 명을 어겼소."

"세손 따위가 뭐가 중요하기에! 가장 충성스러운 협력자인 나에게 이러는 것이오? 나는 지금까지 온 힘을 다해 그분을 도와왔소."

김장호의 말에 산이 차갑게 웃었다. 그가 검날을 거두었다. 도르곤에게 줄을 대고 싶어 하는 자는 널렸다. 김장호는 친왕의 것이 되기에 지나치게 멍청했고 교만했다.

"그 이유는 저승에서 알아보시오."

산은 복면을 쓰고 있었다. 도르곤은 끓어오르는 분노를 참으며 짧게 명령했다. 살려 두지 말라고.

"그대의 양녀와 함께."

김장호의 낯빛이 굳었다. 날이 밝으면 도르곤은 궁을 나서 청으로 떠나게 될 것이며, 난영은 연락이 끊긴 지 벌써 일주일이 지났다.

"서… 설마…."

"멍청한 년, 제 아무리 도망쳐보았자 내 손 안인데. 곧 그대를 뒤따르게 될 것이오."

"살려주시오! 산 공이 목숨만 살려주신다면, 뭐든 드리겠소! 금과 옥, 여자, 무엇이든 원하는 것이 있으면 바치겠소."

"늦었구려."

순간 김장호의 눈앞이 흐릿해져왔다. 뭔가 가슴에 들어앉은 듯, 숨 쉬기가 버거워진다. 설마, 하는 생각이 떠올랐을 때는 이미 늦었다. 매캐하면서도 낯선 죽음의 냄새가 이제야 느껴졌다. 김장호의 입술이 시퍼래지는 것을 보며 복면 속 가려진 산의 입술이 비틀렸다.

"안녕히 가시오."

매향을 죽였을 때 사용했던 것과 동일한 독향을 피운 것이다. 김장호는 운이 나빴다. 세손이 도르곤의 아들이라는 것을 알았더라면 절대 그 아이를 위험에 빠뜨리는 짓 따위는 하지 않았을 것이다. 그의 죽음을 확인하고 다음날이면 상갓집이 될 그의 대궐 같은 집을 나오며 산은 한숨을 내쉬었다. 왕과 세자, 그리고 조선의 움직임을 감시하고 조종하기 위해 그는 새로운 협력자를 알아봐야 할 것이다. 귀찮은 과정이었다.

***

너처럼 기 세고 말발 센 여인은 조선천지에 없을 것이라는 호의 말에도, 라희는 계속해서 그를 졸라댔다. 호가 린이를 숨겼다는 것을 모든 대신들 앞에서 고한 이상, 더 이상 라희를 현과 엮어낼 간 큰 자는 없을 것이다. 그러나 오늘만큼은 그녀의 고집을 들어주기 싫었다.

"마지막이에요. 마지막으로 그 애 얼굴을 보는 날이라구요. 그렇게 불안하면 같이 가면 되잖아요."

"돌아올 속환자들이 십만인데, 전하의 명으로 당장 오늘부터 준비해야 할 일이 얼마나 많은지 알면서도 이리 고집을 부리는 거냐?"

"내가 의주까지 보름을 간다는 것도 아니고, 배웅 좀 하는 것도 허락 못 해주나요?"

호는 한숨을 내쉬었다. 꿈자리가 사나웠다. 이틀 전 꿈속에서 누추한 행색의 노파를 도와주었는데, 동전 한 닢을 받았다. 노파는 천기를 누설한다는 듯, 찝찝한 표정으로 호에게 말을 던졌다.

'네가 소중히 여기는 두 사람의 천운은 이 동전의 앞과 뒤와 같아. 죽을 운명 하나를 다른 한쪽이 자꾸 살려내니, 하늘의 심술궂은 영감탱이가 둘을 하나로 묶어 버렸지. 한쪽이 빛을 보고 누워 있으면 한쪽은 찾을 수도 없고 보이지도 않아. 어둠에 갇혀 있지. 그래 보았자 삼 년의 심술이라지만, 조심하거라.'

간발의 차로 표창이 라희가 아닌 린이에게 꽂혔다. 라희가 빛을 보고 있는 지금, 린이는 기약 없는 어둠에 갇혀 있었다. 그저 의미 없는 꿈일 뿐이지만 그 말 한마디 한마디가 생생하여 호는 불안했다.

"딱 임진나루까지만 갈게요."

임진나루는 파주에 위치한 곳으로 청에 가기 위해 지나가는 길목이었다. 라희는 현대에서 그곳에 가본 적이 있었다. 정확히 말하면 그 근방의 펜션이었지만, 서울에서 자동차로 한 시간 반 쯤 걸렸던 기억이 난다. 물론 도로도 없고 자동차도 없는 조선시대에서는 상황이 다르다.

"그들은 청의 가장 뛰어난 장군들이고, 가장 날랜 말과 빠른 마차를 받았다. 린이야 잠들어 있어 모른다지만 너는 몇 시간만 가도 녹초가 될 거야."

"도르곤, 아니 왕야께 물어보았는데 늦어도 노을이 질 때쯤이면 나루에 도착한대요. 린이네는 강을 건널 거고 난 호에게 돌아올게요."

세자빈이 홀로 청의 장군들을 마중하고 온다는 것, 그것도 그들과 함께는 아니더라도 외박을 할 가능성이 높았다. 호는 머리가 아팠다. 물론 린이에 대해 라희가 각별히 여긴다는 것은 알고 있었으나 허락하기 어려웠다.

"그 표창… 나를 맞추려고 한 것일 수도 있어요. 린이가 나 대신 맞아서 지금 이렇게 된 것일지도 몰라요. 어쩌면 오늘이 마지막으로 얼굴 보는 거일지도 모르는데 조금만 더 린이 곁에 있어주고 싶어요."

"그 표창이 너를 맞추려고 한 것이라면 더더욱 널 보낼 수 없어."

"호, 부탁이에요! 내 마음을 조금만 편하게 해주면 안 될까요?"

린이 또한 라희를 각별히 좋아했다. 라희는 도르곤이 린이의 친부라는 것을 알게 된 후로, 린이가 볼모로 가는 것에 대해 더 막지는 않았다. 그러나 그 어린아이가 눈을 떴을 때, 타지에 있다면 얼마나 놀랄까 걱정했다. 그래서 그 아이가 알아듣든 그러지 못하든 머리맡에 앉아 청나라에 대해 이야기해주고 있었다.

"휴, 약속해."

"…."

"제발 조심하겠다고. 다치지 않고 무사히 돌아오겠다고."

"치, 걱정도 팔자야. 누가 보면 먼 길 가는 줄 알겠어요."

그래, 꿈이다. 재수 없는 꿈일 뿐이다. 호는 불안함을 떨쳤다. 라희를 호위할 병사들을 많이 딸려 보낼 것이다. 임진나루는 호 역시 답답한 궁에서 나와 가끔 바람을 쐬러 말을 달렸던 익숙한 곳이었다. 그리 먼 곳이 아니다. 호는 스스로를 안심시키려는 듯 라희를 꼭 껴안았다. 라희는 호의 품에 얼굴을 묻었다.

***

그들은 왕이 준 보물들과 곡식, 비단, 명마들과 함께 청으로의 여정을 시작했다. 청의 장수들이 위풍당당한 기세로 앞서 걷고 있었고, 긴 행렬의 중간에 휘황찬란한 가마가 있었으며, 가마의 앞에 검은 말과 흰 말이 나란히 걷고 있었다.

"아직은 말에 익숙하지 않은가 보군."

"티 나요? 사실 배운 지 얼마 안 됐어요. 듣기로 청나라 여자들은 말을 잘 탄다던데."

"모든 여인들이 잘 타는 것은 아니지만, 보통 장군가의 여식들은 사내들 못지않게 말을 다룬다오."

호가 겁을 주었던 것처럼, 말을 달리거나 할 일은 없었다. 그도 그럴 것이, 가마에 타 누워 있는 린이 때문이었다. 도르곤과 라희는 나란히 앉아 잡담을 나누었다. 출발할 때는 장옷을 입고 린이와 가마에 타 있던 라희였으나 가마꾼들에게 미안하기도 하고 멀미가 나기도 해 빈 말에 올라탔다.

"린이는 걱정 마시오."

"…."

도르곤의 입에서 처음으로 '세손'이 아닌 그 아이의 이름이 나왔다. 라희는 고개를 끄덕였다. 친아버지인데, 그 먼 곳에서 자식을 찾기 위해 조선까지 온 아버지인데, 그 아이에게 잘하지 않을 이유가 없었다.

"그리고 그대에게 참으로 고맙소. 린이를 지켜주어서. 못난 아비가 이제야 제 자식을 찾게 될 때까지 그 아이를 잘 지켜주어 고맙소."

"제가 원해서 한 일인데요. 신경 쓰지 마세요."

"그대는 원하는 것이 없소? 제 목숨을 내놓으면서도 그 아이를 지켜준 그대에게 무언가 보답을 하고 싶소."

"보답까지는…. 음, 그럼…."

라희는 사양하려다, 문득 얼마 전 들었던 이야기가 떠올랐다.

"그렇다면 당분간이라도 저희가 바쳐야 할 조공의 양을 줄여주세요."

당연히 패물이나 귀한 옷을 말할 줄 알던 라희가 조공에 대해 말하자 도르곤은 흠칫 놀랐다. 설마 왕이나 세자가 라희에게 언질을 한 것일까. 아니, 그럴 리는 없었다. 라희는 분명 선물을 받을 것을 미리 예상한 표정이 아니었다.

"조공이라, 그대는 정치에도 관심이 있는 것인가?"

"지방에 흉작이 들어 세금을 낼 곡식도 없다고 들었어요. 나도 역사를 잘 모르지만, 우리가 지금은 그쪽 청나라에 제후국이나 다름없는 건 맞잖아요. 매해 나라의 곳간을 긁어모아 조공도 바치고. 청에서도 우리에게 많이 주긴 하지만, 올해는 우리나라 사정이 엄청 어렵다고 들었거든요."

"하하, 제대로 당한 기분이오."

"왕야께서는 약속을 잘 지키신다 들었어요."

세자와 세자빈은 자신이 조선에 들린 잠깐 새에 참 많은 것을 얻어내었다. 그 누구보다 영민한 그들이 만들어갈 조선의 미래는 어떨까 궁금했다. 도르곤은 답했다.

"황제께 청해 조선의 어려운 사정을 잘 말씀드리겠소."

"고마워요. 그리고 우리 린이 잘 부탁드려요. 깨어나게 되면 저한테도 편지해주시는 거 잊지 말구요."

"쾌차하게 되면 연통드리리다."

때때로 일행 전체가 멈추고 가마로 어의들이 드나들었다. 린이의 상태를 살피기 위해서였다. 가끔은 상체를 들어 올린 채 물과 곡식 가루를 탄 죽을 입에 흘려 넣어주었다. 아이가 일을 보았는지 확인하고, 옷도 종종 갈아 주었다. 송 의원은 린이의 소화기와 순환기 계통의 장기가 정상적으로 움직이고 있으며, 호흡과 기의 흐름도 안정적이라고 하였으나 끝내 왜 의식을 되찾지 못하는지는 찾아내지 못하였다.

도르곤의 말대로 하늘에 붉은 기가 돌 무렵, 임진나루에 도착했다. 아득히 건너편이 보이는 나루터는 강 같기도 하고 호수 같기도 했다. 큰 배 두어 척이 포구에서 대기하고 있었다. 나루터를 병풍처럼 감싼 거대한 느티나무 한 그루가 보였다. 느티나무의 머리끝에 노을빛을 띤 구름이 주렁주렁 달려 있는 듯했다. 콘크리트 도로 하나 보이지 않는, 개발되지 않은 자연은 낯선 만큼 아름다웠다.

"린아, 꼭 일어나야 해. 아프지 말고, 우리 다시 보자."

라희는 린이의 볼과 이마를 쓰다듬었다. 린이와 함께 청으로 향하는 보모상궁이 라희에게 절을 올렸다. 도르곤이 묵묵히 그 장면을 바라보고 있었다. 이제는 정말 보내주어야 할 때였다.

"잘 가, 잘 가. 린이야."

라희의 볼에서 뜨거운 눈물이 흘러내렸다. 제 배로 낳은 아이도 아닌데, 왜 이렇게 정이 들어버린 건지. 연약한 체구가 실린 가마가 닫히고, 배에 실렸다. 라희는 도르곤과 짧은 인사를 나누고, 그들이 탄 배를 보내 주었다. 강의 건너편으로 배가 닿을 때까지 라희는 눈을 떼지 못했다.

"거기서는… 꼭 행복해야 해…."

라희는 자신의 혼잣말이 그 아이에게 닿길 바랐다. 금방이라도 '누나!' 하면서 뛰어올 것 같은, 맛난 유과를 먹으며 라희의 입에도 넣어줄 것 같은 귀엽고 천진난만하고 여린 아이. 어머니를 잃고 누구의 따스한 시선도 받지 못한 채 궁에서 눈칫밥만 먹고 자라다 간신히 죽을 위기를 넘긴 아이였다. 그 아이가 다시 일어나길, 행복을 찾길, 라희는 기도했다.

"빈궁마마, 날이 어두워졌습니다. 객주에서 조금 쉬신 뒤, 동이 트면 한양으로 되돌아가시는 것이 어떻겠습니까?"

호위의 제의에 라희가 힘없이 고개를 끄덕였다. 라희와 라희를 호위하는 군사 스물 정도로 구성된 무리는 강을 따라 근방에서 가장 큰 규모의 객주로 향했다.

"마마, 가마에 타시는 것이 어떻겠습니까?"

"괜찮아요. 가마꾼들도 지쳤을 거예요."

라희는 옥교에 타기를 거부했다. 아직도 승마 실력은 어설펐지만, 하루 종일 타니 익숙해지긴 했다. 허리와 허벅지가 많이 당겼지만, 버틸 만했다. 먼발치의 절벽에 부딪치는 강물의 소리는 파도소리와 다르지 않았다. 듣기 좋았다.

스륵.

어느 순간부터 가까운 풀숲이 말발굽 소리로 진동하였으나, 그들 중 누구도 알아채지 못했다. 임진강의 근방, 죽을힘을 다해 도망치고 있는 이가 있었다. 그자가 지척에 다다라서야 낯선 기척을 알아챈 병사들은 검을 뽑아들었다.

"헉, 헉…."

말에 올라타 있는 것은 숨을 헐떡이는 어느 묘령의 여인이었다. 그녀의 얼굴은 눈물과 땀에 젖어 있었다. 검상으로 인해 찢어진 옆구리에서 나온 벌건 피가 옷을 적시고 있었다. 라희는 놀라 그녀를 돌아보았다. 본 적이 있는 여자였다. 라희는 눈을 가늘게 떴다. 그때 풀숲에서 다른 자들의 외침이 들려왔다.

"쫓아라! 이랴! 이랴!"

"네 이년! 어디 갔느냐?"

인간 사냥꾼의 소리이다. 그녀, 난영은 직감했다. 오늘이 제 생의 마지막 날이라는 것을. 도르곤의 분노를 사고 살아남을 수는 없었다. 아무리 도망치려 해도, 그의 사냥꾼들은 자신을 찢어죽이기 위해 쫓아왔다. 더 이상 도망칠 곳이 없었다.

"마지막이라도 운이 좋아서 다행이다."

난영은 이곳에서 라희를 마주친 것을 일종의 운명이라 생각했다. 라희는 어리둥절해 보이는 멍청한 얼굴을 하고 있었고, 곱고 단정한 옷을 입은 채 흰 말을 타고 있었다. 라희만 없었더라도, 제 운명이 이리 되지는 않았을 것이라 생각하며, 난영은 비뚤린 복수를 위해 광기에 젖은 묘한 웃음을 지으며 외쳤다.

"저승 길동무로 함께하자!"

난영이 채찍으로 말의 궁둥이를 때렸다. 놀란 말은 난영이 이끄는 대로 라희의 말을 향해 돌진했다. 피할 새도 막을 새도 없었다. 두 말, 그리고 두 여인은 칠흑처럼 어두운 임진강의 절벽 아래로 추락했다. 풍덩 하는 소리가 연거푸 들렸다.

"린아! 린아! 정신이 드느냐?"

강의 건너편, 조선 어의의 황급한 부름에 도르곤은 가마로 달려갔다. 배가 강기슭에 닿자마자 벌어진 일이었다. 린이가, 린이가 눈을 떴다. 막 잠에서 깬 듯, 속쌍커풀이 진 채, 어리둥절한 눈을 한 린이가 도르곤을 바라보았다. 도르곤은 하나뿐인 제 아들을 급히 껴안았다.

11

닿을 수 없는 거리

사람의 발이 닿기에는 외진 곳에 있었으나 주인의 취향을 닮아 고풍스러운 여각에는 쉴 새 없이 의원들이 들락거리고 있었다. 한 의원이 환자를 보고 고개를 저으면 다음 의원이 들어왔다. 돈은 얼마든지 줄 테니, 어떻게 해서든 환자를 살려 달라는 것이 의뢰인의 요청이었다.

"오늘 밤이 고비일 듯싶습니다."

노의는 한참 동안이나 환자의 상태를 보더니 한숨을 내쉬었다. 환자의 주변에는 피가 묻은 천들이 널려 있었다. 얼굴이나 팔다리의 생채기들이 문제가 아니었다. 머리가 크게 찍혀 지혈이 힘들 지경이었다.

"계관화와 산야초를 빻아 환부에 붙이긴 했으나, 피가 멈추지 않고 맥이 느려집니다. 만일 깨어나더라도 반쯤은…."

노의는 말을 더 잇지 못했다. 수십 년간 병자를 돌보았으나, 이런 행색이 되고도 스스로 숨 쉬고 있는 자를 본 것은 처음이었다. 그도 결국 절레절레 고개를 저으며 나갔고 리센은 나지막한 목소리로 욕지기를 내뱉었다.

"젠장! 젠장할! 영감은 명의잖아! 방법이 없는 거야?"

"흠…. 나로서도 답이 나오지 않아. 문 밖에 줄 서 있는 의원들 중 이 정도로 심한 병자를 살려본 적 있는 의원이 있길 바랄 수밖에."

송 의원은 눈살을 찌푸린 채 향에 약초를 얹어 올려두었다. 의식을 잃은 채 시체처럼 누워 있는 파리한 안색의 라희에게 통증의 경감 효과를 줄 향이었다. 의식이 아예 없어 통증을 느끼는지도 확실치 않았지만 말이다.

"방법을… 방법을 찾아야 해! 라희를 이렇게 보낼 수는 없어!"

"여기서 이러지 말고 당장 궁에 데려가. 이 고집쟁이야."

"라희는 궁에서 몇 번이나 죽을 뻔했어. 제 여자도 지키지 못한 무능한 세자에게 다시 넘겨줄 수는 없어."

송 의원은 혀를 끌끌 찼다. 거래할 때는 소름끼칠 정도로 치밀하게 손익을 계산하는 리센이지만 한 번 집념을 가진 일에는 몸을 불살라 뛰어드는 자였다.

"십여 년 전, 병자년에 청군과 함께 조선에 왔던 색목인 천주교인이 있었는데 아직도 조선에 머물고 있는 모양이더군."

"이 상황에 무슨 쓸데없는 소리야?"

"명의 황실에서 쓰이던 의원이었다고 한다. 양의학을 잘 아는."

양의학. 물에 빠진 그에게 던져진 유일한 지푸라기였다.

"어디에 살고 있는데? 당장 가서 데려와야겠어!"

"하지만 그자는 더 이상 병자를 만나지 않아. 청에서 건너올 적에는 이미 의원 노릇을 그만두었다고 한다. 네놈이 가더라도 소용없을 거다."

"소용없을 거라면서 말은 왜 해? 어쨌든 가서 멱살을 잡아서라도 데려와야겠어."

희대의 명의인 송 의원도 가망이 없다 할 정도면 양의라도 찾아야 했다. 엉망진창이 된 라희의 처참한 모습을 보는 리센의 붉은 눈에서 불꽃이 치솟는 듯했다. 그의 다그침에 송 의원은 하는 수 없이 양의의 소재를 알려주었고, 리센은 곧장 뛰쳐나가 말을 달렸다.

'널 보내지 않을 거야. 저승 문 앞까지 가더라도 널 다시 끌고 올 거야. 질 좋은 보물을 가져보지도 못하고 진창에 떨어뜨리는 짓 따위는 안 해. 용포의 대가는 아직 받지도 못했는데, 널 보내지는 않아.'

이른 새벽, 한 잠도 자지 않았지만 정신만은 어느 때보다 또렷했고 절박했다. 리센은 단숨에 말을 달려 송 의원이 알려준 민가에 당도했다. 상단의 단원들과 함께 출발했으나 도착한 것은 리센 혼자뿐이었다. 명마를 너무 재촉했던 탓이었다.

쾅!

실례라는 것을 알지만, 리센은 의원이 머물고 있다는 문을 세게 열어젖혔다. 허름한 방에 조선 복식을 입고 누워 있던 양인은 간밤에 술을 많이 마신 듯, 방 안에는 술 냄새만 가득했다. 리센은 허락도 없이 방 안으로 뛰어 들어갔다.

"일어나! 망할! 어서 일어나라고!"

"음…."

여전히 제 정신 차리지 못하고 인상을 찌푸린 채 눈을 감고 있는 양인의 뺨을 때려 깨울까 하다가 리셴은 어깨를 흔드는 걸 선택했다. 혹시나 기분이 나쁘다고 순순히 안 오면 그것대로 문제이니까 말이다. 이미 지금까지의 방식만으로도 초면인 자에게 엄청난 무례였으나 리셴은 그 사실을 인지하지 못했다.

"병자가 죽어간다고! 당신 의원 아니야? 당장 날 따라와. 돈이라면 얼마든지 주겠어."

"…의원? 어떤 놈이 그런 미친 소리를."

양인은 조선에 오래 머물러서인지 조선말에 능숙했다. 이제야 정신이 든 듯, 그는 눈을 가늘게 뜨며 일어나 앉았다.

"네가 누구인지는 모르겠다만 나는 의원이 아니다."

"개 같은 소리 하지 말고, 당장 일어서."

"너, 조선인은 아니군."

"그래, 청나라인이다. 대사의 상단주 리셴, 네가 나에 대해 들어보았건 아니건 상관없다. 지금 여기서 낭비할 시간 없어."

리셴의 눈은 그 어느 때보다 절박했다. 양인은 유심히 리셴의 용모를 살펴보았다.

"네가 병자 하나만 고쳐 준다면 이 허름한 방 수백 칸은 살 만한 돈을 줄게."

리셴은 분명 동양인의 얼굴은 아니었다. 조선에서도 양인들과 비슷한 체구와 외모를 가진 자들이 있었으나 그래도 리셴처럼 뚜렷한 인종적 특징이 드러나는 외양은 아니었던 것이다. 양인은 리셴의 붉은 눈을 뚫어져라 보더니 무언가 생각난 듯 얼굴이 굳어졌다.

"상단 대사라…. 돈은 필요 없다."

"사람을 억지로 데려가는 건 내 취미가 아니야. 그것도 당신 같은 냄새나는 늙은 영감 따위를 위협해 데리고 가기는 싫어."

리셴은 양인이 순순히 따라오지 않으면 그를 강제로라도 데려갈 모양이었다.

"하나만 대답한다면 따라가겠다. 네 어머니의 이름이 무엇이냐?"

"젠장할, 그런 것 따위 몰라. 날 낳자마자 돌아가셨어."

양인의 얼굴이 더욱 심각하게 굳었다. 아주 오랫동안 잊어버렸던, 아니, 기억 저편에 묻고 있었던 일이 생각났기 때문이었다. 그가 일어서며 말했다.

"함께 가도록 하지."

그는 예상보다 싱겁게 제안을 받아들였다. 청의 황실에서 온 자가 온갖 보물을 미끼로 청했을 때도 그는 발가락 하나 꿈쩍하지 않았다. 리셴이 아니었더라면, 그의 과거가 아니었더라면 어림도 없을 일이었다.

***

헐레벌떡 달려온 병사들의 안색은 파랗게 질려 있었다. 빈궁을 제대로 모시지 못하다니 당장 목숨이 떨어져도 이상하지 않을 일이었다. 그러나 호는 그들에 대한 분노보다는 라희를 잃을지 모른다는 두려움에 휩싸여 정신없이 임진나루로 향했다. 아끼는 제 명마도 오늘만큼은 답답할 만큼 느리게 느껴졌다.

"저하! 마마께서는 강한 분이십니다. 마마를 믿으십시오."

"…."

함께 말을 달리는 병욱의 위로에, 호는 입술을 깨물었다. 꿈 속 노파의 말이 아직까지 귓가에 생생했다.

'찾을 수도 없고 보이지도 않아.'

그녀를 하루만 못 보아도 아쉬운데, 그녀가 없는 삶은 상상할 수조차 없다. 꿈을 꿈으로만 간주했던 제 이성과 냉철함이 호는 미친 듯 후회스러웠다. 한 번쯤은 괴력난신에 의지하는 유약한 세자가 되어도 상관없는 일이었는데, 어째서 그녀를 보낸 것일까 후회해도 이미 늦은 일이다.

"저하!"

수 시간 만에 임진나루에 도착하자마자 근방의 현감과 임진진의 관리들이 도열하여 호에게 급히 절을 하려 했다. 호는 분노와 살기가 휩싸인 표정으로 시간 낭비에 불과한 예를 생략하라 명했다.

"빈궁은 찾았소?"

제 입으로 내는 말이 그리 아플 수 있다는 것을 호는 지금껏 몰랐다. 현감은 무릎을 꿇으며 주저앉았다. 희망이 와르르 주저앉는 소리가 들렸다.

"저하! 죽여주시옵소서!"

"찾았느냐고 묻지 않소!"

호의 살기 어린 목소리가 대기를 옥죄고 있었다. 답은 이미 나온 것이나 다름없으나 마지막 희망 한 줄기를 호는 끈덕지게 움켜쥐고 있었다. 관리 하나가 기어들어가는 듯한 목소리로 답했다.

"그것이… 많이 훼손된 시신을…."

"…."

땅이 뒤집히고 하늘이 무너진다면 이렇게 역한 느낌인 것일까. 제 어미가 칼로 자신을 찔렀을 때도 이렇게 아프지는 않았다. 누군가가 뒤통수에 대고 말뚝질을 하고 있는 듯한 느낌으로, 천지가 진동하며 쿵 쿵 울렸다. 호는 그저 말을 잃고, 제 몸 하나를 간신히 지탱한 채 서 있었다.

"저하!"

"…하…."

이미 여러 번의 고비를 넘겼으나, 그녀를 잃지 않겠다 다짐했고 그녀가 제 곁을 떠날 리 없다 믿었다. 그 모든 것이 자만이었을까. 차마 말로 형용할 수 없는 상실감에 가슴이 터질 것 같이 아려왔고 미간이 화끈거려왔다. 기도에 무엇인가 걸린 듯 숨이 잘 쉬어지지 않았다.

"어찌 네가 날 두고…."

"저하! 슬퍼하시는 것은 확인한 뒤에도 늦지 않습니다!"

병욱은 현감이 이끄는 곳까지 호를 부축했다. 한 걸음 한 걸음, 지하에서 누군가 잡아끌 듯 발이 잘 나가지 않았다. 멍석이 덮인 시신의 곁에 다가가자 부패하는 역한 냄새가 났다. 그러나 지독한 절망감으로 숨을 들이쉬는 것조차 고역인 호에게 그 따위 냄새는 전혀 신경에 거슬리지 않았다.

"…."

호가 떨리는 손을 멍석에 갖다 대었다. 입술을 얼마나 세게 깨물었는지 입안에서 비린 맛이 가득 느껴졌고, 눈앞은 흐려져 잘 보이지 않았다. 차갑게 식어버린 피가 흐르는 심장은 흉포하게 뛰고 있었다.

"희야, 라희야…."

잠긴 목소리로 그녀의 이름을 쥐어짜내듯 불렀다. 현감은 처참한 표정으로 이 애처로운 광경을 바라보고 있었다. 호의 손이 그녀의 얼굴을 덮은 멍석을 치웠다.

"…."

익숙한 얼굴이었다. 미세하게 떨리던 호의 안색이 딱딱하게 굳었다. 그의 눈에, 이 상황에 맞지 않은 한 줄기 감정이 스쳐지나갔다. 그것은 안도감이었다. 그녀의 얼굴을 다시 확인한 호는 멍석을 덮었다. 현감이 다시 무릎을 꿇으며 청했다. 기껏 근방 고을을 관할하는 그에게 죽을 만한 잘못이 없다는 것은 천하가 아는 사실이나 비통해하는 세자에게 유감을 표할 말이 달리 없었다.

"저하! 죽여주시옵소서!"

"빈궁이 아니다."

"예?"

"이자는 다른 여자다."

불안감은 여전히 호의 온 정신을 올가미처럼 옥죄고 있었으나, 그는 적어도 이전보다는 한결 단호하고 안정된 목소리로 말했다. 병욱 역시 안도의 한숨을 내쉬고 있었다.

"병사들의 말을 들어 보니 말을 탄 묘령의 여인이 마마를 원수라도 되는 듯 대하더니 말로 치어 함께 강에 빠졌다고 합니다. 이판 김장호가 얼마 전 급사한 것과 관계가 있는지 조사해보겠습니다."

"될 수 있는 한 많은 자들을 풀어 임진강변을 샅샅이 뒤지도록 해. 저 얼굴은 분명 김장호의 여식 김난영…."

붉은 홍조를 안면에 띤 채 고백해오던 그녀의 향을 어찌 잊겠는가.

"그리고 도르곤의 끄나풀이지."

청에서 맡아본 적 있는 향이다. 도르곤의 그림자, 색공을 쓰는 자들의 배합향이다. 그간 장단을 맞추어 역이용하기 위해 모른 체 하였으나, 지금에 이르러서는 그 또한 통탄할 만큼 후회스러웠다. 어찌되었건 그녀가 라희에게 큰 위협이 된 것이니 말이다.

"익사체는 물에 떠오르기 마련인데, 떠오른 시체가 저 여인뿐이라는 것은 마마께서는 살아계실 가능성이 있습니다. 듣기로는 물질도 하실 줄 아신다고…."

"살아있어야 한다. 꼭 살아야 한다."

라희에게 들리지 않는 말이나, 라희를 향해 당부하는 말이었다. 또한 금방이라도 주저앉을 것 같은 제 자신을 깨우는 말이기도 했다. 그녀만 돌아온다면, 이 세상 전부와도 바꿀 수 있었다.

***

끝없는 암흑 속으로 가라앉는 느낌의 끝, 등에 차가운 강바닥이 닿았을 무렵 간신히 무거운 눈꺼풀을 들어 올린 라희의 시야에는 익숙한 현대식 조명이 보였다. 엄청나게 슬픈 꿈이라도 꾼 듯 베갯잇은 축축하게 젖어 있었고 가슴이 아려 왔다. 온몸은 두드려 맞은 듯 아팠고, 전날 술 마신 기억도 없는데 숙취처럼 속이 역했다.

"기분이… 좋지 않아. 꿈 때문인가?"

어째서인지 무언가 잊고 있는 듯한 느낌이었으나, 개의치 않았다. 오늘도 이전과 다름없는 바쁜 하루가 시작되고 있었다. 미저리 시어머니, 바람, 도박, 주사의 삼요소를 겸비한 무능한 남편, 그것이 그녀의 유일한 가족이었다.

"너는 시집 온 지가 몇 년인데 아직도 간 하나 못 맞추니?"

출근 전 바쁘게 차린 아침이 입에 맞지 않았는지, 시어머니는 타박을 시작했다. 남편은 곁눈질로 힐끔거리며 보더니 제 소관이 아니라는 듯 끼어들지 않았다. 어차피 매일 멍든 채 살아가는 인생인데 가슴에 멍 하나 더 생긴다고 해서 별일도 아니다.

"오늘 회식은 라영 씨 빼고 다 참석이지? 라영 씨는 오지 마. 또 저번처럼 저녁 안 차렸다고 어머니 쫓아오면 어쩌려고."

능글맞은 팀장은 오늘도 그녀를 괴롭혔다. 사람에 대한 기대와 신뢰 따위는 무너진 지 오래다. 제 일만 열심히 하면 되는 것이다. 기대하지 않으니 실망도, 스트레스도 덜하다. 어찌 일했는지도 모르게 업무가 끝나고 동네 마트에 들러 장을 보러 갔다. 같은 반찬을 내놓았다가는 남편과 시어머니가 쌍으로 타박을 할 것이다.

"내일은… 꽃게탕을 끓여 볼까."

지나칠 정도로 하루에 대해 감흥이 없다. 기계적으로 흘러가는 비참한 일상 속 뭔가 아주 중요한 것을 잊고 있는 듯한 느낌에 문득 가슴이 시리다 못해 아파왔다.

삑, 삑.

"삼만 천오백 원이에요."

"네, 여기요. 봉투는 재활용봉투에 담아주세요."

집과 가까운 마트에서 나와 양 손에 든 재활용봉투를 들고 집을 향해 걸었다. 데자뷰가 일어나고 있는 듯 이와 같은 기억이 머리 한구석에 있었다. 아마 내일 아침 꽃게탕을 끓이면 심보 나쁜 시어머니는 라희가 꽃게를 너무 많이 먹는다고 궁시렁거리며 제 아들에게 게살을 발라 줄 것이고 내일은 아침부터 체해 점심을 먹지 못할 것이다.

"어떻게… 나 다 알고 있지?"

그 체기는 며칠이 지나도 풀리지 않을 것이고, 어느 순간부터 숨이 막혀와 죽어야겠다는 생각이 들 수도 있겠다. 그러다가 결국 병원에 갈 것이고, 이 악순환의 고리를 끊기 위해 어쩌면 이혼이라는 것을 택할 수도 있겠다. 백년가약이 십 년도 살지 못하고 산산이 깨어지는 것이다.

"…흑, 흑…. 으흐흑!"

라영의 울음은 점점 오열이 되었다. 한쪽 봉투를 길에 내던지고, 눈물범벅이 된 얼굴을 감싸다 다른 쪽 봉투도 내던졌다. 결국 자리에 주저앉아 어린아이처럼 울었다. 지나던 행인들이 힐끔거렸으나, 그런 시선 따위는 상관없었다. 그저 이 차가운 거리에서, 생각나지도 않는 누군가가 미친 듯 보고 싶었다.

"쯧쯧, 사와 생을 건너왔던 아이가 생과 사의 기로에서 다시 헤매고 있구나."

자전거 주차장 옆의 벤치, 넋 나간 표정으로 앉아있던 할머니의 중얼거림이 들렸다.

"저는… 누구죠?"

눈물 범벅이 된 얼굴로 라희는 낯선 할머니에게 물었다. 초면이었으나, 라희는 직감적으로 느낄 수 있었다. 한복을 입은 백발의 노인이 자신의 과거와 현재를 알고 있는 자라는 것을 말이다.

"너는 네가 누구라고 생각하느냐?"

카메라에 랜즈캡을 씌우듯, 익숙한 거리의 풍경이 문득 검게 변했다. 발밑에는 은하수가 흐르고, 머리 위에도 은하수가 흘렀다. 적막하고 아름다운 우주 위에는 오로지 라희와 허리가 구부정한 할머니 하나가 있을 뿐이었다.

"모르겠어요. 아무것도 기억이 나지 않아요. 내 이름도, 내가 어떤 사람인지도."

어둠과 안개가 짙게 깔린 바다처럼 한 치 앞도 보이지 않았고, 걸어온 길도 알 수가 없었다. 할머니는 그저 안타까운 눈으로 묵묵히 라희를 바라보고 있었다.

"하지만 한 가지는 알겠어요. 마음이 계속 그렇게 말해요. 돌아가야 한다고. 내가 알고 있지만 기억하지 못하는 그 곳으로, 그 사람에게 돌아가야 한다고."

연신 뜨거운 눈물이 흘러내렸다. 기억하지 못하는 과거가 그녀를 애타게 부르고 있었다. 그 그리움은 온몸과 마음에 흔적처럼 남아 있었다. 할머니가 한숨을 푹 쉬었다.

"너는 본디 잘못된 존재이다. 인과의 굴레에서 벗어난 네 운명은 제 길을 걷고 있는 자들의 미래를 바꾸어 놓고 있어."

초자연적인 존재마저 제 삶을 부정하는 것인가. 그러나 이미 굳은살이 단단히 박힌 마음은 더 아프지도 않았다. 잘못된 존재라 하더라도 스스로를 탓할 일은 아니다.

"너는 주어진 명을 다 쓰지 못하고, 그것도 행운의 그릇은 남겨두고 불운의 그릇만 말끔히 비우고 갔다. 그리고 상제의 실수로 수백 년 전의 아이와 운명이 뒤바뀌게 되었지. 조용히 살아가더라도 잘 닦인 길만 걸을 것을, 다른 자들의 운명에 적잖은 영향을 주더구나. 이를 애초에 바로잡지 못한 것 또한 상제의 실수일 터."

"당신은 신인가요?"

"신의 일에 주책스럽게 끼어든 늙은이라고 해두마. 신선이 되었다 한들 혈연의 정에 눈앞이 흐려지는 중늙은이지. 어찌되었건 넌 수백 년 전부터 시작된 인과에 의해 죽어야 했을 꼬마를 세 번이나 살려 그 운명을 바꾸어 버렸고, 그 대가로 신의 노여움을 받아 명줄이 끊길 위기에 처했지."

"명줄이 끊기다면… 죽는다는 이야기인가요?"

"삼 년, 그저 삼 년만 숨어 있거라. 신이라는 영감탱이의 진노가 한풀 꺾일 시간이다."

노파는 라희에게 다가가 그녀의 두 손을 자신의 주름진 손으로 움켜쥐었다.

"그 이후로는 네 자리로 돌아간다 한들 차사들이 너를 찾을 수 없을 것이다. 삼 년만 네 새 운명을 버리고 길에서 숨어 있거라."

"누군지 모를 그 사람을 만나야 해요. 내가 없으면 그 사람이 아플 거예요."

"너는 아무것도 기억할 수 없을 게야. 그늘 아래에 몸을 낮추고 있거라."

노파의 당부에도 라희는 울며 고개를 가로저었다. 이미 아무것도 기억하지 못하나, 무의식 속에서 고동치는 슬픔으로 가슴이 찢어지게 아팠다.

"저는 돌아가야 해요."

"얘야, 시간에 의미를 두지 말거라. 간절히 바라는 두 마음이 통하면 우주의 이 끝과 저 끝이라도 닿을 수 있는 것이다."

"아파할 거고, 후회할 거고, 자책할 거예요. 나를 찾고 있어요."

"시간이 되었구나."

우주가 진동했다. 라희는 참을 수 없이 가슴이 아팠다. 아득한 우주 속 반짝이는 크고 영롱한 별 하나에 제 인생 가장 아름다웠던 순간들이 반짝이고 있었다. 광활한 검은 영토에 그것을 묻어둔 채, 이제 새 길에 올라서야 할 시간이었다.

***

리셴은 초조하게 양인의 손끝을 몇 시진 째 바라보고 있었다. 양인은 병자를 보는 것이 십 년도 지난 일이라 손놀림이 능숙하지는 않았으나, 제 쌓아왔던 지식은 녹슬지 않아 침착하게 상처를 봉합하고 있었다. 방 안은 소독을 위해 사용한 알코올 때문인지 술 냄새로 가득했다.

"호오, 직접 눈으로 보니 정말로 대단하구만."

송 의원이 감탄하며 말하였다. 양인의 의술은 정밀함을 요했으며 실용적이었다. 마취용으로 쓰이는 약재를 희석해 투입한 뒤, 불에 달군 칼로 환부를 거침없이 잘라 깊숙한 곳의 이물을 빼내었다. 씻어낸다고 씻어내었으나, 환부를 보호하기 위해 과감한 행동은 하지 않았던 의원들과는 정반대였다. 굵은 피가 흘러나와 라희의 혈색이 나아지는 듯했다.

서걱, 서걱.

환부를 봉합한 뒤 송 의원이 건네는 지혈초를 환부에 붙인 뒤, 천을 여러 번 덧대어 강하게 감았다. 내상과 질병, 특히나 독에 당한 병자에게 송 의원은 신과도 같은 명의였으나, 외상을 이렇게 능수능란하게 다룰 수 있는 의원은 오로지 눈앞의 양의뿐이었다.

"내가 할 수 있는 조치는 다 했다."

송골송골 땀이 맺힌 이마를 소매로 닦으며 양의는 라희에게서 물러섰다.

"깨어날 수 있는 거야?"

"나는 인간이 할 수 있는 일을 할 뿐, 결국 모든 것이 그분의 선택에 달렸어."

"그분이라면."

"신."

리센의 물음에 양인은 담담하게 답했다. 피를 많이 흘렸음에도 라희의 혈색은 처음보다 좋아져 있었고, 맥박도 많이 안정되어 있었다. 송 의원이 그를 날카로운 눈으로 쳐다보며 운을 띄웠다.

"죽음이 신의 선택이라면, 그대가 지금껏 방황할 일도 아니지 않는가."

"나를… 아시오?"

송 의원의 말에 양의의 안색이 차갑게 식었다. 리센은 묵묵히 그들의 대화를 듣고 있었다. 양의가 사연이 있는 자라는 것은 짐작했으나, 송 의원과의 접점이 있던 것일까.

"진류와 수녕의 아들은 보다시피 잘 살아 있네. 자네가 죄책감을 가질 필요는 애초부터 없었어."

송 의원의 말에 리센의 표정이 굳었다. 수녕은 제 어미를 뜻하는 말이었다.

"그게 무슨 말이야? 둘이서 대체 무슨 이야기를 하는 거야?"

"그래, 그거면 된 거겠지. 의원님, 그러나 내 방황은 꼭 죄책감 때문은 아니라오. 물욕과 탐욕, 의에 대한 집착으로 이 삶을 어지럽히기 싫다오."

"자네의 의술은 전혀 녹슬지 않았어. 지금이라도 후학을 양성한다면 많은 사람들을 구할 수 있네."

"젠장! 지금 둘이서 무슨 이야기를 하는 거냐고?"

황실의 꽃이던 어머니는 자신을 낳자마자 돌아가셨다고 했고, 아버지는 명 황실을 돌보는 의원이었으나 공주와 사랑에 빠진 죄로 리센이 뱃속에 있을 때 처형당했다고 한다. 리센의 외모에서 알 수 있는 사실이지만, 이름도 얼굴도 모를 아버지는 양인이었다. 설마, 하는 생각에 리셴은 금방이라도 죽여버릴 듯한 살벌한 눈빛으로 양인을 노려보았다.

"착각하지 말아라. 저자는 네 아버지가 아니야."

송 의원이 얼어붙은 분위기를 뚝 잘랐다. 양인이 깊은 한숨을 내쉬더니 말했다.

"외양은 네 아버지를 꼭 빼닮았으나 성격은 어머니를 닮은 듯 하구나."

"내 부모를… 알아?"

"네 아버지는 나의 인척이자 제자였다. 타향에서 함께하며 많은 신세를 졌으나 끝내 도움이 되지 못하고 진류를 떠나보낸, 그의 벗이기도 했지."

의원의 길을 이미 벗어났던 자가 리셴을 알아보고 다시 병자를 찾아간 이유가 있었던 셈이었다. 제 아버지가 아니라는 말에 그럼 그렇지 하는 안도감과 동시에 오랫동안 느껴왔던 허탈감이 폐부를 통과했다.

"난 아버지의 얼굴도, 어머니의 얼굴도 몰라. 어쨌든 당신에게는 라희를 치료해주어서 고맙다는 말을 하고 싶어. 약속한 돈은 주겠어."

"이 아이의 이름이 라희인가?"

피부가 하얗고 코가 오똑하며 속눈썹이 긴 것이 리셴의 어머니였던 수녕을 떠올리게 했다. 그 아버지에 그 아들인 것인가, 양의는 조용히 미소 지었다.

"네 아버지와 어머니는 좋은 사람들이었다."

"그런 쓸데없는 말 따위는 듣고 싶지 않아. 이 나이가 돼서 생전 본 적도 없는 사람들에 대해 그리움이나 호기심을 느낄 것이라 생각한다면 잘못 짚었어."

거친 파도와 풍랑을 홀로 헤쳐 나가며 성숙해왔다. 다른 이들에게는 딛고 일어설 수 있는 부모라는 버팀목이 있었으나, 리셴은 권모술수가 판치는 황궁에서 보호자 없이 손가락질 받으며 제 스스로 일어서야 했다. 명이 기울었을 때 제 신분을 버리고 대사에 몸을 의탁했다. 그래서 명이 쇠락하였을 때도 큰 감흥은 없었다.

"그래, 그렇다면 라희에 대한 이야기를 하지. 네 여자인가?"

"그렇다. 말해봐."

"아마 깨어나더라도 신체와 정신이 올바로 기능하지 않을 수 있다."

"그게 무슨 말이야?"

"팔다리를 다치면 아무리 크게 다쳐도 정신에까지 영향이 미치지는 않으나, 머리는 달라. 크게 부딪친 것은 맞으나 내상의 정도는 파악하지 못했고, 굶은 피는 빼냈으나 부상이 얼마나 진행되고 있는지는 알 수 없다."

씨티 촬영도, 엑스레이도 없는 이 시대에서 뇌의 상태를 알 수 없기에 최악을 가정하고 내린 당연한 진단이었다.

"바보가 될 수도 있다는 말이다."

아까 다른 의원도 라희가 깨어나더라도 반병신이 될 수 있다는 불길한 말을 남기고 간 차였다. 리셴의 표정이 구름이라도 낀 듯 어두워졌다.

"…상관없어."

리센의 눈은 어두웠으나 집념과 의지에 차 있었다. 송 의원은 혀를 차며 고개를 내저었다. 보물이 보물로서 가치를 다하지 않아도 좋다는 것인가. 리센의 붉은 눈은 더 이상 상인의 것이 아닌, 여인을 연모하는 한 사내의 눈이었다.

'진류! 아니, 노엘! 공주와의 일이 발각되면 틀림없이 죽음을 면치 못할 거야. 제발 나와 함께 고국으로 돌아가자. 그들에게서 받는 황금이 목숨보다 중하지는 않잖아!'

'형제여, 그럴 수는 없어. 신의 은총이 그녀의 뱃속에 있어. 내 목숨으로 그녀와 내 아이에게 가해지는 위협을 대신할 수 있다면 기꺼이 바치겠네.'

양의는 제 설득에도 꿈쩍하지 않았던 진류의 확신에 찬 눈을 기억했다. 리센은 제 아버지와 같은 눈을 하고 있었다.

"기다려. 약속했던 돈을 줄게."

"필요 없다."

"나는 빚을 지는 것을 싫어해."

"나도 그렇다. 네 아버지에게 진 빚을 그래서 너에게 갚았을 뿐이지."

"젠장, 난 내 아버지인지 뭔지 모른다니까!"

리센의 신경질에도 양의는 묵묵히 뒤돌아서서 여각의 방을 나섰다. 마음속 마지막 빚을 덜어내었으니, 이제 된 것이다. 수녕공주의 배가 불러옴에 따라 진류와 함께 문초를 받게 된 그는 둘의 사이에 대한 사실을 결국 고했다. 두려움으로 인해 형제이자 벗을 배신한 것이다. 진류는 죽음의 길목에 서서도 자신을 원망하지 않았다.

'신이시여. 저 아이의 길에 은총을 베풀어 주시옵소서.'

돈을 가져가라는 리셴의 말에도 양의는 아랑곳하지 않고 제 길을 갔다. 라희의 손이 움찔거렸는지, 리셴이 라희의 이름을 외치는 소리가 들렸다. 양의의 입가에 미미한 미소가 감돌았다.

***

임진나루에 머물게 된 지 수 일이 흘렀건만 라희에 대한 소식은 알 수 없었다. 호는 타들어가는 마음으로 매정히 흘러가는 강물을 바라만 보았다. 그의 곁을 지키는 병욱 역시 처참한 표정이었다.

"도르곤의 의지와는 무관한, 난영의 개인적인 공격이었던 것 같습니다."

"김장호의 죽음 역시 난영의 소행인가?"

"아닙니다. 아마 도르곤은 김장호를 제거한 뒤 난영도 제거하려던 것으로 보입니다."

병욱은 이번 일과 관련하여 배후를 철저하게 조사했다. 임금 역시 빈궁이 공격당해 실종된 이번 일에 크게 진노하여 조사를 명하였으나, 그것은 표면적인 것일 뿐이었다.

"그리고… 세손마마께서 깨어나셨다는 전갈이 왔습니다."

린이는 의식을 되찾자마자 빠르게 몸을 회복하고 있었다. 꿈속에서 노파에게 들었던 동전의 앞면과 뒷면에 대한 이야기가 머리를 스쳤다. 한 면이 빛을 보는 순간, 다른 면은 어둠에 잠겨 있을 수밖에 없다. 병욱은 말을 이었다.

"또한 당분간 그들에게 바칠 조공의 일부를 감면하라는 소식이 있습니다. 빈궁마마께서 임진나루로 가는 길목에서 왕야께 청하셨다고 합니다."

"…하."

흉년으로 인해 궁핍한 조선의 백성들에게 기쁜 소식이었으나, 호는 그것이 하나도 기쁘지 않았다. 그 길의 끝에서 라희가 사라질 줄 알았더라면, 청이라는 나라를 통째로 얻더라도 그녀를 보내지 않았을 것이다.

'어디에 있는 것이냐? 네가 없는 조선은 의미가 없다.'

호는 아픔이 느껴질 만큼 주먹을 꽉 쥐었다. 강물이 곧 얼어붙을 것이다. 겨울의 바람은 가슴을 에는 듯 쓰라리고 차가웠다.

***

북경에서도 노른자위에 위치한 홍신객잔은 왁자지껄한 객들의 주정, 뿌연 담배연기와 아편 태우는 냄새가 그득했다. 만두와 술을 먹으며 시시콜콜한 무용담을 늘어놓는 취객, 마작을 하는 사내들과 계집들, 쉴새없이 접시를 나르는 어린 점소이들까지. 붉은 등 아래 모든 것이 바쁘게 돌아가고 있었다.

"은자 쉰 냥을 주겠소."

"오백 냥."

한 상에, 네 사람이 마주 앉아 있었다. 붉은 옷을 입은 사내 둘과, 흑의를 입은 이가 둘이었다. 붉은 옷을 입은 사내의 제의에, 체구가 작은 흑의인은 엄청난 거액을 불렀다.

"말도 안 되오."

은자 한 냥이면 동전 일천 문이다. 쉰 냥이면 이미 중급 관리들의 일년 봉록이다. 그런데도 눈앞의 젊은이는 태연히 오백 냥을 부른다. 일백 냥까지는 예상하고 오십 냥을 불렀는데 그 열 배를 부른 것이다.

"칠백 냥."

젊은이가 값을 올렸다. 붉은 옷 사내들의 눈이 휘둥그레졌다.

"네 이놈! 정보를 팔 생각이 없는 것이군."

"당신들의 주인은 멍청해. 동태 눈깔을 달고 다니는 부하들을 이런 중요한 거래에 내보내다니."

"무엇이? 네 혓바닥을 뽑아놓겠다."

"천 냥. 마지막이다. 응하지 않으면 용홀대에게 팔 거야. 그 소식을 들으면 당신들의 주인은 화가 나서 당신들 목을 베겠지."

붉은 옷 사내들이 분을 못 이겨 검을 뽑아들었다. 정확한 내용은 모르지만 자금성의 비밀통로에 관한 자료로, 그들의 주군이 꼭 필요로 하는 것이었다. 어처구니없는 액수의 금액을 부르며 오기를 부리는 흑의인에게 쓴 맛을 보여주면, 알아서 술술 불 것이라 생각했다.

챙!

체구가 작은 흑의인 옆에 말없이 앉아 있던 덩치 큰 흑의인이 검을 뽑았다. 객잔은 순식간에 아수라장이 되었다. 점소이들은 또 유혈사태가 벌어지겠군, 하고 한숨 쉬며 뒷짐을 질 뿐이었다. 다행인 것은 무림인들이 소유한 객잔이라 소란을 피운 객들에게 기어코 부서진 집기류의 값은 받아낼 수 있다는 것이다. 많은 시선이 집중된 가운데 적의의 두 사내가 동시에 흑의인에게 덤벼들었다. 그러나 그는 큰 체격만큼이나 뛰어난 검술 실력으로 순식간에 두 사내를 제압했다.

챙!

적의의 사내들이 부러진 제 검날을 보며 멍해 있을 때, 박수 소리가 들려왔다. 삿갓을 쓴 사내였다. 적의의 사내들은 제 주인을 알아보고 황급히 고개를 숙였다. 상황이 정리되자 큰 흑의인은 검을 검집에 넣었고 작은 흑의인은 여전히 그 자리에 앉아 시큰둥한 눈으로 그를 바라보았다.

"그만하면 됐소, 허허. 천 냥."

제 주인의 말에 적의의 사내들은 눈이 휘둥그레졌다. 체구 작은 흑의인이 컵에 든 물을 꿀꺽꿀꺽 마시더니 말했다.

"이제야 좀 말이 통하는군."

"네놈이 감히! 이분이 누구신지 알고!"

"그럼 그쪽이 대답해보시오. 이름이 무엇이오? 성씨는 무엇이오?"

체구 작은 흑의인의 질문에, 삿갓의 사내는 대답 없이 미소만 비추었다. 적의의 사내는 제 입을 때렸다. 제 입이 방정이다. 그들의 주군은 그 정체를 함부로 입에 올릴 수 없는 신분이었다.

"그대가 내 이름을 알게 되면 이곳에서 살아나갈 수 없을 것이오."

"쓸데없는 잡담은 마다하고, 거래는 어찌하겠소?"

그는 멸망한 명나라 황실의 혈통이었다. 홍희제의 일곱 번째 서자. 이름은 주상청이며 화남지방에서 명의 재건 운동을 펼치고 있었다.

"이레 뒤까지 천 냥을 보내겠소."

"이천 냥짜리 값어치인데, 상단주의 명으로 싸게 파는 거요. 혈연이 무엇인지."

"그런데 대사에 여자 참모가 있다는 말은 못 들었는데, 반갑소."

주군의 말에 두 사내는 화들짝 놀라 눈을 크게 뜨며 체구 작은 흑의인을 보았다. 복면으로 반쯤 얼굴을 가린 흑의인은 목소리가 굵지 않아 아직 멋모르는 나이의 애송이 도련님쯤인 줄 알았는데 여자라니, 제 주군의 말이지만 도무지 믿기지가 않았다. 그녀는 어떤 반응 없이 일어섰다.

"가치 없는 이야기는 더 나누고 싶지 않군. 거래가 끝났으면 가보겠소. 그대가 원하는 지도와 정보는 물건을 받을 때 전달하겠소."

"조심히 가시오."

주상청은 돌아서는 여인의 뒷모습을 제 시야에서 사라질 때까지 쳐다보았다. 처음에는 사내인 줄로만 알았으나 지금껏 여인 수백을 안아 본 호색가의 눈을 끝까지 피할 수는 없었다. 분명 여인이었다. 머리는 좋으나 무술을 배워 본 적 없는 몸. 깊은 호기심이 생겼으나 입맛만 다셨다. 지금은 여인을 쫓을 시간이 없었다.

***

대상단 다이샤(대사)의 본거지는 미로처럼 이루어진 거대한 가택단지였다. 겉은 그들이 표면적으로 파는 비단과 분첩 등의 물품들이 쌓여 있었고 평범해 보이는 하인들이 오갔지만, 속으로 들어갈수록 비밀스러운 문과 방이 있었다. 그 안에는 다양한 신분과 목적을 가진 자들이 상단에 비밀스러운 의뢰를 하고 있었다.

"위험한 일이 있었다고 들었어."

"상단주께서도 늘상 겪는 일이 아닙니까?"

"라희야, 너에게 아무 것도 바라지 않아. 그저 내 꽃으로 있어주면 안 돼?"

미로와도 같은 대사의 가택들 중에서도 가장 안쪽에 있는 상단주의 거처, 체구 작은 흑의인이 복면을 완전히 벗었다. 라희였다. 댕기머리나 가채 대신 귀 아래로 싹뚝 자른 듯한 커트머리였다. 여전히 얼굴은 고왔고 눈매는 또렷했다.

"아무것도 하지 않고 혼자 있으면, 무언가 잃어버린 듯한 기분이 듭니다."

라희의 말에 리셴이 그녀의 등 뒤로 다가와 그녀를 끌어안았다. 라희는 익숙한 듯 가만히 있었다.

"네가 잃어버린 것을, 내 마음으로 메꾸고 싶어."

"주상청에게 숭정제가 작성한 비밀 지도를 팔았습니다. 이레 뒤 상단으로 은자 천 냥을 가져올 것입니다."

"자금성은 이곳만큼이나 복잡해. 그가 숭정제가 남긴 보물을 찾는다면, 은자 수천 냥의 가치를 할 거야."

"다른 자들에게는 지도의 행방을 모른 척하더니, 왜 그자에게만 넘긴 것입니까?"

"돈이 된다고 누구에게나 팔 수는 없어. 혈통적으로 자격이 있는 자여만 해."

대사는 독과 비밀스러운 정보를 거래하는 상단이나, 리셴은 명확한 철학이 있었다. 라희는 고개를 끄덕였다. 리셴은 고개를 숙여 라희의 목덜미에 자신의 이마를 묻었다.

"네가 일을 해야 마음이 편하다고 한다면, 그렇게 해."

"밥값은 하고 싶어요. 대가없이 받는 것은 불편합니다."

"이곳, 그리고 나를 네 집처럼 생각해 줄 수는 없는 거야?"

"…."

리셴의 말에 라희는 대답하지 않았다. '집'이라는 단어에, 또 마음이 쓰려왔다. 약 삼 년 전 라희가 조선의 한 강가에 떠밀려온 것을 리셴이 발견했다고 한다. 라희는 제 이름도, 언어도, 집도 그 무엇도 기억하지 못했다.

'저를 아십니까?'

수개월 뒤 간신히 배운 청나라 언어로 리셴에게 물었을 때, 그는 복잡한 눈을 하더니 탄식과도 같이 대답했다.

'아니, 모른다.'

리셴은 라희를 데리고 곧장 청에 있는 상단 본거지로 돌아갔다. 실종된 세자빈의 수색이 한창일 때였다. 모든 기억을 잃고 백지가 되어버린 그녀에게 심혈을 기울여 언어와 글을 가르치고, 상단의 일원으로 받아들였다. 그녀가 원하는 모든 것을 내어주려 했으나, 그녀는 잠을 잘 허름한 방과 옷 외에는 원하는 것이 없었다. 어떤 보물을 주어도 사양했다. 고운 옷을 입힐수록 시들어갔다.

"조선에 가고 싶습니다."

라희의 말에 리센은 그녀의 목덜미에서 이마를 뗐다. 라희는 몸을 돌려 리센의 붉은 눈을 정면으로 쳐다보았다.

"…도망치고 싶은 거야? 내가, 이곳이 싫어진 거야?"

"제가 어떤 사람이었는지, 무엇을 했는지, 제게 가족이 있다면 그들이 누구인지. 알고 싶습니다. 허락해주세요, 상단주."

"안 돼. 너는 조선말도 많이 잊어버렸잖아. 지금도 조선에 있는 상단의 분파에서 너에 대해 알아보고 있지만, 아무 소식도 들어오지 않았어. 네가 가면 다를 줄 알아?"

"그래도 가보면, 무언가 생각나는 것이 있을 것입니다."

리센은 알고 있었다. 제 자신이 얼마나 비겁하고 염치없는 행동을 하고 있는지. 그녀의 기억이 돌아오지 않기를 바라며 조선을 떠났고, 그 마음은 여전했다.

"조선의 왕이 붕어했다고 들었습니다."

"…."

"새 왕이 즉위할 텐데, 이번에 조선에 가셔서 사업을 정비하고 교체될 관리들 역시 접촉하실 테죠. 저를 데려가 주십시오."

"안 돼. 금방 다녀올 테니, 넌 이곳에 있어. 일이 많으니 위홍을 도와줘."

"부상단주께서는 이미 많은 참모들이 있습니다."

라희가 고집스러운 눈으로 리셴을 바라보았다. 라희를 조선에 데려갈 수는 없었다. 그가 왕으로 즉위한다면 더더욱 안 된다. 어떻게 제 손에 넣은 여인인데 다시 뺏길 수는 없었다. 리셴은 달래는 듯 라희의 턱을 매만졌다.

"조선에 다녀오면 널 창저우에 데려갈게. 전부터 검을 배우고 싶다 했었지? 유명한 여자 무림인이 그곳에 살고 있어. 자신을 지키는 것 정도는 배우도록 허락할게."

"…."

리셴은 라희를 조선에 데려갈 생각이 없었다. 라희는 하는 수 없이 고개를 끄덕였다.

***

라희는 심란한 마음을 달래기 위해 장터로 술을 마시러 나갔다. 복면을 벗어 고운 얼굴이 드러났음에도 그녀의 걸음걸이와 짧은 머리는 영락없는 사내의 것이었기에, 어두운 밤, 아무도 그녀를 주목하지 않았다.

"크, 좋구나."

떠들썩한 객잔보다는, 이렇게 야외 음주가 가능한 장터에서 오리탕을 안주삼아 술을 마시는 것이 흥취가 났다. 요즘은 자기 전 귓가에 자꾸만 물소리가 들렸다. 꿈에서 얼굴이 흐릿한 사내가 나와 제 이름을 부르기도 했다. 쉽게 잠을 이룰 수 없는 날이면 홀짝홀짝 술을 마셨다.

"유모! 조금만, 조금만 더 구경하고 가자!"

"아이고! 오늘도 이리 나온 걸 왕야께서 아시면 큰일 나십니다. 어서 들어가셔야 해요, 공자."

신이 난 사내아이의 목소리와 곤란한 듯한 중년 여인의 실랑이가 들려, 라희는 고개를 돌려 그곳을 쳐다보았다. 만주어도, 한족의 언어도 아니었다. 조선어. 분명한 조선어였다. 그 뜻을 명확히 알아들을 수는 없어도 분명 저들이 조선인이라는 것은 알 수 있었다.

"자꾸 이러시면 홍릉 공에게 일러 숙제를 잔뜩 내달라 할 것입니다. 시간이 늦었는데 자꾸 약속을 어기시면 안 되죠. 해가 지기 전 들어간다고 하셨잖아요."

"치사해! 스승님한테 이르다니. 유모는 사내도 아니야."

"예, 저는 당연히 사내가 아니지요. 그러니 들어가요."

여덟, 혹은 아홉 살이나 되었을까. 고개를 좌판으로 향하고 있어 얼굴을 보여주지 않던 사내아이가 뾰루퉁한 얼굴로 돌아섰다. 라희는 그제야 그 아이의 얼굴을 볼 수 있었다.

"…!"

갑자기 머리가 깨질 듯한 두통이 파도처럼 밀려왔다. '누나!' 하고 외치며 천진난만한 얼굴로 달려오는 어린 소년의 얼굴이 떠올랐다. 기억 속의 소년은 먼발치의 소년보다 서너 살 어려 보였지만, 같은 아이라는 것을 확신할 수 있었다.

"으윽…"

엎친 데 덮친 격으로 이명까지 들렸다. 한참을 머리를 감싸쥐고,

두통과 이명이 사라졌을 때 고개를 들자 아이와 유모는 이미 사라지고 없었다.

'나의 잃어버린 기억과 관련이 있을까?'

라희는 북경의 북적이는 시장통을 뛰고 또 뛰었다. 막상 둘을 찾더라도 무엇을 해야 할 줄 몰랐지만, 그 둘을 찾아야만 한다는 생각이 들었다. 친근하고 애틋한 느낌, 그 아이를 보고 느낀 그 감정이 진실이라면 그들은 자신을 아는 자들일지도 모른다.

"헉, 헉…."

그러나 그들은 어디에도 없었다. 날이 어두워지자 객주와 여각들에서 등을 내걸었다. 기녀들의 금 타는 소리와 하하호호 웃는 남녀들의 웃음소리가 들려왔다. 라희는 문득 볼이 뜨거워짐을 느끼고 소매로 닦았다. 소매가 젖어 있었다. 아주 중요한 것을 잊고 있다는 생각이 들었다. 그러나 그것이 무엇인지, 도무지 기억이 나지 않았다.

***

부용지 근처의 작은 전각 취향정, 호는 마음이 답답할 때면 후원을 둘러보다가, 두 칸짜리 좁은 공간에서 책을 읽고는 했다. 관모와 붉은 복식을 한 나이든 사내가 그곳으로 향하고 있었다. 한창 책에 집중하고 있는 호의 눈썹이, 다른 기척에 꿈틀했다.

"전하! 우의정께서…."

"들라 하라."

남자는 신을 벗고 전각 안으로 들어갔다. 쌓여 있는 수많은 책들 가운데 용포를 입고 기둥에 기대어 책을 읽는 자유분방한 젊은 왕의 모습이 보였다. 깊은 눈매 속 차고 흔들림 없는 눈동자, 곧게 뻗은 콧날과 유려한 턱선. 그가 왕위에 오르자마자 궁에 분첩 냄새가 진동을 했다. 그의 눈에 한 번이라도 들어보고자 애쓰는 궁녀들 때문에 말이다.

"처소에 아니 계셔서 이곳까지 찾아왔습니다."

"건강은 어떠십니까?"

"전하께서 내려주신 탕약을 먹고 아주 좋아졌습니다."

호가 우의정 장윤을 보고 다행이라는 듯 미미한 미소를 띠었다. 호판 장윤은 이판 김장호가 급사하고, 영의정까지 실각한 뒤 우의정의 직책에 임용되었다. 그는 삼 년 전보다 늙고 노쇠해 보였다.

"전하, 대비전은 물론이고 온 신료들이 전하께 오로지 하나 바라는 것이 있다면…."

"전에도 말했지만, 생각이 없습니다."

"이 나라 왕실의 종묘사직에 관한 문제이기도 합니다."

장윤의 비통한 목소리에 호는 한숨을 내쉬었다.

"누구도 원하지 않습니다."

"전하! 지아비를 뫼시지 못하고 홀로 떠난 못난 여식의 죄, 그 아비인 제가 받겠습니다! 벌써 삼 년이옵니다. 제발 중전마마의 간택령을 내리시옵소서!"

죽은 제 딸을 대신하여, 사위에게 새로운 처를 들이라 청하는 아비의 마음은 갈기갈기 찢어지는 듯했다. 그러나 왕이 처첩을 들이고 후사를 보는 것은 당연한 의무였으며 그는 신하로서 왕이 책무를 다할 것을 간청해야 했다.

"후궁이라도 들이시는 것이 어떻겠습니까?"

장윤의 마지막 제안에도 호는 꿈쩍하지 않았다. 노신의 탄식 어린 한숨이 어둡고 좁은 전각을 메웠다.

***

"당분간 위홍을 조선으로 보내기로 했어. 우리는 여행을 가자."

"상단주께서 조선에 가고자 하지 않으셨습니까?"

"아니야, 마음을 바꿨어. 너와 떨어져 있을 자신이 없어서."

"함께 가면 되잖아요. 조선에 가고 싶어요."

대사가 소유한 객주 안에는 부채꼴 모양의 큰 연못이 있었고, 리셴은 라희와 함께 작은 배 안에 기대어 연못을 떠다니고 있었다. 연못과 하늘은 닮아 있었다. 칠흑처럼 검었고, 꿈결처럼 아름다운 은하수가 흘렀다.

"나는 혼인한 여자였을까요?"

"…왜 갑자기 그런 생각을 했어?"

"그냥 궁금해서요. 의원이 그러는데 나는 분명 아이를 낳은 적 없는 몸이래요. 그럼 혼인하지 않았던 걸까? 나도 적지 않은 나이인데 정인이나 혼처는 있었을까요?"

장터에서 마주쳤던 열 살 남짓한 사내아이의 얼굴이 떠올랐다. 왜 갑자기 눈물이 흘렀던 것일까. 가슴이 아린 그 아득한 그리움의 정체는 무엇이었을까.

"몇 년 간 너무 일에만 매달렸던 것 같아."

"…."

"이 나라는 조선과 비교할 수 없을 정도로 넓어. 세상의 온갖 진귀한 것들과 재미난 것들을 보고, 가장 맛있는 음식을 맛보고 오자."

결론적으로 조선에는 가지 않겠다는 말이었다. 라희는 씁쓸한 눈으로 멀리 보이는 객주의 흔들리는 등불을 바라보았다. 무엇 하나 부족한 것이 없는데 어딘가 텅 비어버린 느낌이었다.

"라희야."

라희의 옆모습을 바라보며, 리션이 그녀의 이름을 불렀다. 라희가 리션을 돌아보았다. 그녀의 눈은 쓸쓸했다.

"그냥 네 이름을 불러보고 싶었어."

리션은 튀어나오려던 말을 삼켰다.

'왜 나를 보고, 웃어 주지 않는 거야?'

그녀의 껍데기라도 가지고 싶다 생각했다. 삼 년 전, 옥사 안에서 그녀의 달콤한 입술을 맛보았을 때, 그의 욕심은 기름을 부은 불처럼 타올랐다. 기억을 잃은 그녀를 성심성의껏 총애하며 주인 잃은 연모가 자신에게 향하기를 기대했다.

'그래, 네가 나를 은애하지 않아도 좋다. 나는 그저, 널 어디에도 내어 주지 않을 거야. 아무리 답답하다고 발버둥 쳐도 내 곁에 둘 거야.'

갈구하던 애정을 돌려받지 못하는 외로움은 쓰다. 그것은 사람의 마음을 비뚤어지게 만든다. 리션의 붉은 눈에 어둠이 내려앉았다. 달처럼 찬란한 아름다움일지라도, 벽 뒤에는 그림자가 진다.

***

날이 밝자 주상청의 부하들이 은괴를 적재한 수레를 들고 대사를 찾았다. 마침 대문을 나서려는 라희와 모퉁이를 도는 그의 부하들이 마주쳤고, 하마터면 부딪힐 뻔한 것을 간신히 피했다. 다치지는 않았으나 발을 헛디뎌 넘어지는 것은 피할 수 없었다.

"어이쿠!"

수레가 비틀거리며 은괴가 후두둑 떨어질 때, 라희는 비틀거리며 환영을 보았다. 그곳은 어두컴컴했고, 질퍽질퍽하지 않은 균일한 붉은 길과 검은 길이 바닥에 깔려 있었으며, 둔탁해 보이는 쇳덩어리가 고무바퀴를 달고 엄청난 속도로 달리고 있었다.

'자동차… 도로….'

낯설지만 기억 저편에 묻혀 있던 단어들이 문득 떠올랐다. 달라붙는 옷을 입은 한 여자가, 역시 달라붙는 옷을 입은 한 남자에게 쫓기고 있었다. 환영 속의 장소의 사람들은 모두 복식이 평범치 않았다.

'신호등, 녹색, 건넌다.'

라희는 분명 이곳의 규칙을 알고 있었다. 불이 파란불로 바뀌자마자 여자가 황급히 횡단보도를 건넜고, 거대한 자동차 하나가 그녀와 정면으로 부딪혔다. 쾅 하는 둔탁하고 끔찍한 파열음이 들리고 그녀가 공중에 떠오르는 모습이 보였다.

'이곳은… 청나라도, 조선도 아니다. 나는! 나는 누구지?'

이명음과 함께 두통이 심해졌다. 간신히 정신을 차렸을 때, 라희는 여전히 대사의 대문 앞에 있었다. 리센이 붙여준 무사가 질겁하며 달려와 라희를 부축했다.

'방금 본 건 대체….'

생생했던 오묘한 풍경은 마치 이 세상의 것이 아닌 듯했다. 라희는 혼절했다. 눈앞이 깜깜해지더니 정신을 잃었다. 그리고 시간이 흘러 눈을 떴을 때는 익숙한 제 방 안이었다. 무거운 몸을 일으키자마자 미닫이문이 열리더니 한 노인이 방 안으로 들어왔다.

"정신이 드느냐?"

"네, 제가 기절했습니까?"

괴팍해 보이는 외모의 구부정한 노인은 송 의원이었다. 소매가 긴 흰옷을 입은 그는 혀를 끌끌 차며 앉았다. 허옇게 센 머리에 변발 대신 명나라식 상투를 틀고 있었다.

"리센에게는 말하지 않았다. 병이 더 심해질까 봐."

"병이라니요. 상단주께서 아프십니까?"

"그 정도면 병이지, 쯧쯧쯧."

"예?"

라희에게 과거에 대해 말하지 말아달라는 리센의 청에, 미친놈이라고 욕을 하면서도 일체 다른 이야기를 발설하지 않고 있었다. 송 의원이 미간을 찌푸리며 라희의 맥을 짚었다. 아까보다는 안정되어 있었다.

"언제부터 머리에 통증을 느꼈느냐?"

"최근 들어서요. 가끔 이상한 환영을 보거나, 모르던 것이 익숙해 보일 때도 있고, 낯선 감정을 느끼기도 합니다."

"이상한 환영이라니?"

"설명하기 힘든, 이 세상에 없을 법한 장면입니다. 사람이 탄 쇳덩어리가 말보다 엄청나게 빠른 속도로 달려옵니다."

라희의 답에 송 의원은 시름 깊은 눈으로 한숨을 내쉬었다. 라희가 머리를 다치고 기억을 잃은 지 벌써 삼 년이 되어간다. 그 경과는 명의로서도 쉽게 예측할 수 없었다.

"간혹 머리를 다친 자들이 기억을 되찾기 전에 그런 증상을 보이곤 한다. 허나 이 세상에 있을 리 없는 것을 본다면 좋은 증상은 아니구나."

"그렇다면…."

"맥은 나쁘지 않다. 하지만 장담은 못하겠구나."

기억을 되찾기 위한 전조증상이 아니라면, 라희의 상황이 악화되고 있는 것을 말한다. 환청과 환시까지 보이기 시작한다면 머리에 문제가 생기고 있는 것이다. 침과 약을 써 봤자 그러한 환자들은 곧 정신을 완전히 놓게 되거나, 혹은 오래 살지 못했다. 무거운 정적이 흘렀다.

"조선에 가고 싶습니다."

"리센에게 청해보거라."

리센이 라희의 청을 절대 들어 주지 않을 것임을 알고 있음에도, 송 의원은 퉁명스레 답했다. 라희가 슬픈 미소를 지으며 물었다.

"저는, 악화되고 있는 것이지요?"

"…."

"아마도 제가 나고 자랐을 그 곳에, 죽기 전에 한 번은 가보고 싶습니다. 도와주세요. 부탁드립니다."

총명하고 강해 어린 나이에 죽기에는 참으로 아까운 아이이다. 붕어한 조선 왕이 폐세자 현의 역모 사건으로 중독되었을 때, 라희의 침착하고 영민한 대처를 보며 송 의원은 감탄했다. 그 아이는 기억을 잃고 대사에 몸을 의탁한 이후에도 리센의 총애를 받기에 충분한 행동들을 해왔다.

"휴, 참으로 곤란하구나."

송 의원이 씁쓸한 한숨을 내쉬었다. 그래, 라희가 제가 있어야 할 곳을 떠나 대사에 있는 것 자체가 잘못된 일이다. 리센의 라희를 향한 연심은 점점 집착으로 바뀌어 가고 있었다. 그럼에도 잘못을 바로잡으며 꾸중치 못하는 송 의원 자신의 우유부단함은 리센을 어릴 적부터 아껴 왔던 애정 때문일 것이다.

***

장윤이 다녀간 지도 벌써 달포가 흘렀다. 잠이 오지 않는 길고 외로운 밤, 호는 내관들을 물리고 홀로 궁을 거닐었다. 주인이 없는 동궁의 입구를 바라보자 마음이 쓰라렸다. 금방이라도 라희가 나와 자신의 이름을 부르며 반갑게 맞을 것 같았다.

'내게 다시 돌아오는 것까지 바라지는 않겠다.'

추운 겨울 임진강의 차디찬 물에 쓸려간 라희의 시신은 아직도 발견되지 않았다. 아버지는 호의 반대에도 불구하고 세자빈의 국상을 치렀다. 그녀는 공식적으로 죽은 것이다. 그러나 호는 그녀를 결코 잊을 수 없었다.

'제발 살아만 있거라. 어딘가에서 잘 살아가고 있다면 그것만으로 되었다.'

그녀가 머물렀던 모든 곳, 그녀에 대한 그리움이 환영처럼 눈에 아른거렸다. 조금 더 잘 해줄걸, 더 많은 시간을 보낼걸 후회해도 그녀는 돌아오지 않는다.

"전하."

별안간 어둠 속에서 익숙한 목소리가 들렸다. 병욱의 것이었다.

"다녀왔느냐?"

"도르곤이 사냥 중 낙마하여 크게 다쳤다 합니다. 앞으로는 다리를 쓰기 힘들 수도 있다는 전언입니다."

"사람 일은 한 치 앞을 모르는군."

즉위한 지 얼마 되지 않았으나, 호는 국시를 전면적으로 수정할 계획이었다. 이미 많은 관료들을 중용하고 재배치하며 제 뜻을 펼치기에 적합하도록 조정의 새로운 토양을 다지고 있었다. 호의 목표는 단기적인 것이 아니었다. 먼 후대에야 이루어질 일이더라도, 이 조선이 더는 청과 같은 대국에 무릎 꿇지 않도록, 더 나아가 그들에게 받아왔던 치욕을 갚을 수 있도록 군사력을 증강하려 했다.

"세손, 아니 린 공자께서는 잘 지내시고 있는 듯합니다."

"도르곤이 약해질 테니, 청의 감시망도 헐거워지겠군. 병장기와 군마의 생산에 대해 논의해야겠다."

도르곤은 청에 돌아간 즉시 속환자들을 여러 차례에 나누어 조선에 보내며 그 약속을 지켰으나, 린이를 돌려받는 그 거래가 끝났다고 판단한 후에는 조선에 대해 다시 강경 기조로 돌아섰다. 그는 청의 유능한 섭정왕이었으며 호 역시 충분히 예상한 범위 내였다.

"그리고…."

병욱이 말을 하려다가 멈추었다.

"아닙니다."

확실하지 않은 것은 전하지 않는 편이 낫다고 판단했다. 호는 싱겁다는 표정으로 돌아섰다. 땅거미가 지기 시작한 북경의 장터, 병욱이 린이와 유모의 얼굴을 확인했을 때 아주 우연히 라희와 닮은 얼굴을 발견한 적 있었다.

'분명… 그 모습은….'

그냥 닮았다고 묘사하기보다는 흡사하다는 표현이 맞을 것이다. 오랑캐들처럼 짧은 머리에, 흑색의 청나라식 무복, 어딘가 아픈 듯한 표정이었지만 라희와 흡사한 얼굴이었다. 그리고 린이와 유모가 가게에 들어갔을 때, 그녀는 인파 사이에 휩싸이더니 어딘가로 갑자기 뛰기 시작했다. 병욱은 그 뒤로 이틀간 그녀를 찾기 위해 장터를 헤맸지만 그 모습을 다시 볼 수 없었다.

***

호에게 이마를 묻고 푹 안겨 있던 라희가 품에서 떨어졌다. 날이 추워 숨을 쉴 때마다 허연 입김이 스며나왔다. 걱정스레 자신을 보는 호를 향해 라희는 천진난만한 얼굴로 씨익 미소지었다.

"누가 보면 나 죽으러 가는 줄 알겠어요. 걱정 말고 기다려요. 금방 올 테니까."

"…."

"사랑해요. 나도 호가 아니면 안 되니까, 절대로 도망 안 갈 테니까, 이제 불안해하지 말라구요."

"거짓말."

점 하나 없는 눈결처럼 희고 고운 얼굴에, 검고 맑은 눈동자. 그곳에 호의 얼굴이 비쳤다. 그 안의 호는 붉은 용포를 걸치고 익선관을 쓰고 있었다. 눈앞의 그녀가 현실이 아니라는 것을 깨달은 호는 슬픈 눈으로 그녀를 바라보았다.

"…."

"널 믿지 말걸. 그래서 보내주지 말 걸 그랬다."

라희는 대답이 없었다. 금방이라도 눈물을 뚝 뚝 떨어뜨릴 것 같은 눈으로 변하더니, 새벽안개처럼 사라졌다. 호는 침소에서 눈을 떴다. 어슴푸레한 하늘은 아직 잠에서 깨어나지 않았다. 라희의 얼굴이 눈앞에서 아직도 아른거렸다.

'내 시간은, 아직도 삼 년 전에 멈춰 있구나.'

린이를 마중나가려던 것을 말리다, 그녀의 고집에 져 결국 그녀를 보내주었다. 그 마지막 순간, 끝까지 그녀를 붙잡지 못했던 자신에 대한 후회 때문일까. 라희는 그때의 모습으로 호의 꿈에 종종 나타났다. 때로는 논리나 이성보다 근거 없는 직감이 옳을 수도 있는 것인데, 호는 그것을 무시한 대가를 톡톡히 치렀다.

'후회해보았자 무슨 소용이 있을까.'

꿈에 나타났던 노파는 린이와 라희의 운명이 삼 년을 동전의 양면처럼 묶여 있을 것이라 했다. 정말 그 말이 옳았던 것일까. 라희가 임진강에 빠져 실종되었다는 비보를 듣자마자 도르곤에게서 린이 깨어났다는 소식이 들려왔다. 허황된 생각은 군주가 필히 피해야 할 것이었으나 호는 돌아가신 증조모의 초상이 노파의 생김새와 일치하다는 것을 깨닫고 절망했다.

닭이 울었다. 또 그녀가 없는 무색무취의 하루가 막을 올린다. 호는 조용히 일어나, 무표정한 얼굴로 자리에 정좌했다. 얼마 있지 않아 상선과 내관들이 왕의 의복과 관을 가지고 허리를 숙인 채 들어왔다.

12

조선에 가겠습니다

상단의 중요한 거래를 위해 나흘간의 여정을 마치고 돌아온 리센은 저택단지에 돌아오자마자 라희의 처소를 찾았다. 그가 선물로 준비한 목걸이는 여인의 옆모습이 양각으로 새겨져 있었는데 수수하면서도 은은한 기품이 흘렀다. 프랑스 선교사를 통해 서양에서 들여온 품목이었다.

"라희야, 들어가도 돼?"

미닫이문 안쪽에는 어떤 반응도 없었다.

"라희야."

리센이 다시 라희의 이름을 불렀다. 하루만 보지 않아도 그녀가 눈에 어른거린다. 대사의 상단주가 되기까지 검날 위에서 걷는 듯 위태로운 삶을 살아왔던 그에게 진지한 사랑은 사치였다. 대사를 손에 넣은 뒤 많은 여인들을 안고 향락을 누려보았으나 그에게는 모든 사람들이 그저 값이 제각각인 상품들일 뿐, 믿고 옆을 내맡길 수 있는 존재로 보지 않았다.

"들어갈게."

아마도 첫사랑은 아닐 것이다. 첫사랑이라 하기에는 뻔뻔할 만큼 리셴은 여인을 많이 알았다. 그러나 수많은 여인들 중 가슴이 터질 듯 소유하고 싶은 여인은 라희가 처음이었다. 상인이 아닌 한 사내로서 그녀를 진지하게 원했다. 리셴은 미닫이문을 밀었다.

"하…."

방 안은 싸늘했다. 얼마 안 되는 그녀의 짐들조차 없었다. 오래된 탁자 위에는 백색의 봉투 하나만 올라와 있었다. 리셴은 굳은 얼굴로 다가가 봉투를 찢었다.

여행을 다녀오려 합니다. 상단주의 뜻을 어기는 것을 용서하십시오. 벌은 다녀온 뒤 달게 받겠습니다.

짧은 내용이었으나 그 뜻을 알아챈 리셴은 저절로 손에 힘이 들어가는 것을 막을 수 없었다. 조선! 라희는 분명 조선으로 향할 것이다! 만약 그녀가 조선에 돌아가게 된다면 혹여나 왕이 된 세자를 만나게 된다면 다시 돌아오지 않을 것이다. 다시 그녀를 볼 수 없을지도 모른다는 생각만으로 리셴은 분노가 치솟았다.

"젠장! 넌 왜 이렇게 제멋대로인 거야!"

구겨진 편지가 바닥에 떨어졌다. 거래를 위해 떠날 때 함께 갈 것을 제안해보았으나, 라희는 몸이 좋지 않다 거절했다. 그때부터 이미 조선으로 떠날 계획을 하고 있었던 것일까.

"이대로 보내지는 않을 거야. 넌 내 꺼야. 내게서 도망칠 수 없어."

리셴은 화가 난 표정으로 당장 라희를 쫓을 채비를 하기 위해 하인들과 단원들을 불렀다. 먼발치에서 그 모습을 본 송 의원이 혀를 끌끌 찼다.

***

의주 근방에 도착했을 때는 삼월 초순이 되어서였다. 송 의원은 라희의 청에 한참을 고심하더니, '모든 것이 정(바름)으로 돌아가는 것일 뿐' 하며 마음의 결정을 내렸다. 그는 조선으로 향하는 길목이 상세히 설명된 지도와 머물 여각들의 위치, 리셴이 추격할 경우 우회할 만한 길까지 기록해주었다.

"이제 조선입니다요."

"…."

송 의원은 청의 지리에 무지한 라희를 위해 길잡이까지 고용해 주었다. 물론 그 값까지 치른 것은 아니었다. 남장을 한 라희는 길잡이에게 잔금으로 은자 열 냥을 주었다. 착수금이 열 냥이고 잔금이 열 냥이니 총 스무 냥이다. 스무 냥이면 일반적인 가정이 일 년을 충분히 버틸 수 있는 거금이었다.

"고마웠습니다. 가보십시오."

"허허, 남은 여정 조심히 가십시오, 나으리."

길잡이는 라희의 말에 짧은 인사를 건네고 뒤돌아섰다. 이제 라희가 가진 것은 말 한 필과, 여벌의 의복 한 벌, 그리고 은자 열 냥이 전부였다. 다녀오겠다는 편지를 썼으나 조선에 갔다 돌아오는 길은 결코 짧지 않을 것이다.

"누구요? 신분을 밝히시오."

두터운 갑옷을 입은 병사들이 라희를 발견하고 검집에 손을 가져다대었다. 조선말이었다. 거의 기억하지 못한다 생각했으나 지난번의 기괴한 환영을 본 이후로 드문드문 조선어가 떠올랐다. 제법 알아들을 수도 있었다.

"청의 상인입니다."

"상인? 상인이 물건도 없이 홀로 그 꼴로 다닌다?"

"물건을 팔러 온 것이 아니라 조선의 물건을 보러 왔습니다."

라희는 제가 하고 있는 말이 제대로 된 말인지조차 알지 못하고 입 밖으로 흘러나오는 대로 내뱉고 있었으나 조선 병사들을 보아하니 의사소통은 되는 모양이었다.

"혹시 대사에서 오셨소?"

"아닙니다. 항주의 작은 상단입니다. 이름을 들어도 모를 것입니다."

병사들은 미간을 찌푸린 채 의심스러운 눈으로 라희를 쳐다보았다. 보아하니 리셴이 이미 길목을 통과하며 수배를 걸어 놓은 듯했다. 대사의 이름을 대며 통과하려는 자가 있으면 붙잡아 두라고 말이다. 라희는 하는 수 없이 품 안에서 은자를 꺼냈다.

"받아 두십시오. 제 작은 성의입니다."

"흠, 흠…. 작은 상단의 인물 치고는, 인심이 후하시군."

"가보시구려. 훗날 크게 번창하실 것이오, 대인. 허허허!"

그들에게 통과료이자 뇌물로 무려 닷 냥을 건넨 뒤에야 라희는 국경지대를 통과할 수 있었다. 석 달 봉록이나 다름없는 돈을 받은 조선 병사들은 입이 함지박만 하게 찢어졌다. 아마 돈을 주지 않았으면 끝까지 꼬투리를 잡았을 테고, 양에 차지 않는 돈을 주었더라면 더 뜯어내기 위해 혈안이 되었을 테고, 결국 이 지역을 날이 밝기 전에 통과하기는 글렀을 것이다.

'세상은 어딜 가나 똑같구나.'

청 또한 말단부터 고위 관료들까지 뇌물이면 되지 않는 것이 없었다. 라희는 비어가는 주머니에 한숨을 내쉬며 말을 채찍질했다. 리셴이 앞질러갔다는 것을 알게 된 이상 큰 규모의 여각에 머물 수는 없었다.

"말을 잘 먹여주십시오."

"무사님께서는 한양으로 가십니까요?"

송 의원의 지도가 아니었으면 찾을 수 없었을 듯한 허름한 여각, 아니 주막이라고 하는 것이 더 적정할 듯한 곳에 라희는 날이 어둑해져서야 도착했다.

"아닙니다."

라희는 짧게 대답했다. 목적지를 한양으로 정한 것은 맞으나 정직히 대답해줄 의무는 없었다. 아까 조선의 병사들처럼 이미 이곳의 여각들에도 대사의 단원들이 라희를 수배해 두었을지도 모르는 일이었다. 찬바람이 부는 라희의 반응에 하인은 더 묻지 않고 말을 축사에 매어두었다.

"하아…."

뜨끈한 국밥으로 시장기를 달랜 뒤 라희는 좁은 방 안에 지친 몸을 뉘었다. 조선에서 맞는 첫 밤이었다. 삼 년 간 자신을 보살펴 준 상단주의 말을 어기고 어거지로 향한 조선이었으나 그 공기는 북경과 크게 다를 것 없었다. 차고, 싸늘하고, 씁쓸했다. 달은 같은 속도로 차올랐다.

'내가 잃어버린 기억, 무언가 아주 중요한 그 기억, 찾을 수 있을까?'

옆방에 머무는 객들의 코 고는 소리가 등을 맞댄 것처럼 가까이 울렸다. 벽을 세운 것도 아니고 고작 종이 몇 장으로 만든 허름한 벽이라 어쩔 수 없었다. 오늘은 쉽게 잠을 이룰 수 없을 것 같았다. 라희는 거의 뜬눈으로 밤을 지새웠다.

***

방년 열아홉, 조선의 어지간한 처자들은 다들 혼례를 치렀을 시기이나 그녀는 그런 것과는 거리가 멀었다. 피부의 색은 흰 편이 아니었으나 건강한 혈색이었고, 이목구비는 오밀조밀하기보다는 시원스러운 편이었다. 침방도 아니고 수라간 나인에서 갑자기 지밀나인으로 파격 승격한 그녀를 보는 눈이 상궁들조차 부드럽지 않았지만 그녀는 신경 쓰지 않았다. 그만큼 심지가 굳은 여인이었다.

"처음 보는 얼굴이구나."

궁녀들에게 통 말을 걸지 않던 호가 그녀에게 관심을 보였을 때

동료 지밀나인들의 매서운 눈길이 내리꽂혔다.

"황공하옵니다. 지밀나인 혜주라 하옵니다."

혜주는 미미한 미소를 띠며 고개를 숙였다. 궁녀들 사이에서도 소속에 따라 격이 달랐다. 그중 으뜸은 왕과 왕비를 시중드는 지밀으로, 이에 소속되기 위해서는 엄청난 경쟁을 뚫어야 했다. 혹은 뒷배가 좋거나 말이다.

"혜주라 하옵니다?"

"저 눈웃음치는 거 봐봐. 저런 것들 때문에 지밀의 격이 떨어진다니까."

호가 내관들을 이끌고 사라지자, 두어 명의 다른 나인들이 혜주의 귀에 들리게끔 그녀를 흉내 내며 조롱하기 시작했다. 혜주는 풋 웃으며 그녀들에게 다가갔다.

"떨어질 격도 없는 것들이 지금 뭐라는 거니?"

"뭐? 야? 너 지금 뭐라고 했어? 지밀로 들어온 지 며칠이나 됐다고!"

"전하가 아는 체 한 번 해줬다고 승은이라도 받은 줄 아나 봐. 미친!"

눈을 부라리는 여자들과의 기싸움에서도 혜주는 안색이 조금도 달라지지 않았다. 붉으락푸르락 하는 것은 저편이었다.

"지밀나인으로 오랜 시간 전하 곁에 알랑댔는데도, 아는 체 한 번 안 해주셔서 속상했구나. 그런데 들어온 지 며칠 안 되는 나한테 전하께서 이름까지 물으시고, 아주 속이 뒤집히겠구나?"

"뭐? 이게 확!"

"딴 건 몰라도 하나는 알겠다. 니들 늙어죽을 때까지 승은 입을 일은 없겠다는 거."

혜주의 말에 참지 못하고 나인 하나가 그녀의 머리채를 잡았다. 혜주도 불같은 성격에 가만있지 않았다.

"이거 안 놔?"

"꺄아악!"

혜주는 양 손으로 나인 둘의 머리채를 동시에 쥐어뜯었다. 손이 교차하여 얽힌 세 여자가 서로 제 머리채를 놓으라며 악을 썼다. 우연히 지나다 진풍경을 목격한 어린 내관은 쯧쯧 혀를 차며 제 갈 길을 갔다. 잘생긴 왕 때문에 궁녀들이 단체로 상사병을 앓는지, 아무리 상궁들이 단도리를 해도 저런 잔싸움은 궁에서 흔한 풍경이 되었다.

"아까 혜주란 아이, 어떻습니까?"

한편 왕의 행렬이 교량을 걷고 있을 때, 눈치를 보던 내관이 호에게 슬쩍 말을 건네었다. 가뭄에 내린 한 줄기 비를 보듯, 기대 어린 내관의 말투에 호는 알 수 없는 오묘한 눈빛으로 답했다. 어린 시절에 들어와 노내관이 될 때까지, 수십 년 간 궁 안에서 잔뼈가 굵어졌으나, 호의 심중은 도무지 파악하기 힘들었다.

"맡아본 적 있는 향이 나더구나."

"향이라면, 좋은 향 말입니까? 여인들의, 사내의 마음을 자극하는…."

의중을 떠보는 내관의 호들갑에 호는 풋 하고 웃더니 더 답하지 않았다. 스물이 채 되어 보이지 않던 풋풋한 궁녀에게서 나는 향은, 분명 그가 알고 있는 것이었다.

***

보름을 말을 달려 도착한 한양은 과연 조선의 수도답게 활기찬 풍경이었으나, 북경의 질서없는 북적거림에 익숙한 라희는 이 정도 시끄러움에 별 감흥이 없었다. 허름한 주막에 짐을 푼 그녀는 말을 맡긴 채 조선의 거리를 걷기 시작했다. 리셴이 대사에 라희의 수배령을 내린 것인지 라희와 비슷한 얼굴의 용모파기가 보부상들 사이서 돌아다니는 것을 보았다.

"불편해. 정말 불편해."

라희는 한숨을 푹 내쉬었다. 그녀는 지금 여장을 하고 있었다. 아니, 본래 여인이니 여장이라는 말은 적합지 않겠다.

"젠장, 이 장옷 때문에 주변을 제대로 둘러볼 수가 없잖아."

그녀는 약간 헤진 평민 여성의 옷차림을 하고 있었다. 저고리와 치마를 입고 장옷까지 둘러쓰고 말이다. 아마 리셴은 상상치 못할 것이다. 라희는 대사에서 눈을 뜬 이후 단 한 번도 여인의 옷을 찾아본 적이 없었다.

'안 돼. 네가 가면 뭐 달라질 줄 알아?'

리셴의 말이 여전히 귀에 맴돌았다. 그의 넘치도록 과분한 총애에는 충분한 감사를 표했으나 자신을 향한 그의 속내를 알면서도 모른 체할 수밖에 없었다. 이국적이고 잘난 외모에 청에서도 몇 손가락 안에 드는 상단의 재력, 출중한 능력, 모든 것을 가진 사내였으나 그가 제 감정을 내둘러 말할 때마다 가슴 한켠이 불편했다.

수차례나 그를 외면하고서야, 그 불편의 정체가 죄책감임을 알았다. 그녀는 기억하는 것이 없었다. 그 불편함이 무엇에 대한 죄책감인지는 모르나 그가 다가올 때마다 날선 죄책감이 가슴을 찔렀다. 제 정체를 드러내지도 않으면서 라희의 삶 모든 순간에 잔상처럼, 아니 유령처럼 과거의 기억이 덮고 있었다.

"못 견디겠다. 답답해, 더워!"

북쪽은 아직도 강이 꽁꽁 얼어 있을 텐데 한양은 바람에 벌써 열기가 느껴졌다. 조선은 작은 나라이나 영토가 위아래로 긴 형태여서인지 지역에 따라 온도차가 컸다. 라희는 머리에 뒤집어쓴 장옷을 심양의 수녀들처럼 뒤편으로 넘기었다. 얼굴을 가리기 위한 장옷의 본래 목적을 망각한 행위였으나, 그녀는 답답한 것을 견디지 못했다.

"젠장, 왜 생각나는 것이 없는 거야. 왜 아무것도 떠오르지 않는 거야!"

단순히 더워서만은 아니었다. 조선에 온다고 모든 기억을 찾을 수 있으리라고 기대하지는 않았지만, 그래도 무언가 실마리를 찾을 수 있을 거라 믿었다. 그러나 제가 발견되었다던 임진강 인근부터 이 한양 한복판까지, 발이 아플 정도로 돌아다녔지만 아무것도 떠오르지 않았다.

쾅!

"아씨…?"

그때였다. 작은 항아리가 바닥에 떨어져 산산조각이 나는 소리에 놀라 돌아보니, 제 또래로 보이는 한 여자가 놀란 눈으로 라희를 쳐다보고 있었다. 항아리는 그녀가 들고 있던 것임이 틀림없었다.

"…."

"아씨…. 맞으시지유?"

살집이 통통히 올라온 낯선 여자는 라희를 보고 믿을 수 없다는 듯 눈을 크게 뜨고 있었다. 라희는 그녀에 대해 기억하는 것도 없었을 뿐더러 그녀를 마주했을 때 기시감이 드는 것도 없었지만 직감적으로 알 수 있었다. 그녀가 과거의 자신에 대해 무언가를 알고 있는 사람이라는 것을.

"누구…?"

"아씨! 저 순덕입니다요! 우리 아씨… 우리 아씨 맞으시죠!"

"아씨? 저를 말하는 거예요?"

순덕이라 자신의 이름을 말한 그녀가 몸을 덜덜 떨며 라희에게 다가왔다. 그때, 라희는 저편에서 불쑥 나타난 사내 둘이 이쪽을 향해 다가오는 것이 보였다. 그들은 라희도 익히 알고 있는 대사의 단원들이었다.

'타이밍 참 거지같네.'

문득 머릿속에 짜증이 치밀며 떠오른 말이었다. 사실 현재의 라희는 타이밍이라는 단어의 뜻이 무엇인지조차 알지 못했으나, 아득한 기억의 저편에서 불쑥 튀어나온 것이었다. 어쨌든 이 상황이 매우 거슬리는 것은 맞았다.

"아씨! 어딜 가셔요!"

"그쪽 어디 살아요? 날 아는 거예요?"

"아씨? 아씨! 가지 마세요!"

"에잇! 나중에 꼭 다시 만나요…!"

방법이 없었다. 저들에게 잡히면 리셴에게 잡히는 것이고, 그 고생을 해가며 조선에 온 보람도 없이 아무것도 건지지 못한 채 청으로 돌아가야 하는 것이다. 집착이라고밖에 설명할 수 없는 리셴의 구속은 더 심해질 것이다. 재빨리 몸을 돌려 도망치는 라희를 순덕이 애타게 불렀지만, 라희는 돌아볼 새가 없었다. 그녀는 인파 사이로 몸을 피했다.

***

"뭐? 지금… 지금 뭐라고 했느냐? 다시 말해 보거라!"

"분명 아씨셨구만유. 우리 아씨…. 돌아가신 줄로만 알았는데, 흑흑…."

"제대로 본 것이 맞느냐? 사람을 착각한 것이 아니고?"

"아이고 대감나리! 아씨 어릴 적부터 지가 함께했는데 어찌 몰라보겠습니까? 분명히 아씨였구만유. 무슨 사정이 있으신 건지 숨어버리시기는 했지만, 지는 잘못 보지 않았어유. 분명 우리 아씨였어요!"

하인들을 데리고 젓갈 독을 사러 나간다던 순덕이, 얼굴이 하얗게 질려서는 곧장 사랑채로 들이닥쳐 라희를 보았다고 횡설수설

했다. 장윤은 도무지 믿을 수가 없었다. 제 목숨을 바꿔서라도 라희를 살아 돌아오게 할 수 있다면, 그렇게 할 만한 부정이었으나 그럼에도 쉽게 믿을 수 없었다.

"라희가… 라희가 살아있다고?"

"예. 아무렴, 아씨가 먼저 떠나는 불효를 하실 리가 없구만유. 흑…."

"내… 내 이럴 때가 아니다. 어서 전하께…."

장윤은 휘청거리며 일어났다. 그러나 문을 열고 나서려는 순간 주저하며 머뭇거리더니, 깊은 한숨을 내쉬었다.

"대감나으리! 어서 전하께 고해야 하지 않겠습니까유!"

"…."

"나으리! 맹세합니다. 제 눈으로 똑똑히 아씨를 봤다니까요!"

순덕의 외침에도, 장윤은 다시 천천히 걸어 제자리에 돌아와 앉았다. 순덕이 이해할 수 없다는 눈으로 그를 쳐다보았다. 그 아이가 살아있는 것은, 그가 너무나도 바라는 일이다. 라희가 실종되고 삼 년간 살아도 사는 것이 아니었다. 그러나 하녀 하나의 말을 믿고 임금에게 고하기에는 그 신빙성이 아직 부족했다.

"우선 우리 힘으로, 다시 라희를 찾아보자."

그리고 만약, 순덕이가 혹여나 사람을 잘못 알아본 것이라면 문제가 커진다. 그렇지 않아도 라희를 잊지 못해 비빈을 일체 들이지 않는 임금이, 다시 그 아이를 쫓으며 헛된 희망을 품게 될 수도 있다. 장윤은 그 아이의 아버지이나, 임금의 신하이자 조선 왕실을 보필해야 하는 의무를 가진 자였다.

"하지만 나으리!"

"내 곳간을 다 털어서라도 사람을 아주 많이 사야겠다. 순덕아, 그 아이가 무슨 옷을 입고 있었느냐? 안색은 어떠했고, 머리는 가채를 썼느냐 댕기를 매었느냐?"

장윤은 애끓는 목소리로 순덕에게 물었다. 잃어버렸던 자식을 다시 찾을 수 있다는 희망에 장윤의 주름진 입가가 떨려왔다. 신하 된 도리로 임금에게 확실치 않은 것을 전할 수는 없으나, 그는 라희를 찾는 일에 모든 기력을 바칠 준비가 되어 있었다.

***

라희는 답답한 마음을 이기지 못해 대낮부터 주막에서 술을 마셨다. 치마는 벗어던져 보따리 안에 넣어두고, 다시 남장을 했다. 달포를 머물 선금을 주고 들어온 주막이건만 주모가 끓여준 멀건 고기국은 지지리도 맛이 없었다. 이제 동전이 몇 푼 남지 않았다. 정녕 리센에게 순순히 자수하여 광명 찾는 방법밖에 없는 것일까. 이 한양에 잃어버린 기억의 실마리가 있을 것 같으나, 그것을 도무지 찾을 수 없었다.

"에잇! 재수도 없지! 다리가 부러지다니. 젠장할!"

"대신 나갈 사람은 구했습니까?"

"아직 못 구했어. 어때? 자네가 나가볼 터야?"

"내일이 아버지 환갑인데 나가긴 어딜 나갑니까?"

"아이고 장수하시는구만. 복이네, 복이야."

옆쪽에서 사내 둘이 술을 마시며 나누는 대화가 귀를 맴돌았다.

"원래는 부역으로 막 끌어다 썼는데 이번에는 곡식이나 돈으로 그 대가를 쳐준다니 얼마나 좋은 기회인가? 가보았자 우리는 임금이랑 멀찍이 떨어져 빙빙 돌면 돼! 병사들이 북도 쳐주고 말도 달려서 몰아주니 아무리 몰이꾼이라 하더라도 우리가 딱히 할 게 있나?"

"얼마나 준답니까?"

"그게 얼마였더라? 기생집에서 계집들 치마폭에 쌓여서 한 보름은 먹고 놀고 해도 남을 돈이여."

그래, 여기서 돈을 벌며 기억을 찾을 때까지 버텨보는 것도 나쁘지 않을 것이다. 주막에 머물 돈을 내고 나자, 수중에 남는 돈이 거의 떨어졌다. 라희는 그들의 이야기에 술이 깨는 듯했다.

"그게 무엇입니까?"

라희는 불쑥 그들의 사이에 끼어들었다. 이거 뭐 하는 놈이야? 하는 눈빛으로 사내들이 라희를 쏘아보자 라희는 천연덕스레 주모를 불렀다.

"여기 탁주 한 사발 더 갖다 주시오."

그들에게 눈을 찡긋하며 라희는 말했다. 술을 시켜주자 사내들의 경계가 조금 풀린 듯했다. 라희는 허허 웃으며 물었다.

"이렇게 만난 것도 인연인데 술은 내가 사겠습니다. 그런데 방금 그게 무슨 말입니까? 뭘 하면 그리 큰돈을 주는 거예요?"

***

삼 년 만에 찾은 한양의 풍경은 크게 다르지 않았다. 작달막한 점포들도 그대로였고, 여인들의 장신구를 파는 늙은 영감의 좌판도 몇 개의 흠집이 늘었을 뿐이었다. 리센과 송 의원이 머물렀던 거처도 벽이 조금 누렇게 샌 것을 제외하고는 같은 냄새가 났다. 리센은 초조한 얼굴로 제 상단의 앞을 거닐었다.

"다른 들려오는 말은 없어?"

"내일 왕이 군사들을 이끌고 풍양의 강무장으로 사냥을 하러 간답니다."

"그래, 아직 찾았을 리 없지. 단원들은 최소 인원을 제외하고 모두 풀어서 그 애를 찾도록 해. 무조건 왕보다 먼저 찾아야 해."

"상단주의 명을 받들겠습니다."

분파주가 리센의 말에 이의 없이 고개를 숙였다. 그는 라희의 비밀을 알고 있는 몇 안 되는 이였다. 리센은 열화가 끓고 속이 타는 듯했다.

"아, 혹시 모르니까 치마 입은 그림을 하나 더 그려. 지금까지 삼 년 간 한 번도 입지 않았지만 영리한 애니까 모르는 일이야."

자신의 욕심을 그녀에게 드러낼 때마다 그녀는 제 앞에서 여인으로 보이지 않기 위해 더 애를 썼다. 그가 주는 선물을 받지 않았고 돈은 하급 단원들이 받는 만큼만 받았다. 그저 곁에만 있어도 모든 것을 다 주고 싶을 만큼 그녀를 은애했으나, 그녀는 돈을 받는 만큼 일을 해야겠다고 고집을 부렸다.

"그런데 상단주, 조금 꺼림칙한 정보가 있습니다."

"말해봐."

"빈궁… 아니 라희 님의 친정인 장윤 대감 댁 말입니다. 라희 님을 찾기 위해 또 사람을 잔뜩 샀다고 합니다."

"항상 있는 일이잖아."

리센의 얼굴에 깊은 그늘이 드리워졌다. 죄책감이 없을 리가 없다. 그녀의 유일한 핏줄인 장윤이 그녀를 애타게 찾고 있다는 것은 알고 있다. 그러나 궁에 들어간 그녀는 언제나 위기의 중심에 있었고, 죽을 뻔하기도 했으며, 실제로 죽다가 구조되었다. 궁은 전쟁터다. 리센은 라희의 행방을 숨긴 것도 모두 그녀를 위해서라 되뇌며 라희 가족들로부터 기인한 죄책감을 애써 외면해왔다.

"하지만 이번엔 다릅니다. 평소의 열 배는 되고, 유명한 환쟁이를 불러… 라희 님의 얼굴을 그렸는데 그것이…."

"그것이?"

"머리가 짧은 단발입니다."

분파주의 말에 리센의 얼굴이 굳었다. 오랑캐 사내들처럼 머리카락을 친 여인이라, 그 누구도 함부로 상상하지 못할 것이다. 직접 보지 않는 이상은 말이다.

"장윤 대감이, 혹은 그 누군가가 라희를 목격한 것이 틀림없어."

대사에 몸을 의탁한 지 얼마 되지 않아 라희는 제 머리칼을 짧게 쳐내었다. 불편하다고 말이다. 그리고 같은 머리 모양을 삼 년간 유지하고 있었다. 장윤의 가솔 중 하나가 라희의 현재 모습을 본 것이 틀림없었다. 그렇지 않은 이상 라희가 머리를 자른 사실을 그림에까지 반영할 수 있을 리 없었다.

"그 아이의 아버지나, 왕보다 먼저 그 애를 찾아야 해. 그 애가 머물 만한 여각이나 주막을 몽땅 뒤져봐야겠어."

리센의 붉은 눈이 욕망 어린 어둠으로 물들었다. 오랜 시간 그녀의 마음이 열릴 때까지 기다려주었으나, 아무 소용이 없었다는 것을 깨달았다. 기억을 잃었음에도 그녀의 운명은 그자에게 향하는 것일까. 그 생각을 하면 견딜 수가 없었다. 다시 찾게 되면 청으로 데려간 뒤, 다리에 사슬을 매어서라도 제 곁에서 한 발짝도 떨어지게 하지 않을 것이라, 리센은 다짐했다.

***

오래 전부터 왕들의 사냥터로 사용되던 풍양의 강무장은 이른 아침부터 사냥 준비로 분주했다. 라희를 비롯해 평민의 차림을 한 자들 열댓 명이 도열하고 있고, 구슬이 달린 모자를 쓴, 아마도 군병인 듯한 자가 그 앞에 어슬렁거리며 기강을 잡고 있었다.

"너희들이 할 임무는 사냥감이 전하의 경로를 벗어나지 않게 잘 몰이하는 것이다."

그의 부하인 듯한 자가 방울이 달린 도구들을 각자에게 나누어 주었다.

"물론 잘 훈련된 병사들이 전하와 함께 사냥감을 몰겠지만, 많은 수가 움직이다 보니 말 발자국 소리만으로 사냥감들이 달아나 버리는 때가 많아서 말이야."

"말은 주시지 않습니까?"

불쑥 나온 라희의 물음에 군병이 의아하다는 듯 물었다.

"어려 보이는데, 말을 탈 줄 아느냐?"

잔몰이꾼으로 부려질 대부분은 농사를 짓는 평민들이다. 말을 탈 줄은 알아도, 기병들처럼 잘 다루지는 못할 것이 당연하다. 더군다나 행색을 보면, 라희는 아직 키가 완전히 크지도 않은 열여섯 소년으로 보였다.

"네, 잘 탑니다."

라희는 청에 있으며 무예는 기껏 간단한 호신술밖에 배우지 못했으나, 기마술은 누구나 인정할 정도로 재능이 있었고, 열심히 배웠다.

"자신감이 대단하구나. 하지만 잔몰이에 말은 필요하지 않다. 토끼가 도망가면 뛰어 잡아 전하의 경로에 풀어놓고, 노루가 도망치면 구슬을 던져 놀라게 하여 전하에게 유도해야 한다. 그리고… 흠! 아무튼 전에도 본 얼굴들이 많으니 다해줄 것이라 믿겠다."

"네, 알겠습니다!"

"그리고 전하의 눈에는 되도록 띄지 말거라. 없는 듯 이 사냥을 조력하는 것이 너희의 임무이다!"

사내들은 군병의 말에 자신 있게 대답했다. 이래저래 왕의 사냥 기술이 뛰어나지 않더라도 비공식적인 몰이꾼들을 이용해 왕의 경로에 계속 사냥감을 던지게 한다는 말이었다. 라희는 제가 하게 될 일을 시시하고 의미 없는 장치라 생각했지만 그래도 모처럼 돈을 만질 수 있는 기회를 놓칠 수 없었다.

각자의 구역으로 두세 명의 조를 이루어 배치 받고 풀숲에 앉아 대기하고 있을 때, 멀리서 둥 둥 하는 큰북 소리가 들려왔다. 사냥을 시작한다는 신호였다. 호는 사냥복을 입고 큰 활과 화살통을 등에 맨 체, 검은 말을 타고 우거진 숲으로 들어갔다. 호의 뒤에는 병판을 비롯한 관리들과 병욱, 그리고 몇의 장군들이 따르고 있었다.

"하늘도 전하의 편이신가 봅니다. 요 근래 이렇게 푸근한 아침은 처음입니다."

"사냥하기 좋은 날씨요. 좋은 것을 잡겠다는 예감이 들어."

"소신들도 한껏 기대가 되옵니다."

호의 뛰어난 무예 실력은 조선 팔도에 모르는 자가 없었다. 삼 년 전 청의 도르곤과 맞서서도 밀리지 않았다는 이야기는 전설처럼 전해지며 조선 백성들 사이에서 왕에 대한 자부심을 갖게 했다. 호는 활도 잘 쏘았다. 그러나 사냥을 즐겨 하지는 않았다. 재미로 동물을 죽이는 것에 흥미가 없었기 때문이다.

"전하, 토끼입니다!"

호가 작은 생명을 향해 활을 겨누었다. 그러나 때로는 강무장에서의 공개적인 사냥이 필요하기는 했다. 왕의 건재함을 백성들에게 알리기 위해서였다. 활시위에서 손이 떨어지고, 나아간 화살이 토끼에게 명중했다.

"명중이오!"

병사들이 북을 울리고 뿔피리를 불었다. 사냥감의 크기에 비해 상당히 요란한 효과음이었다.

"뭔가 잡았나 보군."

"곧 이쪽으로 올 것 같아. 우리도 방울을 울리며 사냥감을 몰아 갑시다."

함께 조를 짠 사내들의 제의에 라희는 고개를 끄덕였다. 사냥터의 외곽에 있는 그들이 쿵쿵 소리를 내며 방울을 울리자 노루 몇 마리가 안쪽으로 뛰었다.

"오래 걷고 뛴다는 것을 빼고는, 어려운 일은 아니군요."

"자네는 이번이 처음인가? 잔몰이꾼 일 말야."

"네, 처음입니다. 보수를 잘 줘서 힘든 일일까 겁먹었는데 바보 같았네요."

"쯧쯧, 자네가 뭘 모르는구먼."

라희의 말에 중년의 사내는 혀를 찼다. 보이지 않는 무언가가 있는 것일까. 라희는 의아한 표정을 지었다.

"이 사냥터에는 토끼와 노루만 있는 게 아니야."

"네?"

"임금님들마다 이곳에 오면 꼭 잡아가는 것이 있는데… 그놈들 때문에 꼭 몰이꾼 두엇은 사냥 때마다 죽거나 병신이 된다네."

"그놈들이라면?"

"멧돼지들 말이야. 그놈들은 등치도 큰 데다가, 사람을 보면 이빨을 치켜들고 무조건 들이받거든."

보수가 높은 이유는 일종의 위험수당 때문이었다. 말을 타지도 못하고, 무기도 없이 저런 구슬 하나만 가지고 성난 야생 멧돼지와 마주쳤다가는 살기 힘들 것이다.

"젠장, 역시 제대로 알아보고 할걸!"

"이곳 강무장에는 큰 멧돼지들이 많다네. 그놈들을 마주친다고 방울을 울리면 그대로 들이받을 걸세. 왔던 길로 도망을 쳐서도 안 돼. 쫓아오거든."

"그럼 어떻게 해야 합니까?"

"임금님의 행렬로 도망치게. 운이 좋으면 임금님 화살이 단박에 그놈의 멱줄을 끊어 놓을 수도 있으니."

"하지만 왕의 눈에 띄지 말라고…."

"벌을 받아야 반병신밖에 더 되겠는가. 멧돼지에게 죽는 거보단 낫지, 낄낄."

라희는 속에서 욕지기가 나오는 것을 참았다. 그렇다고 이대로 돌아갈 수도 없는 것이 사냥터의 안에 있는 자들은 사냥이 끝날 때까지 밖으로 나올 수 없었다. 라희와 사내들은 방울을 울리며 차츰 왕이 지나가는 길목으로 짐승들을 유도했다.

"훠이! 훠이!"

어느새 사내들과 거리가 멀어져 그들이 시야에 보이지 않았다. 드넓은 사냥터에서, 제 맡은 경로들이 다르니 혼자가 된 것이다. 큰 멧돼지들이 많다고 했으나 다행히 라희의 경로에서는 지금까지 멧돼지를 볼 수 없었다. 옷 속에는 그녀의 첫 기억이 시작될 때부터 간직하고 있던 작은 단검이 있었으나, 그 거대한 엄니에는 대적이 되지 않을 것이다.

"으어어억!"

그때였다. 갑자기 가까운 곳에서 사내의 비명 소리가 들렸다. 뒷목부터 올라오는 불안한 예감에 라희는 소리의 방향으로 뛰었다.

"헉!"

아까의 사내였다. 아마도 사내의 비명을 듣고 달려온 것은 라희 혼자뿐인 듯했다. 다리는 짧았지만 크기는 말만 한 거대한 멧돼지가 이빨로 사정없이 사내를 들이받고 있었다. 멧돼지에게 밀려 나무에 부딪힌 사내의 옷은 뜯겨 있었고 피에 물들어 있었다. 사내는 계속 도와 달라며 비명을 질러 댔다. 두려움이 라희의 이성을 지배했다. 그러나 귓가에 아까 사내와 나누었던 대화가 맴돌았다.

'이런 위험한 일을 알면서도 왜 또 하시는 겁니까?'

'보다시피 나는 팔병신이라 농사도 짓기 힘들어. 이번 겨울에도 처자식들이 풀뿌리와 나무껍질만 먹고 견뎌냈다네. 그래도 한 번이 딸랑딸랑 방울 흔드는 일을 하면, 몇 달은 가족들 입에 풀칠이라도 할 수 있어.'

젠장! 지금 나서는 것인 정말 어리석고도 진부한 일이다. 하지만 오늘 처음 본 이 사내가 죽어가는 꼴을 도저히 두고 볼 수가 없다. 라희는 멍청한 자신을 자책하면서도, 돌맹이 하나를 집어 힘껏 멧돼지에게 던졌다.

푸르르.

큰 돌을 이마에 맞은 멧돼지가 사내를 공격하는 것을 멈추고 큰 대가리를 틀었다. 씰룩이는 코에서 나오는 성난 소리에 라희는 정신이 아득해졌다.

"이 돼지 새끼야!"

라희의 도발에 멧돼지가 사내에게 물러나 몸을 틀었다. 라희를 발견한 듯했다. 마침 가까운 곳에서 뿔나팔 소리가 들렸다.

"그래, 이 멍청한 돼지야. 이쪽이다!"

최근 삼 년간 이렇게 절박하게 달려본 적은 없는 듯했다. 사람이 멧돼지보다 빠를 일은 없지만 라희는 직선으로 뛰지 않고 구불구불하게 방향을 급격히 선회해서 뛰었다. 멧돼지는 엄청난 속도로 돌진해 라희의 엉덩이에 엄니를 거의 들이대다가도 방향을 선회하는 것을 육중한 몸으로 따라하지 못해 간격이 벌어지곤 했다.

딸랑 딸랑.

말에 탄 채 사냥감의 소리에 귀를 기울이며 천천히 이동하던 호가 방울 소리를 듣고 그쪽을 바라보았다. 환청처럼 들리던 방울 소리가 점점 가까워지고 있었다.

"저 소리는 무엇인가?"

"토착민들이 몰이를 하는 소리입니다. 사냥감이 사냥터를 벗어나지 못하게요."

"어째 산 속을 다닐 때보다 이곳에 오면 지나치게 짐승들이 많은 느낌이 들었는데 다 이유가 있었군."

"송구합니다."

장군은 잔몰이꾼 단속을 못한 군병을 혼을 내야겠다고 생각하며 땀을 삐질 흘렸다. 역대 왕들의 실력을 치켜세우고 기분을 북돋우기 위해 지금껏 잔몰이꾼들의 존재는 쉬쉬해 왔는데, 어떤 멍청한 놈이 왕의 행렬 가까이까지 온 모양이었다.

"으아아악!"

호는 활시위를 당겨, 소리가 나는 곳으로 겨누었다.

"전하! 설마…."

감히 왕의 사냥을 방해했다고 벌을 내리려는 것인가? 장군은 침을 삼켰다.

"필시 무언가에 쫓기고 있어. 그것도 큰 놈."

호는 흥미로운 표정으로 그것이 제 정체를 드러내기를 기다렸다. 화살촉이 수풀을 향하고 있었다.

"으아악! 돼지 새끼야, 살려줘!"

라희는 혼비백산하여 뛰고 또 뛰었다. 실지로는 얼마 되지 않은 거리였다. 처음 멧돼지에게 시비 아닌 시비를 걸었을 때 그들의 거리가 이미 상당했던 것을 고려하면 참 짧은 거리였으나, 라희는 이 줄행랑길이 십리처럼 느껴졌다.

"으아앗!"

미친 듯 질주하던 라희는 제 허리까지 닿는 수풀을 앞에 두고 돌부리에 걸려 넘어졌다. 슬로우 모션으로 둥 하고 떠오르는 느낌이 들더니 처참하게 앞으로 꼬꾸라졌다.

푸르르….

멧돼지의 숨소리가 지척이었다. 이대로 죽는구나 하고 눈을 꼭 감았을 때였다.

깨애애액, 깨애액!

뭔가가 푹 박히는 소리와 함께, 멧돼지가 더 전진하지 못하고 고성을 질렀다. 다시 멧돼지의 살점에 뭔가 박히는 소리가 났다. 멧돼지가 비틀거리며 숲을 밟는 것이 느껴졌다. 라희는 여전히 일어나지 못하고 엎드린 채 부들부들 떨다가 눈을 떴다. 스무 보 정도의 거리에, 수많은 말발굽들이 보였다. 왕의 행렬이다.

푸르르, 푸슈!

멧돼지가 쓰러져 가쁜 숨을 내쉬고 있었다. 살았다는 생각에 진이 풀렸지만 여기서 더 있을 수는 없었다. 아까 사내의 말이 떠올랐다. 벌을 받아도 반병신밖에 더 되겠냐는. 왕이 사냥감을 확인하기 위해 말에서 내리는 듯했다. 라희는 풀숲에 그대로 고개를 묻은 채 무심코 왕의 용안을 올려다보았다.

"…!"

흰 살결에 시원하고 잘난 이목구비, 오묘한 분위기를 풍기는 인상. 그리고 깊은 밤의 잔잔한 물결과도 같은 검은 눈동자. 가슴의 심지에 불이 붙은 듯 뜨거워졌다. 제가 조선에 살았어도 왕을 볼 일은 없었을 텐데 기시감이 머리를 강타했다.

'나는 저자를 알고 있는 것일까?'

미친 듯 심장이 뛰다가도 화르륵 불타듯 뜨거워지고, 쥐어짜듯 아프다. 그의 얼굴을 보자마자 이런 감정이 드는 것은 왜일까. 라희는 덜덜 떨며 몸을 돌려 얼굴을 감추었다. 숨통이 끊겨 가는 멧돼지가 그녀의 뒤에 있었다.

"저… 저런! 감히!"

갑자기 제가 멧돼지를 끌고 왔던 숲속으로 헐레벌떡 도망치는 라희의 뒷모습에 장군은 노한 음성으로 소리쳤지만 왕은 그를 막았다.

"놓아둬."

"하오나 전하! 천한 자가 감히, 제 목숨을 부지하게 해준 전하의 은혜도 모르고!"

"백성이 왕을 지나치게 두려워하는 것 또한 내 부덕이다."

"송구하옵니다."

"체구를 보아서는 어린 소년이다. 괜히 찾아 벌주지 말아라. 명이다."

병사들이 뿔나팔을 불고 북을 울렸다. 지금껏 왕들이 이 사냥터에서 잡았던 멧돼지들 중에서도 가장 큰 것이었다. 따르는 자들은 제 왕의 무위를 한껏 칭찬했다. 어찌되었건 라희는 잔몰이꾼으로서의 제 역할을 충분히 해낸 것이었다. 호는 기뻐하는 주변의 반응에도 무심한 얼굴로 멧돼지에게 다가갔다. 급소에 화살 둘을 명중시킨 터라 숨이 빨리 넘어갔다.

사륵.

라희가 넘어져 엎드려 있던 위치에 서 있던 호의 발에 무언가 걸렸다. 돌맹이 같은 느낌에 무심코 발밑을 바라보는데, 광택이 없는 작은 단검이 보였다. 분명 호는 검집의 문양을 알고 있었다. 그는 굳은 얼굴로 작은 검을 들었다.

"하…."

어찌 잊겠는가. 라희가 혼인할 적부터 몸에 지니고 있던 은장도였다. 그녀의 부드러운 가슴에 얼굴을 묻을 때, 거슬려 몇 번이나 직접 빼놓은 적도 있다. 양각으로 '희'라는 이름이 새겨져 있었다. 열 살이 되었을 무렵 장윤 영감이 선물한 것이라고 했다. 호는 은장도를 부수어버릴 듯 꽉 쥐었다. 그의 눈이 검날처럼 날카롭게 빛났다.

***

사냥이 끝난 뒤에도 해가 질 무렵까지 잔몰이꾼들은 강무장을 떠나지 못했다. 장군과 군병이 그들을 서슬 퍼런 눈으로 노려보고 있었고 대부분 상민 신분인 그들의 처지로는 차마 발끝도 바라보지 못할 고귀한 신분의 사내가 서늘한 눈으로 은장도를 만지작거리고 있었다. 그 은장도가 누구의 소유였는지에 대해 들은 병판은 아무 말 없이 호의 곁을 지키고 있었다.

“찾았습니다!”

병졸 둘이 한 사내를 부축해 오고 있었다. 사내의 옷은 군데군데가 피범벅이었지만, 깊게 찔리지는 않아 위중한 상태는 아닌 듯했다. 병졸들이 사내를 호의 앞에 꿇어앉혔다.

“아니다. 이자가 아니야. 체구가 더 작았어.”

“하지만 그곳에서 튀어나왔다면 이자가 맡았던 영역이옵니다.”

“무슨 일이 있었는지, 소상히 말해라.”

호의 말에 사내는 부들부들 떨며 기어들어가는 목소리로 말했다.

“그… 그것이… 멧돼지에게 당해 정신을 잃어 저도 무슨 일이 있었는지….”

“네 이놈! 감히 어느 안전이라고 거짓을 고하느냐?”

장군의 호통이 불벼락처럼 내리쳤다. 무시무시한 살기에, 사내는 오줌을 지릴 지경이었다. 호는 무표정한 얼굴로 팔을 슬쩍 올려 장군을 제지하고, 다시 물었다.

“벌을 주려는 것이 아니다. 너에게도, 그리고 그자에게도 말이다. 단지, 내가 꼭 찾아야 할 이와 관계가 있는 듯하여, 그자의 신원을 알았으면 할 뿐이다."

호의 말에 눈을 꿈뻑거리던 사내는 넙죽 엎드리며 떨리는 목소리로 자초지종을 고했다. 좋은 말이든, 도움이 되는 말이든, 양반님네들에게 혀 한 번 잘못 놀려 목숨 날아간 천것들이 부지기수이다. 반대로 혀를 놀리지 않아 목숨이 날아간 것들도 많다. 더군다나 그의 앞에 자리한 자는 임금님이다. 약속을 지켜주시길 바랄 뿐이었다.

"실은, 그것이…. 집채만 한 멧돼지가 저를 들이받고 있는데 그 애가 멧돼지를 유인해 저를 구해 주었습니다요. 꼼짝없이 죽었다 했는디, 그 애 덕분에 살았구만요."

"그 아이의 이름이 무엇이냐? 나이는? 아는 것이 있으면 소상하게 말해보아라."

"오늘 처음 만난지라 이름이나 나이는 모릅니다. 근데 얼굴을 봐서는 약관도 못 되었을 법한, 비리비리한 소년 같아 보였습니다. 딴 거는 모르겠고, 처자식도 없는 놈이 왜 이런 위험한 일을 하냐 물으니까 집도 절도 없이 주막서 먹고 자고 하는디 돈이 딸린다 했던가…. 아무튼 그랬읍죠."

"주막이라…. 지금 저자들 중에는 없는 것이 확실한가?"

"예, 돈도 안 받고 어딜 갔는지 모르겠습니다. 고맙다는 말도 꼭 해야 허는디…."

사내의 중얼거림에 호는 복잡한 눈으로 무언가를 생각했다. 설마, 그럴 리가 없다 되뇌어도 혹시나 하는 생각이 들었다. 만약, 만약 라희가 죽지 않고 살아있다면? 그것도 한양에서 말이다. 애써 억눌렀던 희망이 고통스레 되살아났다.

"그자의 얼굴을 기억하는가?"

"당연합죠. 제가 딴 건 몰라도 사람 얼굴 하나는 기가 막히게 기억합니다. 다섯 살 때 돌아가신 제 아버지 얼굴도 아직 생생합니다요."

"병욱아, 환쟁이와 의원을 데려오거라. 의원에게 이자를 치료하라 하고, 환쟁이에게 이자의 설명에 따라 용모파기를 그려오도록 해라."

"명 받들겠습니다."

아침은 푸근했으나, 저녁은 한겨울 서리바람처럼 싸늘했다. 뒤돌아 말에 오르며 호는 군병들에게 말을 던졌다.

"덕분에 즐거운 사냥을 했다. 보수는 약속한 것보다 두둑이 챙겨주거라."

군병들이 왕의 명령에 고개를 숙였다. 불안한 마음으로 붙잡혀 있던 잔몰이꾼들의 얼굴이 밝아졌다. 병욱은 부상당한 사내에게 다가가 그를 직접 부축했다.

***

"그… 그게 무슨 말인가!"

"자세한 정황은 밝혀지지 않았지만, 만일 그것이 빈궁마마의 것이라면…."

"봉황이 그려져 있고 '희'가 새겨져 있던 것이 확실한가?"

"자세히는 보지 못했으나, 전하께서는 그 은장도를 알고 계셨어."

장윤의 집, 그의 오랜 친우이던 병판이 사냥에서 있었던 일을 장윤에게 이야기해주었다. 그는 장윤이 최근 들어 사재를 아낌없이 털어 가며 제 딸을 찾는 것을 알고 있었다.

"허어, 라희가 정말 한양에 있는 것일까…."

"그건 그것대로 이상하지 않은가. 만약 빈궁께서 한양에 계시다면 왜 자네나 전하를 찾아가지 않는단 말인가?"

"그러게 말일세. 하녀 순덕이 말을 다시 들어보니, 자기를 모르는 사람처럼 대했다기에, 역시나 라희가 아닌 닮은 여인이었나 싶다가도…. 삼 년이 흐른 지금에 와서 내가 그 아이에게 준 은장도를 찾게 되다니."

"이건 추측인데 말일세. 혹시 선왕께서 중독된 뒤 회복이 덜 되셨을 때처럼…."

가능성이 있는 말이었다. 만일 제가 누구인지 잊고 살고있다면, 그 아이가 견뎌왔을 고생은 생각만 해도 가슴 아팠다. 장윤은 깊은 한숨을 내쉬었다.

"자식이란 것이 무엇인지. 애끓는 나날을 견디다 못해 포기하고 시체라도 찾았으면 할 때도 있었는데, 다시 밥을 먹지 못할 정도로 애가 타는데도, 그 아이가 살아있을 수도 있다는 사실이 왜 이리 벅찬지 모르겠네."

"부디 힘내시게. 나도 우리 병욱이가 전하를 바로 곁에서 보필한다는 것이 자랑스러울 때가 많지만, 다쳐서 눈앞에 나타날 때마다 어찌나 속이 타는지 모르네. 제 아무리 충이니 효니 해도, 자식 향한 마음에 비길 수가 없네."

"그러게 말일세. 우리 소인배들끼리 술이나 한잔하세. 우리 아들딸들의 무사안위를 위해서 말일세."

그들의 사이에 놓여 있던 뜨끈한 차는, 데운 술로 바뀌었다. 장윤은 삼 년 전에 비해 열 살은 늙어 보였다. 자식은 부모를 잃으면 땅에 묻고, 부모는 자식을 잃으면 가슴에 묻는다고 한다. 혜집은 가슴에 딸의 기억을 품고 살던 장윤에게, 라희를 찾을 수 있다는 한 줄기 희망이 유일한 삶의 낙이었다.

***

라희는 동이 튼 뒤부터 해가 질 무렵까지 방에서 한 발짝도 나가지 않았다. 그저 이불을 뒤집어쓰고 멍하니, 넋 나간 사람처럼 몸을 웅크리고 있었을 뿐이다. 아직도 왕의 용안이 환영처럼 눈앞에 어른거렸다.

"아파…."

라희는 밀려드는 흉통에 가슴을 감싸고 몸을 웅크렸다. 몸이 좋지 않아서 생기는 통증이 아니었다. 숨을 쉴 때마다 폐부가 쓰릴 만큼 공기가 따가웠다.

"당신은… 대체 누구야…?"

돌이켜 생각하는 것조차 미친 듯 가슴이 아픈데, 자꾸 떠올리게 된다. 잊을 수 없는 사람, 아니 잊어서는 안 되는 사람. 제 자신의 목소리가 유령처럼 귓가에 울린다.

"누구길래 이렇게 아픈 거야. 대체 누구길래!"

그가 조선의 왕이라는 것은 알고 있다. 그러나 어떤 인연이 있었는지는 짐작조차 되지 않는다. 이호. 한 때 정연대군이었고, 형의 역모로 세자가 되었고, 대군일 적부터 함께했던 빈궁은 서거했고, 선왕이 붕어하고 즉위한 지 얼마 되지 않았다. 상단의 일을 하며 그에 대한 대략적인 정보는 들어 알고 있었으나 제가 그 얼굴을 알고 있을 줄은 상상하지 못했다.

삐그덕.

주막의 낡은 문이 열리고, 젊은 주모가 빼꼼 얼굴을 내밀었다.

"도령, 어디 아픈 거야? 그렇게 하루 종일 굶어서 사내가 힘이나 쓰겠어?"

"…."

"쯧쯧. 뭐, 은애하던 처녀한테 거절이라도 당한 거야? 그래도 먹고 기운은 차려야지. 저녁밥은 여기로 갖다 줄까?"

"아니요, 가야겠습니다."

주모의 의아한 표정에 라희는 다시 대답했다.

"그동안 감사했습니다. 오늘밤 떠나려구요."

온갖 고생을 하며 한양에 온 보람이 사라지는 것이었으나 라희는 더 이상 견딜 수 없었다. 사냥터에서 주막까지 어떻게 도망쳐 온지도 기억나지 않았다. 은자 몇 푼쯤은 못 받아도 상관없었다. 가장 돌아버릴 듯한 것은, 그 사내… 왕의 얼굴이 귀신이라도 붙은 것처럼 눈앞에서 어른거린다는 것이다. 심장은 하루 종일 터져

버릴 것처럼 뛰었고, 가슴은 갈퀴로 긁는 듯 아팠다.

"아니 갑자기? 뭐 가야 한다면 어쩔 수 없지만, 좀 서운허네. 갑자기 간다니…"

"주모 국밥 맛 절대 못 잊을 거예요."

리셴에게 돌아갈 생각은 없었다. 조선에는 한양만 있는 것이 아니다. 우선 한양을 벗어나 소일거리를 하며 조선을 유랑해볼 생각이었다. 우선 그자가 있는 한양을 나서면 이 타는 듯한 고통도 덜 괴롭지 않을까, 갑작스레 밀려드는 감정의 소용돌이에 라희가 택한 결심은 회피였다.

'그자가 내 과거와 어떻게 연관되어 있는지는 모르겠지만, 마음이 찢어질 듯 아파. 피해야 해. 다시 만나면 내가 망가져버릴지도 몰라.'

***

늦은 시각, 용포를 입고 홀로 후원을 거닐던 호가 궁녀의 앞에 문득 멈추어섰다. 궁녀는 황급히 허리를 숙였다. 궁녀 역시 혼자였다. 호의 입가에 미소가 감돌았다.

"고개를 들어라."

시원스럽게 큰 눈과 오똑 솟은 코, 공손한 듯 보이나 새침한 눈이다. 호는 그 아이의 이름을 기억하고 있었다.

"다른 궁녀들은 내 시선을 끌려 그리도 애쓰던데, 왜 너는 내 눈을 매번 피하는 것이냐? 내가 널 보고 있다는 것을 알면서."

호의 말에 혜주는 흠칫했다. 은은한 달빛에 음영이 드러나는 호의 얼굴은 세상에서 찾기 힘든 아름다움이었다. 그는 모든 것을 가진 사내, 그 누구보다 아름다운 사내, 모든 여인들이 흠모하는 자이다. 서늘한 표정조차 고혹적인 그가 혜주에게 다가가 그녀의 몸을 담벼락으로 거칠게 밀어붙였다.

"전하…."

"이 향, 아무나 알아챌 수 없는 향이다. 사람의 정신을 흐트러뜨리고, 간신히 붙잡고 있던 한 줌의 이성조차 놓게 하지."

궁에 들어오기 전부터 자신 있게 큰소리를 치긴 했으나, 콧대 높은 왕이 이리도 빨리 넘어올 줄은 몰랐다. 긴장과 당황이 섞인 표정으로 어쩔 줄 몰라 하던 혜주는 언제 그랬냐는 듯 도발적인 눈으로 호를 바라보았다. 호의 손이 혜주의 턱선을 훑었다.

"크, 켁… 켁…."

턱선을 매만지던 호의 손이 혜주의 목을 틀어쥔 것은 찰나였다. 정작 목을 조른 것은 몇 초 안되는 순간이었지만 그 손아귀의 힘에 혜주는 한참을 켁켁거렸다.

"전하, 어째서…."

"너와 같은 향을 가진 여인이 있었다. 난영이라고, 알지 않느냐?"

혜주의 안색이 하얗게 질렸다.

"어, 어떻게…."

"이 향을 맡으면 참을 수 없는 분노가 밀려와. 어째서 그것을 죽여버리지 않았을까. 그 목을 망설임 없이 꺾어버렸더라면, 감히 내 것을 해치지 못했을 텐데. 그런 분노 말이다."

"그 여자는 저희와 관계없습니다. 멍청하고 어리석은 판단으로 그런 짓을…."

"물론 네 주인에게 제 것을 간수하지 못한 사과는 받았다. 하지만 한 번만 더 끄나풀을 내 곁에 얼쩡대게 했다가는 목을 꺾어 보낼 것이라 분명 말했는데."

"살려주십시오! 살려주십시오, 전하!"

혜주는 무릎을 꿇고 싹싹 빌었다. 호의 미소라고 생각했던 것이 일그러진 조소였다는 것을, 그리고 그의 눈에서 흐르던 묘한 기운이 살기였다는 것을 이제야 눈치 챘다. 혜주는 친왕 조직의 한패였으나 난영에 비해 턱없이 부족한 하급의 그림자였다.

"자비는 오늘이 마지막이다. 당장 네 주인에게로 꺼져라."

그르렁거리며 위협하는 맹수처럼 낮은 목소리로 살의를 애써 억누르며 자신을 윽박지르는 호의 모습에, 혜주는 절을 한 번 하고 도망치듯 자리를 떴다.

"어찌하여 그냥 보내십니까? 잘 이용하면 뭔가 알아낼 수 있을지도 모르는데."

"들키기 위해 보낸 아이이다. 저렇게 허술한 것을 난영과 같은 목적으로 보낼 리 없지."

"들키기 위한 것이라면…."

"도르곤은 한 발 앞서 생각하는 자다. 저 아이를 이용하고자 곁에 두면 우리는 저 아이가 믿고 있는 멍청한 거짓 정보를 얻고, 저 아이는 제 눈으로 본 모든 것을 그에게 발설할 것이다."

"…."

"그의 책략적 자만이기도 하겠지. 내 곁에 충분히 실력 있는 밀정들을 심을 수 있으나 그렇지 않는 이유는 나와 싸우기 싫어서다. 그러니 청에 맞서 양병하는 일을 멈추라는 무언의 압박이기도 하지."

일리가 있는 말에 병욱은 무거운 표정으로 고개를 끄덕였다. 세자의 자리도 무겁고 고민이 많은 자리이나, 왕의 자리와는 비할 수 없다. 복잡하고 치열하며 한시도 마음을 놓을 수 없다. 백성을 위해, 그리고 나라를 위해 끝없이 괴로워해야 하는 자리였다. 그러하지 않으면 결코 진정한 왕이 될 수 없다.

"전하, 어제 명하셨던 것이 끝났습니다."

병욱은 어깨에 멘 원통을 벗어, 두 손으로 호에게 내밀었다. 부상당한 사내의 기억과 조선 최고 용모파기 환쟁이의 실력이 혼합된 작품이었다. 병욱조차 그 내용물을 확인하지 못하고 받자마자 곧장 궁으로 달려왔다. 호는 무거운 표정으로 원통을 열고 그림을 펼쳤다.

"…."

상투를 올린 앳된 얼굴. 다른 차림을 하고 있다 하더라도 잊으려야 잊을 수 없는 얼굴. 호는 굳은 표정으로 한참 동안 그림을 보더니 탄식처럼 그녀의 이름을 내뱉었다.

"…라희야."

13
당신이 참 아프다

어둑한 밤, 봇짐을 챙긴 라희는 주막을 나와 말에 올랐다. 봄날의 밤은 향긋하고 노란 달은 밤길의 아늑한 정취를 자아냈다. 라희의 표정은 그리 밝지는 않았고, 마음은 여전히 어린 망아지처럼 앞뒤도 없이 날뛰고 있었으나 그 자태만은 차분했다.

또각 또각.

말발굽이 잘 다져진 흙길을 경쾌하게 밟는 소리만이 정적 속에 울려퍼졌다. 그러나 라희는 그 소리조차 잘 들리지 않았다. 제 심장의 요동 소리가 너무 격렬했던 터이다. 왕의 도시를 벗어나면 이 기이한 내적 변화도 사라지리라, 라희는 그저 그렇게 믿었다.

히히힝.

북경에서부터 함께했던 말이 문득 고갯길을 앞두고 멈추어섰다. 고삐를 당긴 것도 아니었다. 눈을 가늘게 뜨니 저 앞에 누군가 말을 타고 서 있는 것이 보였다. 불길한 예감이 파도처럼 밀려들었다.

"설마…."

그의 말이 라희에게 다가오고 있었다. 익숙히 알고 있는 명마였다. 라희는 주먹을 꽉 쥐었다.

"한양의 주막이란 주막은 다 뒤졌어. 과연 대사의 미래를 나와 함께 이끌 주역이야. 내게 꼬리를 잡히지 않고 이렇게 오래 버티다니."

달빛에 잿빛으로 빛나는 머리칼과 루비처럼 붉고 고고한 눈동자. 색목인들 사이에서도 튀는 외모. 리센의 눈은 차가웠다. 라희에게 화가 많이 나 있는 듯했다.

"…상단주."

"한양 나들이는 어땠어? 재미있었다구? 그래, 그럼 됐지."

"…미안하지만, 저는 이곳에서 좀 더 해야 할 일이…."

"거절할게. 이제 돌아갈 시간이야. 넌 여기 있어서는 안 돼."

"미안해요!"

히히힝!

라희는 대답 대신 말 머리를 틀었다. 여기서 붙잡힐 수는 없었다. 그의 붉은 눈은 죄수를 찾은 감옥처럼 자신을 가두고 있었다. 그는 자신을 보물처럼 사랑했다. 사람이 아닌 보물, 즉 물건처럼 말이다. 라희는 직감했다. 이번에 그를 따라 돌아가면, 우리 안 희귀동물의 신세가 될지도 모른다.

"휴, 정말 말 안 듣는다니까."

리센 역시 라희를 쫓기 위해 말을 달렸다. 리센의 말은 라희의 말과 비교되지 않을 정도의 귀한 품종이며, 눈 깜짝할 새 꽤 먼 거리도 따라잡을 수 있었다. 말을 달리던 라희가 작은 교각 근처에 다다랐을 때, 그곳에 말을 탄 또 다른 이가 있었다. 라희는 욕지기를 내뱉었다.

"젠장, 이리 도망칠 줄 알고!"

아마도 리센이 짜놓은 계책이리라. 라희는 결국 잡힐 것을 예감했다. 그러나 리센의 표정은 예상외로 어리둥절했다. 교각을 막고 있는 자는, 적어도 대사의 인물은 아니었다. 리센은 이곳에서의 경비를 단원 누구에게도 명령한 적 없었다.

"…."

"하…."

낮은 숨소리가 들렸다. 교각의 곁에 높고 넓게 가지를 뻗은 버드나무 탓에 그림자가 져서 그의 얼굴이 제대로 보이지 않았다. 그는 훤칠한 키의 그는 검은 무복을 단정하게 입고, 투박해 보이나 정밀하게 만들어진 명검을 차고, 리센의 명마와 우열을 가리기 힘들 정도로 우수한 흑마의 안장에 앉아 있었다.

또각 또각.

돌을 밟는 말발굽 소리가 지척으로 다가오며, 그의 얼굴이 서서히 드러났다.

"…."

눈결과도 같이 희고 고운 피부, 서늘하고 깊은 눈매 안의 심해처럼 시리고 모호한 눈동자. 유려히 뻗은 콧날과 턱선, 흡혈귀를 보는 듯 고혹적이며 붉은 입술. 그리고, 시원한 향. 사내의, 아니 그만의 향기. 사냥터에서 본 사내, 어찌 잊을 수 있을까.

"당신은…."

또각.

리셴이 자신의 뒤에서 멈추어서는 것을 느꼈지만 라희의 정신은 오로지 눈앞의 남자에게 사로잡혀 있었다. 그는 리셴도 잘 알고 있는 남자였다. 어둠에 휩싸인 고요한 교각 앞, 셋은 삼 년 만에 운명적으로 서로를 마주했다. 호, 라희, 그리고 리셴.

라희가 말을 찾으러 간 새 주막에 들이닥쳐 주모에게 라희의 용모파기를 확인한 호는 라희의 방이 빈 것을 발견하고 황급히 그녀의 자취를 쫓던 터였다.

"라희야."

자신의 이름을 부르는 그의 잠긴 듯한 목소리에 라희의 가슴은 살쾡이가 힘껏 할퀴듯 심히 따가웠고 타는 듯 뜨거워졌다. 마치 꿈속을 걷는 기분으로 안장 위에서 멍하니 왕의 얼굴을 바라보았다. 뭔가 말하고 싶은데 뜨거운 것이 목소리를 녹여 버리는 듯 아무런 말도 나오지 않았다. 호는 말에서 능숙히 뛰어내리고는 라희를 향해 다가갔다.

"내려."

호가 라희에게 다가가 손을 내밀었다. 그의 입에서 나오는 것이 아닌 머릿속에서 울리는 듯한 꿈같은 음성. 라희는 몸을 덜덜 떨 뿐 아무것도 할 수 없었다. 저 손을 잡으면 금방이라도 온몸이 조각나버릴 것 같았다. 리셴의 얼굴이 굳었다. 리셴도 심란한 얼굴로 말에서 뛰어내렸다.

"누, 누구… 누구세요!"

라희는 울 듯한 표정으로, 두려움에 찬 표정으로 호를 바라보며 발악하듯 외쳤다. 예상치 못한 라희의 반응에 호가 얼어붙었다. 그녀에게 다가온 리센이 팔을 벌렸다.

"라희야, 괜찮아. 내려, 내가 받아줄게."

리센을 본 호의 눈이 흉포한 살기로 물들어갈 때, 라희가 리센의 손에 기대어 말에서 내려왔다. 호는 라희의 팔목을 잡으며 리센에게 으르렁댔다.

"죽고 싶어? 네가 지금 감히 누구의 몸에 손을 대는 거냐?"

하지만 제 품으로 그녀를 끌어들이기 전, 리센이 라희의 다른 팔목을 잡았다.

"미안하지만 이 애는 더 이상 전하가 알던 라희가 아니야."

"헛소리 집어치우고, 죽기 싫으면 꺼져."

"라희야."

호의 서슬퍼런 위협에도, 리센은 입가를 올리며 라희에게 말을 건넸다. 라희는 리센 역시 피하고 싶었으나 호는 더더욱 피하고 싶었다. 호의 얼굴을 보고 목소리를 듣는 것만으로도 심장이 쥐어짜는 듯 아프고 괴로웠기 때문이다.

"몰라, 몰라요. 나 갈 거예요. 어서 가요."

그제야 호는 라희의 상태를 어렴풋이 알 수 있었다. 라희는 자신을 기억하지 못하고 있었다. 사랑스럽고 온화한 눈으로 자신을 바라보던 그녀가, 두려움에 찬 눈으로 자신의 눈을 회피하고 있었다. 심장이 내려앉는 듯했다. 동시에 환쟁이가 그린 그녀의 초상화를 본 순간, 어째서 강무장에서 그녀가 자신을 보고도 도망갔을까 하던 의문이 말끔히 풀렸다.

"어떻게 된 거야?"

호는 리센의 손을 라희의 손목에서 떼어내고 그를 잡아 죽일 듯 노려보며 으르렁댔다. 리센은 냉소적인 눈으로 호를 똑바로 노려보았다.

"삼 년간 이 애 없이도 잘 살았잖아? 왕까지 되었으면 더 바랄 거 없잖아?"

"그걸 말이라고 해? 라희가 왜 이렇게 된 건지 똑바로 말해. 설마 네놈의 빌어먹을 상단에서 이상한 약이라도 먹인 것이냐?"

삼 년간 그녀를 하루도 그리워하지 않은 날이 없었다. 그간 라희를 숨겨왔다는 듯, 이죽거리는 듯한 리센의 말투에 호는 분노와 살기를 참을 수 없었다. 리센이 다소 비꼬는 말투로 대답했다.

"난 죽기 직전의 라희를 발견해 치료했을 뿐이야. 그 애가 죽음의 기로에 서 있을 때, 넌 아무런 도움이 되지 않았지만, 난 달라."

"결국 삼 년 전에 라희가 사라진 것은 네놈 때문이었군."

라희는 그들이 무슨 이야기를 나누는지 알지 못했으나 자신의 이야기라는 것은 어렴풋이 짐작했다. 역시 왕은 자신의 과거와 큰 연관이 있는 듯했다. 호가 소름끼치는 마찰음을 내며 검집에서 검을 뽑아들었다.

"내 것을 납치한 죄는 죽음으로 물어야겠다."

"그래, 결국 전하만 사라지면 다시는 라희가 날 떠나려 하지 않겠지."

리센도 어둠에 잠식된 눈으로 검을 뽑아들었다. 라희는 무언가 크게 잘못되어간다는 것을 느꼈다. 그들의 말이 귀에 맴돌며 기억을 자극해서인지, 이명과 두통이 크게 일었다.

"그만! 그만해요! 그만하라구요…!"

그들이 서로에게 검을 겨누기 직전 라희는 비명을 지르듯 외치며 그들을 말렸다. 온몸을 사시나무 떨듯 떨며 눈물범벅이 된 라희의 모습에 호와 리센은 서로를 노려보더니 검을 집어넣고 다시 라희에게 누가 먼저랄 것도 없이 다가갔다.

"괜찮아, 라희야? 기억해봐, 나야."

"몰라요…. 모르겠어요."

"돌아가자, 궁에. 어의를 불러 치료하면 기억이 날 거야."

"궁…? 궁궐?"

자신의 볼을 감싸려는 호의 손을 뿌리치고 라희는 고개를 저었다. 어렴풋이 떠오르는 궁의 이미지가 있었으나 두통에 의해 흐려졌다.

"싫어, 싫어…! 저리 가요! 만지지 마!"

"라희야!"

"내 이름도 부르지 말아요! 당신이 내 이름을 부르면 미칠 거 같아요, 아파서!"

라희는 가시를 잔뜩 세운 고슴도치처럼 제 자신을 방어했다. 그의 이름도, 그와 어떤 나날을 보냈는지도 기억나지 않으나 그와 마주한 것만으로도 가슴이 찢어지는 듯했다. 이 자리를 피하고 그의 눈앞에서 도망치고 싶은 생각뿐이었다.

"말했지? 라희는 더 이상 전하의 것이 아니야."

"여기가 조선 땅이라는 것을 잊었나 보군. 한 번만 더 헛소리를 지껄이면 다시는 그 입을 열지 못하게 해주겠다."

"라희야, 상단으로 돌아가자."

"…예, 상단주."

볼이 축축이 젖은 라희는, 리센의 말에 순순히 답했다. 차라리 리센을 따라가는 것이 나을 정도로, 호에게 알 수 없는 거부감이 들었다. 라희의 반응에 호의 입술 끝이 분노로 휘었다. 당장이라도 리센의 목을 베고, 라희를 궁으로 데려가고 싶었으나 지금의 라희는 너무도 쇠약해 보였다. 진심으로 아파 보였다.

"네가 돌아가야 할 곳은 나뿐이다."

호가 라희의 앞을 막아섰다. 라희는 눈물 고인 눈으로 호를 노려보았다.

"전하라면 조선의 임금님이시죠? 미안하지만 저는 전하가 기억나지 않습니다. 그러나 전하를 보았을 때 이리 고통스러운 것을 보면, 제가 기억을 잃기 전 전하와 함께했던 날에 좋은 추억은 없었던 것 같네요. 저를 보내주십시오."

라희의 한마디 한마디가 호의 심장을 얼음 같은 칼날로 후벼 파는 듯했다. 삼 년이 지난 뒤 이렇게 재회하게 된 것도 꿈만 같았으나, 눈앞의 그녀가 아무것도 기억하지 못한다는 것은 상상치 못한 바였다. 어디서부터 말을 꺼내야 할까. 호는 라희의 어깨에 손을 올리려 했다.

"제 몸에 손대지 마십시오."

라희가 호의 양 손을 피했다. 앙칼지고 단호한 눈이었다.

"너를 만난 첫 순간도 이랬다. 심지어 우리의 첫날밤도 그랬고. 어찌나 미친 듯 달려들던지. 처음에는 그런 너를 이토록 연모하게 될지 몰랐다. 다들 네가 죽었다 해도, 삼 년간 미친 듯 네 그림자를 찾아 헤맸다."

"…."

"지금껏 어디서 무얼 하며 살았어도 좋으니, 제발 다시 널 볼 수 있길 바랐는데, 날 잊어버리다니…."

그의 눈동자에 짙은 슬픔이 감돌았다. 라희는 심장이 들끓다 못해 터져버릴 것 같았다. 그의 말에 치솟아 오르는 감정의 폭풍을 억누르며 그에게서 몸을 돌렸다. 그리고 리센의 신호에 따라 말을 올라타려는 찰나였다.

"리센, 너무 오랜만이라 너도 내가 누구인지 잊었나 보군."

호의 차가운 목소리가 깔렸다. 교각으로 모여드는 십수 명의 극도로 훈련된 자들의 인기척에 리센의 표정이 굳었다. 단원들을 움직인다면 상단에 피해가 갈 것이고, 어찌되었건 라희는 빠져나올 수 없다.

"싫다는 여자를 억지로 데려가겠다는 거야, 전하?"

"라희는 내 여인이다. 넌 파렴치한 왕족 납치범이고."

스멀스멀 밀려드는 호의 수하들의 기세에, 상황을 인지한 라희는 호에게 버럭 대들었다.

"무슨 소리예요? 임진강에 빠져 목숨을 잃어가던 날 구해주신

분이에요. 상단주님과 절 그냥 보내주세요."

"그 자식한테 님 자 붙이지 마. 네가 어떤 여자였는지, 기억해봐."

"기억 안 난다구요! 제가 어떤 여자였는데요!"

호는 나직한 목소리로, 타이르는 듯 라희에게 말했다.

"세자 이호의 하나뿐인 세자빈."

"내가…."

"그리고 임금 이호의 모든 것."

"…."

"중전이 될 여인."

라희는 멍한 눈으로 호를 바라보았다. 조선, 그녀의 고국. 단지 고향이라는 것만 알고 있는, 아마도 평민이거나 상민이 아니었을까, 어쩌면 왕의 승은을 입은 궁인이 아니었을까, 제 신분을 터무니없이 어림짐작하고 있던 라희에게 세자빈, 혹은 중전이라는 단어는 쉽게 받아들이지 못할 만한 큰 충격으로 다가왔다.

"돌아가자, 궁에. 우리 집에."

호가 라희를 끌어안았다. 표정이 굳은 리센이 다가가려는 것을 호의 수하들이 제지했다. 라희는 호의 품에서 벗어나려다가, 아주 서러운 울음을 터뜨렸다.

***

라희의 기억 속, 자신이 묵어보았던 가장 큰 사각의 방에 라희는 홀로 멍하니 앉아 있었다. 고급스러운 연녹빛의 당의와 금박이 화려한 선홍의 치마는 청에서도 가장 고가에 팔리는 비싼 원단이었지만, 그녀의 싹둑 자른 단발의 머리 모양과는 어울리지 않았다. 녹의를 입은 상궁이 '부원군'께서 왔다고 고했다. 라희는 아무 말을 하지 않았고, 얼마 지나지 않아 미닫이문이 열렸다.

"희야…. 라희야…!"

노인이라고 하기엔 젊고, 중년이라고 하기에는 머리가 희게 센 남자는 붉은 관복을 입고 있었다. 그는 라희를 보자마자 입술을 씰룩거리더니, 손으로 얼굴을 가린 채 고개를 돌렸다. 그의 뒤에는 어디에선가 본 듯한 여자가 눈이 빨개져 있었다.

"아씨…. 아씨! 역시 아씨가 맞으셨구만유!"

라희는 그제야 그 여자가 누구인지 떠올렸다. 장터에서 자신을 알아보고 옹기를 깨먹었던 여자이다. 라희는 흐리멍텅한 표정을 지우고 눈을 크게 떴다.

"아씨는 왜 이렇게, 왜 이렇게 대감님 애간장을 태우시는 거여유! 너무혀유, 아씨. 흑, 흑…."

여자는 장터에서 제 이름을 순덕이라 말하였다. 순덕은 라희의 손을 잡고 소중한 것인 듯 매만지며 눈물을 펑펑 쏟아냈다. 나이 든 남자는 여전히 고개를 돌리고 있었으나, 손에 젖은 물기를 볼 수 있었다. 라희는 여전히 기억이 돌아오지 않았으나, 그들이 자신의 가족이라는 것을 직감했다.

"제… 아버님이십니까?"

"그래…. 그래, 내가 네 애비다. 이것아! 라희야! 하나뿐인 내 딸아!"

장윤은 붉어진 눈시울로 라희에게 호통을 치듯 말했다. 삼 년이라는 세월, 가시밭길을 걷는 심정으로 살아오게 한, 참으로 원망스럽고 매정한 자식이지만 다시 볼 수 있는 기쁨은 이루 말할 수 없는 것이었다.

"무엇을 하며 살았느냐? 어디에서 살았느냐? 한양에는 언제부터 있었던 것이냐?"

들숨 한 번에 많은 질문들을 쏟아내는 장윤을 순덕은 말렸다.

"에구, 대감님. 아씨 만나셔서 좋은 건 알겠는데 하나씩 물어야 아씨가 대답을 하시죠!"

"그래…. 그래, 미안하다. 그럼… 아직도 기억이 나지 않느냐? 내가 누구인지?"

"…죄송합니다."

라희의 답에 장윤은 큰 탄식을 내뱉었다. 순덕 역시 계속 손수건으로 눈물을 찍어내고 있었다. 호가 보낸 사람을 통해, 라희가 기억을 잃었다는 것은 미리 들었다. 그토록 애틋이 연모하던 호의 얼굴조차 기억하지 못했다고 하여, 장윤 또한 마음의 준비는 한 바였다.

"그래서 저번에 장터서 저도 기억을 못 허셨던 거구만유. 흑…."

"그쪽은… 제 언니? 동생?"

"아니구먼유. 제가 어찌 감히 아씨의…."

"동무이다."

장윤이 불쑥 끼어들어 대답했다. 순덕은 깜짝 놀라 눈을 크게 떴다.

"어릴 적부터 함께하던 네 동무이니라. 우리 집의 가솔이기는 하나, 그 정도 함께 지냈으면 동무라 해도 될 것이다."

장윤의 말에 감격하여 순덕은 잠시 그쳤던 눈물을 펑펑 쏟아냈다. 장윤의 말에 라희는 고개를 끄덕였다. 하인으로 부리는 아이와 동무로 지냈다면, 과거의 자신 또한 그리 나쁜 삶을 살지는 않았을 것이라는 생각이 들었다.

"미안해요. 기억하지 못해서."

"으흐흑…. 아닙니다유. 아씨, 너무 보고싶었구먼유. 으흑…."

라희는 자신도 모르게 손을 올려 순덕의 어깨를 두어 번 토닥였다. 장윤 역시 코끝이 찡한지 계속 코를 훌쩍거렸다.

"내 그렇잖아도 순덕이가 장터에서 널 보았다는 말을 하길래, 곳간을 다 털어서라도 사람을 사서 너를 찾으려 했다. 그런데 갑자기 전하께서 널 이리 데려오시다니. 이 은혜를 어찌 갚아야 할지 모르겠구나."

'전하'라는 말에 다시 그 사람이 떠올랐다. 곱상하고 잘 생긴 얼굴에 맹수의 눈을 가진 남자. 보는 것만으로도 가슴이 너무 아픈, 그 남자 말이다.

"제가 정말 전하의 처였습니까?"

"휴…. 정말 아무것도 기억하지 못하는구나. 그래도 괜찮아. 살아 돌아와서 천만 다행이야. 그것만으로 되었어."

조심스레 던진 라희의 질문에, 장윤은 작은 한숨을 내쉬며 축축한 눈으로 딸을 보았다. 삼 년 만의 재회였다. 폐부에 박혀 있던 돌이, 숨 쉴 때마다 가슴을 찔렀던 그 돌이, 다시 찾은 라희를 보자마자 흐물흐물 녹아버렸다. 라희는 여전히 어색한 듯 조심스러워했으나, 그들은 오랜 시간 이야기를 나눴다. 장윤과 순덕은 따스한 눈빛으로 그녀에게 이야기해주었다. 라희가 얼마나 사랑받는 아이였는지, 얼마나 빛나는 아이였는지.

***

리셴이 옥사로 들어가자 병졸들이 거칠게 밀대로 문을 잠갔다. 옥에 갇힌 처지답지 않은 태연한 얼굴로 리셴은 주변을 둘러보았다. 짚 냄새와 흙냄새, 그리고 오물 냄새와 피비린내가 났다. 곳곳에 벌레가 들끓고 벽에서는 외풍이 솔솔 들어왔다.

"그 고생을 하고도, 몇 번이나 죽을 고비를 넘기고도 왜 돌아오려 한 거야."

그녀에게 들릴 리 없지만, 그녀에게 하는 말이었다. 세손을 숨겨주었다는 혐의로 라희가 옥에 갇혀 죽어갈 때, 리셴은 제 속에서 솟구치던 분노를 잊을 수 없다.

"네가 선왕과 함께 도망칠 때 용포를 구해다 준 것도 나였고, 여기서 죽을 뻔할 때 약을 먹인 것도 나였고, 임진강에서 죽어가던 널 살린 것도 나였어. 그런데 넌 왜 그자에게…!"

옥 밖에서 병사들의 대화가 들려왔다.

"삼중으로 경계하라는 어명이야. 저 리셴이라는 자, 보통이 아니라는구만."

"어째 생긴 것도 이상해. 요괴나 어울릴 법한 머리카락과 저 눈을 봐. 잘 감시해야겠어."

무지한 자들의 시덥잖은 소리에 리센은 조소했다. 조선인들뿐만이 아니었다. 혼혈 황족으로 태어난 그는 명에서도, 그리고 청의 시대에서도 사람들의 눈요깃거리였다. 그는 특이한 외모 때문에 진귀한 것이 되었다가, 요사한 것이 되었다가 했다. 얼굴을 가리고 다녔을 때도 있었지만, 상단에 들어간 후부터는 그 외모를 역이용하는 법을 배웠다. 독과 정보를 파는 상단에서, 매혹적이고 색채강한 상단주의 모습은 거래자들에게 오히려 신뢰감을 주었다.

"내가 나가는 건 문제가 아닌데, 그 애를 데려오는 것이 복잡하겠군."

라희는 다른 모든 여자들과 달랐다. 편견 없는 눈과 따뜻한 마음에서 우러나오는 뚜렷한 주관이 있는 여자. 그녀는 '당연하다'라고 생각되는 것들에 항상 의문을 던졌다. 그녀와 함께 있으면 리센은 자신의 내면이 성장하는 것을 느꼈다. 소국의 귀족 여식으로 살아왔으면서, 어떻게 그런 발상들을 할 수 있는지 신기했다. 마치 먼 미래에서 오기라도 한 사람처럼. 어쨌든 그녀는 리센의 가장 소중한 보물이었다.

스륵.

리센이 품에서 어린아이 주먹만 한 작은 호리병을 꺼냈다. 입구에는 작은 부싯돌이 붙어 있었다.

***

라희가 머물고 있는 궁 안의 처소는 불이 환히 밝혀져 있었고 봄날의 밤은 고요했다. 검은 무복을 입은 호와, 보랏빛의 한복을 입은 라희가 각각 상을 앞에 두고 저녁을 먹고 있었다. 왕과 왕비의 상차림인데 진수성찬이 아닐 리 없다. 구첩반상을 앞에 두고 젓가락으로 무엇을 집을까 고민하던 라희는 아무것도 집지 않고 젓가락을 상에 내려놓았다.

"입맛이 없어?"

"…."

"그래도 먹어야 회복하고, 기억도 찾지."

자신을 타이르는 듯한 호의 말에도, 라희는 그를 보지 않고 무표정한 얼굴로 밥상만 보고 있었다. 호는 작은 한숨을 내쉬더니 먹던 밥상을 옆으로 밀고, 라희에게 다가갔다.

"산책이라도 나갈까? 전처럼."

"아니요."

"바람도 쐬고, 예쁜 경치도 보고 하면 기분이 좋아질 거야."

"돌아가고 싶습니다."

라희의 눈은 호를 보고 있지 않았다. 호는 무언가가 심장을 옥죄는 듯한 기분이었다.

"여기가 네 집이다. 내가 네 지아비이고. 네가 이렇게 불안해하는 이유는 단지 기억이 돌아오지 않아서다. 어의의 치료를 받으며 기다리다 보면 언젠간 돌아올 거야."

"저는 이곳에서… 행복했습니까?"

라희가 큰 눈으로 호를 보며 물었다. 몇 초의 정적 후, 호는 낮은 목소리로 답했다.

“그렇다.”

“그런데 왜 이렇게 아픈 겁니까? 초조하고, 가슴이 터질 것 같고, 자꾸 눈물이 납니다. 행복했던 곳에 돌아왔는데, 왜 이런 겁니까?”

울먹이는 듯한 라희의 물음에 호는 쉽사리 답할 수 없었다. 그녀를 사랑했고, 그녀에게 사랑을 받았다. 그러나, 그녀가 정말 궁에서 행복했을까? 얼굴 보기 힘들다고 뾰루퉁해하던 그녀의 얼굴이, 갑갑해 나가고 싶어 하던 그녀의 얼굴이 떠오른다.

‘잘 들어. 궁궐은! 그리고 왕실은! 젖먹이 아이도 충분한 이유가 있다면, 제 어미의 품 대신 차가운 흙 속으로 묻어버리는 곳이야.’

혼인한 지 얼마 되지 않았을, 대군이었을 적 자신이 라희에게 했던 말이었다. 궁은 매번 비극이 펼쳐지는 무대이며, 라희는 이미 무수한 비극을 듣고 본 당사자였다. 떠오르지 않은 기억 저편에서 궁에 대한, 그리고 지켜주지 못한 자신에 대한 원망들이 이곳을 거부하고 있을 지도 몰랐다.

“미안하다. 다 내 탓이다.”

“제가 미안합니다. 전하를 기억하지 못해서요. 기억을 찾으려 다시 조선에 왔는데, 그럼에도 아무것도 기억하지 못해서요. 그리고, 절 놓아줄 것을 청해서요.”

“놓아줄 수 없다.”

“기억할 만큼 전하를 연모하지 않았나 봅니다. 아무리 그래도, 사랑했던 사람이라면 좋은 느낌이라도 떠올라야 할 텐데. 전하를 보면 온통 아픈 감정뿐입니다. 날카로운 것으로 가슴을 헤집는 듯해요.”

라희의 고운 볼에 눈물이 타고 내려왔다. 호는 평정을 유지하려 애썼으나 쉽게 되지 않았다. 그녀가 살아있다는 것을 알게 된 후, 이번에야말로 그녀를 다시는 상처입지 않게 지켜주겠다 다짐했으나 그녀는 이미 두터운 갑옷을 마음에 두르고 있었다.

"저는 이미 죽은 사람 아닙니까? 제가 돌아왔다고 알리지 마시고, 절 놓아 주세요."

자신이 중전이 되어야 하냐는 라희의 물음에, 장윤은 표정이 어두워졌었다. 그는 충실한 신하였으나, 제 소중한 딸이 다시 전쟁터로 돌아가는 것을 원치 않았다. 삼 년 전 옥사에서 살아났을 적에도 장윤은 라희에게 궁으로 돌아가지 말 것을 이야기했다. 이번에도 장윤은 결코, 라희에게 중전이 될 것을 권하지 않았다. 그는 부원군이라는 감투보다 제 딸의 안위를 소중히 여겼기 때문이다.

"네가 기억을 찾기 전까지는 알리지 않겠다."

"전하."

"하지만 널 놓아 주진 않아. 백번 놓아 달라고 해도, 내 답은 하나다."

벌떡 일어난 호가 라희의 손을 낚아채듯 잡아 일으켰다. 그리고 그녀를 데리고 성큼성큼 밖으로 나가며 내관에게 말을 준비시켰다. 라희의 그의 완력에 속수무책으로 끌려나왔다. 먼저 말에 오른 호가 라희의 양 손을 잡아 말 위로 끌어올렸다.

"이랴!"

왕의 말을 본 수문장들이 문을 차례로 열었다. 호는 앞에 라희를 껴안다시피 하고, 거침없이 말을 달렸다. 그들은 궁을 나섰다.

"갑자기 어디로 가시려는 거예요?"

"내가 가고 싶은 곳."

호의 얼굴은 화가 난 듯했다. 달리는 말에서 그를 밀고 뛰어내릴 수도 없고, 라희는 조용히 그에게 안겨 있는 방법밖에 없었다. 밤바람을 가르고 한참을 달렸던 것 같다. 돌담길을 지나고 들을 지나고 작은 샘들을 지났다.

히히힝.

호는 한적한 숲 속에 다다라서야 말을 멈추었다. 먼저 불쑥 뛰어내린 호가 라희를 안아 내려주었다. 치마가 거치적거려 하마터면 넘어질 뻔한 것을 호의 몸에 기대어 중심을 잡을 수 있었다. 가슴이 또 찌릿, 하고 아팠다.

"이곳은 어디입니까?"

잔잔히 펼쳐진 검은 호수에는 밤하늘의 별이 한가득이었다. 풀벌레 소리가 환청처럼 들리고, 라희의 눈 앞에 반딧불이의 환영이 보였다 사라졌다. 언젠가 와본 적 있는 장소였을까. 호가 문득 라희의 손을 잡았다.

"내 삶을 네게 발목 잡히겠다고 맹세했던 곳이다."

우스운 이야기였다. 사내가 여인에게 발목을 잡히다니. 발목을 잡힌다면 오도가도 못 하게 된다는 뜻 아닐까. 그가 잡은 곳이 화끈거렸지만, 그의 표현이 우스워 라희는 입꼬리를 올렸다. 호는 툭 던지듯 말했다.

"그리고 널 오해하던 내게, 넌 청나라 정인이 없다고 털어놓았었지. 워너원이었던가, 네가 술에 취해 떠들어댔던 기분 나쁜 이름도 기억나는군. 말은 안 했지만 엄청 신경 쓰였었지."

"기억 안 나요."

"한 번 더 말해줘. 지금도 청나라 정인… 없다고."

과거의 일은 기억하지 못하지만, 지금의 일은 '리센'을 뜻하는 것이 분명했다. 삼 년의 시간을 리센과 같이 보낸 것을 알게 된 이상, 호는 라희의 마음이 그에게 있는 것은 아닌지 확인하고 싶었다.

"…나는!"

"아니다. 네 대답이 어떠하든, 난 널 보내줄 생각 없으니까."

"전하!"

"난 네게 이미 옴짝달싹 못 하게 잡혀 있어. 네가 없던 시간까지."

"기억은 안 나지만 그럼 내가 먼저 놓아 줄게요, 그 발목."

라희의 말은 매정하고 칼날처럼 쓰라렸으나, 호는 물러서지 않았다.

"싫다. 책임져."

"…."

"네가 아니면 안 돼. 내 곁에서 평생 날 책임져. 이건, 어명이다."

호는 고집스럽게 말했다. 그의 깊고 짙은 눈이 라희를 담고 있었다. 라희의 가슴이 미친 듯 뛰었다. 아프도록, 제 주인에게 그를 알아볼 것을 호소하듯 격하게 말이다.

***

옥사에 난 작은 창을 통해 희미한 달빛이 들어왔다. 감옥 안, 병졸들과 죄인들 구분할 것 없이 쓰러져 깊게 자고 있었다. 긴 회갈색 머리칼을 귀 뒤로 넘기며, 훤칠한 키의 한 사내만 태연히 서 있었다. 그가 있던 옥사의 문은 열려 있었다. 그는 붉은 눈을 묘하게 빛내며 상의를 벗었다.

스륵.

리셴은 확실히 사내다운 모습을 하고 다니지는 않았다. 그는 옷에 관심이 많고, 보석을 즐겨 착용했다. 그러나 그가 몸에 걸친 것을 모두 벗었을 때, 누구보다 사내답고 다부진 상체가 드러났다. 우락부락한 근육은 아니나 여심을 자극할 섬세한 잔근육들이 그의 몸에 가득했다.

"쯧, 옷 좀 빨아 입고 다니지."

리셴은 걸레짝 같은 군복의 냄새를 맡더니 미간을 찌푸렸다. 병졸 한 명이 거의 발가벗겨진 채 흙바닥에 코를 박고 정신없이 자고 있었다. 리셴의 짓이었다. 리셴이 있던 옥사 안, 그가 가지고 있던 작은 항아리에서는 아직도 수면향이 솟아오르고 있었다. 미리 약을 먹은 리셴만이 피할 수 있었다.

"이게 뭐야, 젠장!"

옷을 입던 리셴이 까실거리는 묘한 느낌에 황급히 옷을 벗어 던지더니 세게 털었다. 옷에 붙은 이들이 후두둑 떨어지는 소리가 들렸다. 그의 표정이 일그러졌다.

"가지가지 하는군."

수면향이 반쯤 남았을 무렵, 리셴은 병졸로의 변장을 완료하고 이 옥사를 태연히 빠져나갔다. 리셴이 있던 곳에는, 리셴의 옷을 입은 병졸이 옮겨져 있었다. 수면향이 다 타면 그들은 무슨 일이 일어났는지 알아채겠지만, 이 밤이 지날 때까지 저 향이 명을 다할 일은 없을 것이다.

***

용포를 입고 대전의 돌계단을 오르던 호에게, 병욱이 황급히 다가왔다. 익숙한 모습에 내관들은 몇 발치 멀리 물러섰다.

"리센이 도망쳤습니다."

경계가 그리도 삼엄한 옥사에서 잡힌 지 하루도 되지 않아 탈출했다는 말에도, 호는 놀라지 않았다. 아무렴, 현의 역모 사건 때 궁에 들어가서 용포까지 훔쳤던 자다. 물론 리센 자신이 직접 훔친 것은 아니겠지만, 비밀과 독을 주로 거래하는 상단의 주인다운 능력은 충분하다는 말이다.

"예상했다. 자금성 지하 감옥에서도 살아나왔다는 소문이 있는 자이니."

"명을 내려 주십시오. 대사의 분타로 쳐들어가겠습니다."

"그쪽으로 갈 만큼 바보는 아니지. 그리고 목적이 있는 자다."

"그럼 어떻게 움직일까요?"

"우선 놓아 두거라."

삼 년 전, 라희를 욕심 어린 눈으로 바라보는 그를 발견했을 때 담판을 지었어야 했을까. 그랬더라면 이 지옥 같은 삼 년을 견디지 않아도 되었을 것이다.

“나는 오늘부터 계속 라희의 처소에 있겠다.”

“허나 중궁도 아닌 곳에….”

“상관없다.”

호의 눈에 씁쓸함이 느껴졌다. 라희가 지금 묵고 있는 궁은, 린이 동궁에서 쫓겨났을 무렵 기거하던 궁이었다. 지금은 다시 재건하긴 하였으나, 그녀의 과거의 기억이 라희를 린이 살던 궁으로 이끄는지도 몰랐다. 라희는 그곳에 머물고 싶다 했다. 그때 한 무리의 인기척이 호를 향해 다가오고, 한 궁의 주인을 본 병욱은 고개를 숙였다.

“주상.”

과거의 중전, 아니, 대비였다. 장성한 아들 둘을 둔 여인답지 않게 아름답던 그녀는 불과 삼 년 만에 얼굴이 많이 상해 있었다. 호가 왕위에 오르기 전까지 상복을 입고 유폐 아닌 유폐를 당했다가, 왕이 죽자 갑자기 대비의 자리에 올랐다. 그녀는 기뻐하지도 슬퍼하지도 않고 제 운명을 받아들였다.

“이곳엔 어인 일이십니까? 어머니.”

“주상을 만나러 왔습니다.”

끝까지 자신보다는 형을 선택했던 어머니의 냉정함을, 호는 잘 기억하고 있었다. 여전히 그녀는 큰아들을 그리워하고, 그만큼의 모정을 호에게 주지 못했다. 그러나 호가 그녀의 유폐를 중지한 것은, 어머니가 필요해서가 아니라 텅 빈 내명부를 다스릴 대비가 필요해서였다.

“하실 말씀이 무엇입니까?”

두 모자는 지극히 사무적인 말투였다. 듣는 사람이 질릴 정도로. 하지만 당사자들은 그런 것에 크게 신경 쓰지 않았다.

"빈궁이, 아니 라희가 돌아온 것이 사실입니까?"

호는 그 사실이 알려지지 않도록 쉬쉬하라 명을 내렸으나, 내관들과 궁녀들의 입을 일일이 막을 수는 없었다.

"어머니께서 신경 쓰실 일은 아닙니다."

호는 차갑게 선을 그었다. 대비는 표정의 변화 없이 아들을 바라보았다. 장라희, 대비도 그 아이를 본 적 있었다. 호가 정연대군이었을 적 혼인하여 궁에 인사를 왔을 때 말이다. 예쁜 얼굴에 똘똘하고 맹랑한 면이 있는 아이로 기억했다.

"어째서 그 아이가 살아있다는 것을 알리지 않고, 중전으로 책봉하려 하지 않는 겁니까?"

"송구하지만, 소자 고뿔기가 있어 들어가 쉬고 싶습니다."

전혀 송구하지 않은 말투로 대비의 말을 끊은 호는 그녀의 곁을 지나쳤다. 아들이 되어 어미를 그리 취급하는 것은 분명 버릇없는 일일지 모르나, 호는 확실히 하고 싶었다. 아버지를 죽이려 하고 자신보다는 현을 택한 어머니에게 제 속내를 털어놓을 일은 없다는 것을. 어차피 어릴 적부터 어미의 모정을 받아본 적 없이 자란 그였다.

"…."

대비는 호의 뒷모습을 표정 없이 바라보았다. 지옥 같은 슬픔에서 잠시 고개를 들고서야 보이는 것이 있었다. 지난날 자신의 오만으로, 자신의 어리석은 판단으로 놓쳐왔던 것들. 이미 망쳐버린 것을 되돌릴 수는 없다. 대비는 일 년 전 기어이 목을 매어 죽으려던 그날을 회상했다.

'자식을 잃은, 가슴이 갈기갈기 찢기는 그 마음, 외동딸을 잃은 제가 어찌 모르겠습니까? 죽지 못해 살아가는 마음 충분히 이해하옵니다! 하오나 마마! 저희는 그럼에도 살아야 합니다. 우리마저 떠나 버리면, 내 자식의 명복은 누가 빌어줍니까?'

궁녀들조차 신경 쓰지 않은 그녀를 발견한 것은 우의정 장윤이었다. 바로 세자빈 장라희의 아버지 말이다. 그의 앞에서, 대비는 목 놓아 울었다. 그의 말이 일리가 있어서가 아니라, 그저 자신과 같은 처지인 자가 하는 말이 심금을 울렸기 때문이었다. 왕이 죽기 전까지, 대비와 장윤은 종종 서로를 보며 비슷한 슬픔을 공유했다.

사돈지간의 기이한 형태의 우정이었다. 어떻게 보면 서로를 원망할 수도 있는 사이였다. 현이 역모를 실패하게 된 것에는 라희의 공이 컸고, 라희 또한 현 때문에 생사의 기로를 건널 뻔한 적도 있었다. 하지만 죽음은 그 모든 것을 부질없게 만든다. 원망과 미움조차도 말이다.

***

라희는 잠이 오지 않았다. 아니, 잠을 잘 수 없었다. 그녀가 누워 있는 옆에, 물론 바로 옆은 아니지만 불과 몇 보 거리를 두고 호가 누워 있었다. 자고 있는 것일까, 그는 코를 골지 않았다. 대부분의 단원들은 코를 골았다.

스륵.

라희는 참지 못하고 일어섰다. 만약 자고 있다면 그가 깨지 않도록, 아주 조심스럽게 말이다. 심장이 아플 만큼 강하게 뛰었다. 가슴이 터질 듯 답답했다. 그와 잠든다는 것은 불가능에 가까웠다.

"가지 마."

나서려는 라희의 귀에 낮은 목소리가 깔렸다. 호는 자지 않은 것이다. 멈칫하던 라희는 그의 말에도 아랑곳하지 않고, 굳은 표정으로 문까지 걸어갔다. 그리고 문고리를 잡아당겼다.

덜컹!

몇 번을 더 잡아당겼으나 문고리는 열리지 않았다. 그제야 라희는 알 수 있었다. 호의 명으로 문을 밖에서 잠갔다는 것을. 라희는 작은 한숨을 내쉬며 뒤돌아섰다. 호는 몸을 일으켜 라희를 보고 있었다.

"보내주세요. 리센에게 가려는 게 아니에요."

"널 마지막으로 봤던 날, 넌 내게 약속했어. 꼭 돌아오겠다고."

"..."

"기억하지 못한다는 말은 하지 마. 날 연모하지 않는다는 말도 하지 마. 기억하지도 못하고 연모하지도 않는 자의 곁에서 벗어나지 못하는 건, 그때의 약속을 너무 늦게 지킨 너에게 내리는 벌이야."

사람인 이상, 사랑하는 사람이 자신을 기억하지 못한다는 것에 상처받지 않을 리 없다. 호는 담담함을 유지하려 애썼으나, 그 목소리에는 씁쓸함이 묻어났다. 라희도 알고 있었다. 눈앞의 이 남자가 자신을 얼마나 사랑하고 있는지.

"난 오래 살지 못할 거예요. 어의에게 들어 알잖아요."

"그런 말 한 적 없어."

"요즘은 자꾸, 세상에 없는 것들이 보여요. 어떤 아이가 날리는 연을 보고 있었는데, 그게 갑자기 강철로 만든 궁궐만 한 새가 되고. 어쩔 때는 나도 모르게 벽을 더듬어요. 벽의 튀어나온 곳을 누르면, 불도 붙이지 않았는데 방이 엄청나게 밝아지는 거예요."

"라희야."

"나처럼 머리를 다쳐 기억을 잃은 자가 환영을 보기 시작하는 건, 상태가 악화되는 징조래요. 내가 아무것도 기억하지 못함에도 조선에 온 것은, 내 마지막 순간을 내가 난 곳에서 정리하고 싶어서예요. 그러니까 보내주세요. 조선을 더 보고 싶어요."

라희의 표정은 단호했으나, 그 눈은 슬픔에 차 있었다. 호는 입술을 깨물었다.

"널 보내지 않아. 저승이든 청이든, 네가 본 기이한 환영의 세계든. 그 어디에도 갈 수 없다."

"부탁할게요."

"네 기억이 돌아오고 나서, 나와 함께 이 나라를 둘러보자. 나는 백성의 소리를 듣고, 너는 조선의 아름다운 곳들을 보는 거야."

그는 고집스러운 아이 같았다. 미울 법도 한데, 미워지거나 화가 나지는 않았다. 단지 그를 보면 가슴을 에는 듯한 쓰라린 감정만 밀려왔다.

"대체 내게 뭘 원하는 거예요?"

라희가 지친 목소리로 물었다. 호는 일어서서 성큼성큼 라희에게 다가왔다. 어둠에 잠긴 그의 눈도 지쳐 보였다.

"그냥 너를 원한다."

조금 쉰 듯한 목소리의 호는 손을 들어 그녀의 양 볼을 감쌌다. 그녀가 움찔거리며 손을 떼어내려고 하는 것이 느껴졌지만, 아랑곳하지 않고 그 입술을 삼켰다.

"흣…!"

여린 신음의 달콤함도, 붉은 입술의 향긋함도 그대로였다. 호는 그녀를 벽으로 몰아붙이고, 두 손을 움직이지 못하게 잡은 뒤 그녀의 입술을 거칠고 집요하게 맛보았다. 오랫동안 굶주린 짐승처럼 탐욕적으로 그녀를 핥고 빨아들였다. 기억을 잃은 그녀를 위해 간신히 억눌렀던 본능이 살아나고 있었다.

"이러지… 마요…!"

호는 그녀의 귓불을 입으로 간질이고 목에 제 표식을 남겼다. 라희는 그의 갑작스러운 입맞춤에 당황하고, 배꼽부터 피어오르는 열기에 당황하고, 자신의 몸이 이러한 행위들을 알고 있다는 것에 당황했다.

"앗! 뭐 하는…!"

그녀의 손을 붙들고 있던 호의 손이 라희의 앞섶으로 향했다. 채 소리를 내기도 전, 그녀의 입은 다시 호의 입맞춤에 틀어 막혔다. 그의 혀는 라희의 혀를 침범하고, 그녀의 입안을 집요하게 괴롭혔다. 호는 그녀의 약점을 속속들이 알고 있었다. 그는 심술이라도 부리는 듯 그녀의 부드러운 살결을 감각적으로 희롱하였고 라희의 발은 저도 모르게 움찔거리며 꼿꼿해졌다.

"기억해 내, 어서."

그녀의 저고리를 벗겨내려던 호는, 초인적인 인내력으로 간신히 제 이성을 되찾고 거친 목소리로 라희의 귀에 속삭였다. 그가 온 힘을 다해 참고 있다는 것이 느껴졌다. 라희는 볼이 붉어지고 몸이 나른해졌다. 그녀는 여전히 헐떡이고 있었다. 라희의 무방비한 모습에 이성이 무너지고 본능이라는 짐승이 자신을 지배하려는 찰나, 호는 자신을 간신히 억제하며 등을 돌렸다. 자신을 기억하지도 못하는 여인을 제 욕심만으로 안고 싶지는 않았다.

"…."

자신의 눈을 차마 마주치지 못하는 라희를 본 호는 문으로 다가갔다.

"열거라."

호의 음성에 내관들이 달려와 문을 열어 주었다. 호는 홀로 밖으로 나갔다. 찬바람을 쐬지 않으면 욕망을 억누를 수 없을 것 같았다. 다시 문이 닫혔다. 라희는 혼자가 되어서야 바닥에 털썩 주저앉았다.

"하…. 어떻게…."

라희는 제 입술을 손으로 스쳐보았다. 뜨거운 작열감이 입술을 뒤덮고 있었다. 그의 입술과 그의 손이 스쳐갔던 모든 곳이, 불에라도 덴 듯 화끈거렸다.

"어떻게 내가…."

잠깐 사이에 벌어진 이 말도 안 되는 상황보다 더 어이가 없는 일은, 무례하게 행동한 그에게 전혀 화가 나지 않는다는 것이었다. 그의 처였으니, 어쩌면 운우지정을 나누는 것이 당연했던 일상이었을까 싶다가도 라희는 제 자신이 부끄러웠다. 그렇게 보내 달라 애원했으면서, 마치 그의 손길을 더 원하기라도 하는 듯 반응했다. 제 숨의 헐떡거림과, 머릿속을 희게 메우던 익숙한 행복감이 다시 떠올랐다. 라희는 두 손으로 제 얼굴을 가렸다. 뜨거웠다.

***

한때는 폐궁이었고, 또 한때는 린이의 처소였으며, 현재에는 라희가 지내고 있는 혜음원에서 긴 밤을 지샌 호는 동이 트자 대전으로 가 의복을 바로 하고 어전회의에 참석했다. 일찍 도열하여 서 있는 신료들의 사이로 걸어 옥좌에 앉았다.

"도르곤의 각혈이 심해져 청의 황제가 그를 직접 살피고 있다 하오."

"예친왕이 죽게 된다면 필시 지르하란에게 권세가 갈 것입니다. 황제는 고작 열두 살로 친정을 하기에는 너무 어립니다."

이판 김홍령의 말에 호는 고개를 끄덕였다. 급격히 변하는 대국의 정세 속에서, 바짝 긴장하며 슬기롭게 대처해야 했다.

"지르하란은 포부가 큰 자이나, 능력이 도르곤에게 미치지 못하오. 황제가 지금은 사리분별을 하기에 어려 휩쓸리게 될지 모르나, 시간이 지나면 청의 권력구조도 안정될 것이오."

"과연 혜안이십니다."

신하들은 청의 황족 정세에 대해 파악하는 호의 모습에 감탄했다. 어릴 적 심양으로 잡혀와 겪었던 모진 볼모 생활은 결국 피가 되고 살이 된 것이다. 호의 꿈은 이 조선에 강대한 병력을 양병하여 북벌을 달성하는 것이었다. 적을 알더라도 엉성히 아는 것은 독이었다. 호는 청에서 들려오는 모든 소식에 항상 심기를 곤두세웠다.

"도르곤의 임종을 대비하여 황제를 위로할 사신과 선물을 보내시오. 아마 국상이 치러질 것이오."

"국상이라면 황제의 장례나 다름없는데, 과연 그렇겠습니까?"

"황제는 도르곤을 아버지처럼 여기고 있으니, 그를 황제의 격으로 추존하여 상을 치를 것이오."

긴가민가하면서도 신하들은 호의 명을 받들었다. 모든 이야기가 예언처럼 맞아떨어진 것은 이후의 이야기였다. 어찌됐든 준비할 것이 많았다.

"그리고 사신을 보내며 세손에게 함께 보낼 좋은 스승을 추천해 승지에게 올리시오."

린이가 도르곤의 친자이기는 하나 이는 극소수만 아는 비밀이었다. 도르곤은 제 집의 손님처럼 그 아이를 데리고 살며 아낌없는 지원을 베풀었다. 자신의 사후를 대비하여 황제와도 안면을 트게 했다. 청의 권력 정점에 있는 그는 조선의 세손을 양자로라도 받아들일 생각은 없었다. 억지를 쓴다고 될 일도 아니고, 진실을 밝힐 수 있는 일도 아니었기 때문이며, 무엇보다 그 아이를 위해서였다. 자신의 무수한 적들에게 린이를 노출할 수는 없었다. 단지 아버지가 아닌 청의 친왕으로서 아버지가 해줄 수 있는 모든 것을 해주려 애썼을 뿐이다.

"전하! 봄이 왔는데 어서 간택령을 내리시어 처녀단자를 받아야지 않겠습니까?"

자신의 조카를 생각하던 호는, 좌의정이 읍소하는 또 다른 화제에 미간을 찌푸렸다. 어서 중전을 들이라는 말이었다. 장윤은 굳은 표정으로 애써 다른 곳을 쳐다보았다.

"그 이야기는 차후에 논의하기로 하오."

"전하께서 벌써 이립(서른)에 이르셨는데 아직 후사가 없으심에 전국의 유생들과 만백성들이 조선 왕실을 걱정하고 있습니다."

그는 아무래도 물러설 생각이 없는 듯했다. 몇몇의 대신들이 그의 말에 고개를 끄덕이며 어깨에 힘을 실어주었다.

"이 나라에 돌보아야 할 문제가 쌓여 있소. 후사는 천천히 보면 되는 것이오."

"전하! 중궁전이 비어 있고, 후궁의 자리가 모두 비어 있습니다. 아뢰옵기 황송하오나 백성들 사이에서는 온갖 망측한 소문이 돈다 합니다!"

호 역시 그 소문이 무엇인지 알고 있었다. 오래지 않은 얼마 전에도, 병욱과 평복 차림으로 시찰을 나갔다가 주막에서 다른 백성들의 대화를 엿들은 바 있다.

'그거 들었어? 전하께서 중전마마를 안 들이시는 이유가 글쎄, 사내를 좋아해서래. 대군이실 적도 폐세자 저하와 그렇고 그런 사

이라 둘 다 장가를 안 간다 했다지 뭐야!'

표정이 싸늘히 굳은 호의 앞에서 병욱은 웃음기를 참으며 국물을 들이켰었다. 그러나 백성의 다음 말에 병욱은 먹던 국물을 망나니처럼 내뿜었다.

'지금도 맨날 붙어 다니는 익위(호위)랑 그런 사이라지?'

그 이후 라희를 다시 찾기 전까지 병욱은 호와 떨어져 걸으려 했다. 이 황당한 사건을 떠올리며 호는 작은 한숨을 내쉬었다. 신체가 건강하다 못해 넘치는 혈기를 억누르려 애쓰고 있는데, 사내를 좋아하는 임금이라는 소문이 나다니. 최악이다.

"어찌되었건… 그 문제는 다음에 논의하겠소."

호는 굳은 얼굴로 자리에서 일어났다. 마음만 같아서는 라희가 돌아온 것을 알리고, 그녀를 중전의 자리에 앉히고 싶었다. 그러나 제 기억을 찾지 못한 채 매일 놓아달라고만 하는 라희의 상태도 고려해야 했다. 호의 심경은 복잡했다.

***

몇 번 궁녀들의 감시 하에 뒷간에 간 것을 제외하고는 라희는 하루 종일 방 안에 갇혀 있었다. 식사 때마다 진수성찬이 차려졌지만 이래서는 사육당하는 짐승과 크게 다를 바가 없었다. 다리를 끌어안은 채 무릎에 얼굴을 멍하니 묻고 있던 라희는, 미닫이문이 밀리는 소리에 고개를 번쩍 들었다.

"…?"

풍성한 가채에 매우 화려한 차림을 한 중년의 여인이었다. 일어나지도 않고 놀라 멀뚱히 있던 라희를, 상궁이 꾸짖으려 했으나 대비가 막았다. 대비는 궁녀들에게 밖에 있으라 하고 제 홀로 라희의 방으로 들어왔다.

"오랜만이구나."

"저를… 아십니까?"

흰 피부와 선이 아름다운 이목구비, 그러나 얼음처럼 찬 분위기의 미인이다.

"나를 기억하지 못하는 것을 보니, 역시 부원군의 말씀대로구나."

여인은 한숨을 쉬며 라희의 맞은편에 앉았다. 라희는 여전히 어리둥절한 눈으로 그녀를 쳐다보았다. 그녀의 아름다움은 경국지색이었으나, 혈색이 좋지 않고 야위어 있었다.

"네, 저는 과거를 기억하지 못해요. 임진강에 빠졌을 때, 돌에 머리와 몸을 부딪혀 크게 다쳤다고 합니다. 지금은 흉터도 거의 남지 않았지만요."

"난 이 나라의 대비, 주상의 친모, 그리고 너에게는 시어머니가 되겠지."

"아…."

낯선 듯 익숙한 느낌은 잊힌 기억에 기반한 것은 아니었다. 그녀의 분위기는 확실히 호와 비슷했다. 빼어난 미색 위에 덧바른 냉랭함, 그 태생적인 고고함은 함부로 흉내 낼 수 있는 것이 아니었다.

"각설하고, 네게 부탁할 것이 있어서 왔다."

잠깐의 찰나에 라희의 머릿속에는 온갖 생각이 스쳐지나갔다. 대비의 눈에는 조금의 따뜻함도 담겨있지 않았다. 순간적으로 떠오른 것은 며느리가 마음에 들지 않는 시어머니가 할 수 있는 온갖 말들. 어째서 그것을 알고 있는지는 모르겠지만 말이다.

"말씀하십시오."

라희가 차분히 답했다. 어차피 호를 기억하지도, 연모하지도 않는다. 무슨 말이든 상처가 될 리 없다. 대비가 입을 열었다.

"주상의 곁에 남아주거라."

라희는 눈을 크게 떴다. 예상치 못한 말이었다. 자기도 모르게 독한 말을 기다리고 있었나보다.

"대비마마."

"내가 이제 와서 너에게 이런 부탁을 한다는 것도 우습겠지. 한때 그 애를 죽음에 몰아넣을 뻔한 적도 있는 무정한 어미 주제에 말이다."

"말씀드렸듯 저는 아무 것도 기억하지 못해요. 전하의 곁에 남아있어도 빈껍데기일 뿐입니다. 전하에게 도움이 될 리 없습니다."

"사람의 마음도 계절 같은 것이다. 따뜻한 봄이 오기도 하고, 뜨거운 여름이 왔다가, 쓸쓸한 가을이 오기도 하고, 얼어붙을 때도 있지. 그러다 또 다시 봄이 오고. 하루를 놓고 보아도 그 풍경은 참으로 변화무쌍하지."

라희는 대비가 무슨 이야기를 하려는지 알 수 없었지만, 그녀의 말을 경청했다. 대비에게 묘한 쓸쓸함이 느껴졌다.

"그 애가 첫째보다 더 재능이 뛰어난 아이라는 것을 깨달았을 때부터, 왕기가 흐른다는 말들을 듣고 난 뒤부터, 그 애를 밀어냈다. 그것이 내 두 아이를 지킬 방도라 생각했다. 가장 믿었던 사람에게 외면당하고 견제당하는 호의 마음이 찬 눈에 뒤덮이는 것을 보면서도, 그것이 그 아이를 위한 것이라 착각했던 것 같다."

"전하께서는 그리 차가운 분은 아니신 듯합니다."

"너와 혼인하고서야 호에게 봄이 오더구나. 무뚝뚝하고 냉철한 성격은 태생적인 것이라 감안하여도, 들떴는지 기분이 좋은지 정도는 어미라 알 수가 있다. 내가 어리석은 선택으로 그 아이를 멀리하기 전 보여주었던 따스함이, 너와 함께 있을 때는 꽃이 만개하듯 피어오르더구나."

이럴 땐 무어라 답해야 할까, 라희는 고민하다 말했다.

"송구합니다."

"주상은 겉과 심지가 모두 단단하고 강한 사람이나, 상처가 많다. 네가 죽은 줄 알았던 삼 년간 또 혹독한 겨울을 견뎠지. 부왕을 닮아 대책 없이 일편단심이다. 내가 이미 여러 번 어린 그 아이를 버렸듯, 네가 또 그 아이를 떠난다면 생채기 가득한 마음에 영원한 겨울이 찾아들 거야."

"…."

"그렇지 않아도 왕은 외로운 길을 간다. 그 아이를 더 외롭게 만들지 말아 다오. 네가 기억하지 못해서 그렇지, 나 또한 이런 부탁을 하기에는 염치없는 사람이다. 하지만…."

대비는 말을 잇지 못하고 손수건을 꺼내 심한 기침을 했다. 예사 고뿔로 인한 기침이 아니었다. 손수건의 일부가 선홍빛으로 물들었다.

"…아니다. 이야기는 여기까지만 하자. 부디 잘 생각해 다오."

"어디가 편찮으신 거죠?"

"주상이 오면 꽃놀이라도 다녀오거라. 봄꽃이 아름답게 피었다."

"…."

"나는 이제 가보마. 내가 다녀왔단 것은 비밀로 해주었으면 좋겠다."

대비는 손수건을 품에 넣고, 라희의 방을 나갔다. 그녀의 뒷모습이 슬퍼 보인다는 생각이 문득 들었다. 그녀의 표현대로라면 좋은 어머니는 아니었던 모양이지만, 그래도 호를 걱정하고 생각하는 모정은 분명 느낄 수 있었다.

***

대비가 나간 지 오래지 않아 많은 사람들의 발소리가 혜음원 밖에서 들려왔다. 곧이어 라희의 방문이 다시 열렸다. 내관에게 용포를 맡기고 편한 복장으로 온 호는 앉아 있던 라희에게 손을 내밀었다.

"후원의 꽃이 아름답다. 꽃놀이를 가자."

라희는 그 손을 잡을까 말까 망설이다가 대비의 말을 떠올리고 손을 뻗었다. 그의 큰 손 안에 라희의 가녀린 손이 들어왔다. 호는 기쁜 듯한 눈으로 그녀를 잡아 일으켰다.

"꽃을 좋아하십니까?"

패랭이꽃과 모란, 민들레가 흩어져 봄바람에 춤을 추고 있는 후원을 둘은 나란히 거닐었다. 라희의 물음에 호는 그녀의 어깨를 감쌌다.

"아니."

"그런데 왜 꽃놀이를?"

라희가 의아하다는 듯 물었다. 이 꽃, 저 꽃 설명까지 해주기에 의외의 취미가 있나보다 했는데 말이다.

"네가 좋아할 것 같아서. 여인들은 대부분 꽃을 좋아한다 하더구나."

그에게 열심히 꽃에 대해 가르쳐준 것은 내관이었다. 호의 설명에 라희는 풋 하고 웃음을 터뜨렸다. 따뜻한 사람이다. 그는 분명 좋은 남자였을 것이다. 그런데 그를 보면 왜 이리도 가슴이 아픈 것일까.

"삼 년 전, 제가 세자빈이었을 때도 저와 꽃놀이를 다니셨습니까?"

"아니. 그때는 너무 바빠서, 아니다. 그것조차 핑계이구나. 네게 최선을 다하지 못했던 것 같다. 그러면서 네게 항상 믿음을 강요했던 못난 사내였지."

"최선을 다한다는 건 원래 어렵잖아요. 내가 아무리 노력해도 그 사람의 기대에 미치지 못할 수도 있고, 반대의 경우도 있고요."

라희는 리센과의 관계를 문득 떠올렸다. 사람과 사람의 마음에 불균형이 생기면, 그것은 갈등과 집착의 시작이 된다.

"그래서 이번에는 최선을 다해보려 한다. 후회하지 않을 만큼 노력해 보려고."

"전하께서 이러셔도…."

"놓아주겠다."

예상치 못한 말에 라희는 얼어붙은 듯 그를 바라보았다.

"내가 아무리 노력해도, 네가 날 알아보지 못한다면, 그래서 불행하다면 널 놓아주겠다. 평생 껍데기인 채로 널 살게 둘 수는 없으니까."

"…."

"하지만 그 전에 기회를 줘. 너에게 최선을 다할 수 있는."

그의 말에 라희는 가슴이 더 아렸다. 라희의 흔들리는 눈망울은 물기에 젖어 호를 담고 있었다. 알 듯 말 듯한 이 감정은 대체 무엇이란 말인가.

"얼마나… 말입니까?"

정적 끝에 라희가 뱉은 물음은 살을 에듯 차갑고 쓰라린 것이었다. 호는 심장에서부터 혀끝까지 저며 오는 씁쓸함을 애써 누르며 답했다.

"네가 날 견딜 수 없을 때까지."

"…이레 동안 전하의 곁에 있겠습니다."

"달포도 짧다. 일 년도, 십 년도 짧아."

"그 대신 저도 노력하겠습니다. 전하를 밀어내지 않겠습니다. 우리가 정말 연모했던 사이라면, 제가 전하를 연모했다면 그 기억이 되살아날 수 있을 만큼, 노력해보겠습니다."

최대한 담담히 말했다. 봄바람이 라희의 짧은 머리를 간질이며 지나갔다. 제멋대로 삼 년이나 사라졌다 돌아온 뒤 자신을 이리도 밀어내는 그녀를 원망할 수도 있었다. 그러나 호는 모든 것이 제 탓과 제 업보인 듯 쓰렸다. 그녀가 혼인한 사내가 왕이 될 운명이 아니었다면, 아프지도 다치지도 상처입지도 않았을 텐데. 그녀는 지나치게 많은 것을 겪었다.

"약속대로 밀어내지 말아라."

호는 그녀를 끌어당겨 품에 안았다. 향긋하고 부드러운 목덜미에 턱을 기대고, 다시는 놓아주지 않을 것마냥, 마지막 순간인 것마냥 그녀를 끌어안았다.

"그래, 이레가 지나도 떠나고 싶다면, 놓아주겠다."

말을 뱉는 순간도, 뱉고 난 뒤도 다시 담고 싶었으나 그래서는 안 됐다. 그저 있는 힘껏 그녀의 어깨를 감싸 안을 뿐이었다.

14

그리움에도 끝이 있다

사람이 살기에는 적당치 않아 보이는, 을씨년스러운 폐가는 나름의 목적을 가지고 사용되고 있었다. 대여섯 명의 흑의인들이 원탁에 둘러앉아 있고, 그중 가장 상석에는 산이 앉아 있었다. 조선에서 활약하는 친왕의 그림자들이었다.

"혜주 년의 꼬리는 아직도 잡히질 않느냐?"

"어설픈 년인데 잘 숨어 있는 것을 보면, 누군가 도와주는 것이 분명합니다."

"왕이 쫓아낸 것은 분명한데, 그 뒤로 행적이 모호하다 그거지. 어찌되었든, 잡는 즉시 바로 살하거라. 뒤처리는 확실해야 한다."

산의 명령에 흑의인들은 존명의 의미로 고개를 끄덕였다.

"저희는 그년만 잡으면 다시 본국으로 철수하게 되는 것입니까?"

"그래, 왕야께 돌아가거라."

"산 공께서는 같이 가지 않으십니까?"

"내겐 왕야께서 내린 마지막 명이 남아 있다."

그들의 주군 도르곤은 상태가 악화되어 때때로 의식을 잃을 때가 많다고 한다. 제 그림자의 철수를 명하며 그는 산에게 한 가지 비밀스러운 밀지를 전달했다.

'그의 존재는 장차 청에 위협이 될 것이다. 암습하여 사살하라.'

친왕은 제 나라와 황제에 대해 무한한 애착을 갖고 있었다. 제 조카이자 대청제국의 황제인 푸린에 뒤지지 않는 왕재를 가진 사내가, 제후국이나 다름없는 소국의 왕이라는 사실은 그를 불안하게 했다. 게다가 왕위에 오른 호는 과연 조용히 군사를 양병하며 북벌을 향한 계획을 다지고 있었다. 청의 입장에서는 조선의 왕이 고분고분한 겁쟁이이길 바라는데, 정면으로 대치되는 자였다. 린이가 호를 존경하며 따른다는 것은 마음에 걸렸지만, 대의를 생각해야 했다.

치지직.

산은 타오르는 화로로 다가가 인두를 치켜들었다. 흑의의 사내들이 놀란 눈으로 제 대장을 바라보았다.

"으윽…."

팔을 걷어 올린 그는 인두로 제 살을 지졌다. 친왕의 그림자들만이 가진 표식이 있는 부분이었다. 이미 한 번 지져진 자리를 다시 지지자, 살이 큰 화상을 입어 붉게 부어올랐다. 표식은 알아보지 못하게 되었다. 그를 둘러싼 흑의인들이 긴장한 얼굴로 침을 꿀꺽 삼켰다.

“나는 이제 왕야의 그림자가 아니다.”

산은 고통을 참으며 쉰 듯한 목소리로 말했다. 일국의 왕을 시해하는 일에 조직의 꼬리가 드러나서는 안 된다. 만약 문제가 된다면 대의명분에 대한 외교적 문제는 물론이고, 제 주인의 입지가 위태롭게 될 것이다.

‘성공하든 실패하든, 내겐 죽음뿐이리라.’

삼엄한 경계를 뚫고 들어가, 그를 해하려 시도한 뒤는 돌이킬 수 없다. 그가 죽어도 자신은 죽는 것이고, 살더라도 죽는 것이다. 상관없다. 친왕의 그림자로 살아오며 단 한 번도 죽음 따위는 두려워해본 적이 없었다. 산의 눈이 날카롭게 빛났다.

***

대사의 한양 분타는 알려진 대로 한 장소를 통칭하는 것은 아니었다. 이미 조선에 뿌리내려 세력을 불려온 그들은, 알려지지 않은 여러 여각을 비밀스럽게 사들였다. 거래의 종류에 따라, 혹은 임무의 유형에 따라 그 여각들은 유용하게 쓰였다. 그리고 그 여각 중 어느 하나의 볕이 잘 드는 사랑채 마루, 귀찮은 표정의 리셴과 절박한 얼굴의 한 여인이 있었다.

“되도 않는 끼 부리지 마. 날 누구라고 생각하는 거야?”

“뭐든지 하겠습니다. 절 데려가 주신다면요.”

“친왕에게 버림받은 끄나풀 따위가 무슨 쓸모가 있다고? 네 자신을 과대평가하지 마.”

리센의 냉정한 거절에, 혜주는 입술을 깨물었다. 옥사에서 탈출해 여각으로 향하는 그를 발견하고 뒤따랐지만 얼마지 않아 발각되었다. 그러나 혜주는 포기하지 않고 계속 그에게 대사에 들어가게 해달라 조르는 중이었다.

"이렇게 죽고 싶지 않습니다."

"오래 살 계획이었으면, 애초에 그런 구린 곳엔 들어가지 말았어야지."

"원해서 들어간 것이 아닙니다. 입 하나라도 줄이겠다고, 제가 일곱 살일 적 제 아버지가 절 양반집 딸 대신 공녀로 팔아넘겼습니다. 처음에는 허드렛일이나 했는데 커 가며 눈에 띄어 그림자로 차출되었습니다."

혜주의 말은 사실이었다. 매향처럼 제 스스로 실력을 갈고 닦아, 복수를 하기 위해 들어가는 경우도 있었으나 난영과 혜주 같은 경우에는 나쁜 환경에서 태어나 제 선택과 크게 상관없는 길을 가게 된 것이다.

"불쌍하긴 하지만, 난 상인이야. 값어치 없어 보이는 것을 동정으로 사진 않아."

그의 붉은 눈은 라희를 제외하면 누구에게나 냉정했다. 특히 거래를 할 때에는 손톱만 한 눈금 한 칸마저 미래 이익과 위험을 감안하며 꼼꼼히 가늠해 보는 자였다.

"맞습니다. 전 제 조직을 배신한 것이나 다름없고, 특별한 기술도 빼어난 미모도 없습니다. 그러니 그렇게 쉽게 전하께 발각된 것이겠지요. 하지만 살아남기 위해 항상 노력해왔어요. 계속 쓸모

없다 값어치 없다 하시는데, 그렇지 않습니다!"

"노력이라. 둔재가 백번 노력해도 타고난 자들을 따라가지 못해."

"압니다. 말을 다루는 것도 칼을 쓰는 것도, 춤을 배우는 것도. 저는 동기들보다 일곱 배는 연습해야 간신히 따라왔죠. 제게 재능이 없는 것은 사실이에요. 그래도…!"

"글은 배웠어?"

"곁눈질로 배우고 책도 훔쳐 읽어, 간신히 소학까지만 보았습니다."

리션은 한숨을 푹 내쉬었다. 혜주는 분한 얼굴이었으나, 받아달라고 애원하러 온 참에 그에게 자기를 무시한다며 화를 낼 수는 없었다. 왕의 살기어린 위협을 받고 궁에서 도망친 혜주는 한때 제 편이었던 그림자들에게 밤낮없이 쫓겼다. 그들이 배신자에게 내리는 처단은 차라리 자진이 나을 정도로 잔인하기 그지없다. 혜주는 쫓기던 중 리션을 발견하고, 어떻게든 그의 상단에 들어가기 위해 애를 쓰고 있었다.

"대사에 들어가려면 상단을 위해 네 목숨을 내놓을 각오를 해야 해. 내가 죽으라면 죽는 시늉까지 해야 한다고."

"…."

리션의 말에 혜주는 입맛이 썼다. 글을 읽을 수 있는 여자라 하니, 고용해줄 마음이 조금은 생긴 듯했으나 역시 그것은 쉽게 대답할 문제는 아니었다. 살기 위해 들어간 상단에서 또 목숨을 내놓으라고 하다니, 산다는 것이 죄인지 가슴이 울컥했다. 리션은 차가운 말투로 그녀를 끝까지 몰아붙였다.

"대답해봐. 대사를 위해 죽겠다고. 내가 원하면 사지에 들어가서라도 거래를 성사해야 해. 네 목숨을 기꺼이 내놓을 준비가 되어 있어야 한다고!"

"그건…."

거의 윽박지르듯 외치는 리센의 말에 혜주는 쉽사리 약속할 수 없었다. 결국 그의 신뢰를 얻지 못하고 끝난 것인가, 자조하고 있을 때 리센의 작은 웃음소리가 들렸다.

"…풋. 넌 확실히 자객 조직과는 어울리지 않아. 네가 어설픈 탓도 있지만 그들이 무식한 탓도 있지."

"갑자기 그게 무슨 말입니까?"

"네가 대사를 위해 죽겠다고 대답했다면, 난 널 당장 쫓아냈을 거야. 때에 따라 검을 써야 할 수도 있겠지만, 널 무사로 고용할 것은 아니기 때문에 그런 무식한 충정 따위는 필요치 않아."

자신을 고용하겠다는 말에, 즉 단원으로 받아들이겠다는 리센의 말에 혜주는 두 눈이 휘둥그레졌다. 대사의 보호를 받으면 신분을 세탁하고 그림자들의 추적에서도 벗어날 수 있다. 새로운 삶을 시작할 수 있는 것이다.

"주인에 대한 솔직함과 성실함 정도면 충분해. 충정은 그 다음 문제인 데다, 살기 위해 들어온 네게 그것부터 요구할 수는 없지. 대화해보니 머리가 좋은 것 같지는 않다만, 똑바로 된 교육을 받으면 쓸 만할 법도 싶군."

"상단주! 감사합니다! 정말 감사합니다!"

혜주는 리센의 앞에 감격한 얼굴로 넙죽 엎드렸다. 과연 혜주는 별 볼일 없는 아이 같았으나, 리센은 혜주의 끈기를 높이 샀다. 당장의 이익에 눈이 뒤집혀 거짓말로라도 호의를 구걸하지 않는 그 모습도 마음에 들었다. 그는 라희를 찾아 데려가게 될 때, 혜주도 함께 데려가야겠다고 생각했다. 물론 두 여인을 데려가려는 목적은 질적으로 달랐다.

"대사를 위해 몸 사리지 않고 열심히 하겠습니다."

혜주는 지금의 뚝심이라면 장차 대사의 적절한 인력이 될 것이다. 효용이 기대되는 아이였다. 반면 라희는 아무것도 하지 않아도 된다. 그녀를 위해 새장의 형태를 한 저택을 지을 것이다. 혹은 연못 부지에 적당한 섬을 만들고 자신만이 오갈 수 있는 배를 만든 뒤 그녀를 가두어둘 것이다. 리센은 음습한 제 집착을 인정했고, 이제 그것을 위해 행동하고 있었다.

"그래, 그렇다면 우선 내 작은 심부름 좀 하고 와. 내가 다시 들어가긴 곤란해서."

리센은 탈옥으로 인해 수배된 터라 대사의 단원들과 쉽게 접촉하지 못했다. 그는 혜주에게 첫 일거리를 명했다.

***

호와 이레의 약속을 한 날로부터 사흘이 흘러갔다. 그간 그와 뱃놀이도 가고, 꽃구경도 한 번 더 갔다. 호는 매번 라희가 잠들고 나서야 밀려 있던 정무를 보았다. 제 모든 시간이 라희를 위해 존재하는 것처럼, 속절없이 흐르는 시간을 손에 모아 담아 쥐다 그녀에게 바쳤다. 라희는 여전히 그가 누구인지, 그를 얼마나 사랑했는지 아무것도 떠올리지 못했다.

“꿈을 꾸는데 제가 많이 울고 있었습니다. 그건 제가 맞는데 또 저와는 달랐어요. 차림새도 이상하고, 풍경도 이상했어요.”

“계속 말씀해주십시오.”

“저는 어떤 사내한테 큰 상처를 받았는데, 그래서 각자 제 갈 길을 가기로 했는데, 사내가 어둠 속에서 쫓아왔습니다. 저는 검은 길을 막 뛰었는데, 붉은 불이 번뜩이다 녹색 불로 바뀌니 뛰었던 것 같아요. 바닥에는 하얀 선들이 칠해져 있었어요.”

라희는 어의에게 자신의 반복되는 꿈에 대해 설명하고 있었다. 노어의는 라희의 괴이한 꿈을 심각한 표정으로 들었다.

“그 하얀 선들을 마구 뛰어가는데, 집채만 한 철제의 괴물이 양 눈에서 노란 불빛을 뿜으며 저와 부딪쳤어요. 그리고 잠에서 깼습니다. 그리고 나도 모르게, 아무도 믿어서는 안 된다는 혼잣말을 하고 있더군요. 눈물이 흐르고 있었어요.”

“어쩌면 마마의 전생과 관련된 꿈 같은데, 무녀를 부르시는 것도 나쁘지 않겠습니다.”

“전생이라고 하면 과거여야 하는데, 그 풍경은 수백 년 후를 보는 것 같았어요.”

“혹은 전생이 아니라, 마마께서 겪으셨던, 그러나 잊어버리신 것일지도 모르지요.”

“그거야말로 말도 안 돼요. 조선에도 청에도, 그런 괴이한 곳은 없습니다.”

한두 번도 아니고 수차례나 반복된 꿈이었다. 분명 괴기스러울 정도로 낯선데, 등골부터 뒷목까지 드는 싸늘함의 실체는 기시감이다. 그러나 자신이 조선이 아닌 이름 모를 곳에서 왔을지도 모른다는 것을 인정할 수 없었다.

"혹은 이 기이한 환영들이 심해지는 건, 제 죽음이 가까웠다는 것 아닐까요?"

"마마, 그런 말씀은 마십시오."

"전하께서 하신 말씀은 잠시 잊어두시고, 제게 솔직히 말해주세요. 제 상태에 대해서요."

"저도 처음에는 마마께서 악화되시는 것으로 생각했으나, 그것이 아닌 듯합니다. 맥은 건강치는 않으나 처음과 그대로이고, 환영을 또렷이 보게 되심에도 판단력이 흐려지지 않으셨습니다. 사실 마마께서 보시는 환영이 정상적인 풍경이라면 회복의 전조라 말할 수 있겠으나, 그렇지 않아 판단하기가 저어됩니다."

머리를 다쳐 기억을 잃은 자들이 회복되기 전 과거의 잔상들을 마주하는 경우가 있다고 한다. 노어의는 그에 대입해 라희를 관찰하였으나, 라희가 묘사하는 것은 예사 풍경이 아니라 그녀의 상태를 쉽게 짐작할 수 없었다.

노어의가 나간 지 얼마지 않아 누군가의 인기척이 문 밖에 느껴졌다.

"누구세요?"

라희는 심드렁하게 물었다. 호라면 그냥 열고 들어올 것이고, 다른 이들이라면 상궁이 미리 들어와 방문을 알렸을 것이다. 그러나 그 인기척은 문 밖에 그대로 서 있었다.

"…."

또 자신의 과거를 아는 누군가가 방문한 것일까. 그때 인기척이 서서히 다가오기 시작했다. 그 손은 미닫이문을 아주 조심스레 열었다.

"송구합니다. 마마, 심부름을 왔습니다."

이목구비가 시원시원한 얼굴의 예쁘장한 어린 궁녀였다. 그 아이는 잔뜩 겁먹은 얼굴로 라희에게 다가와 엎드린 뒤 봉투 하나를 내밀었다. 라희는 경계하는 눈으로 그녀를 바라보았다.

"이런 물건이라면 그쪽이 직접 올 수 없고 상궁들이 전해 주었을 텐데, 여기까지는 어떻게 들어온 거죠?"

"상단주께서 수면향을 주셨습니다. 모두 재우고 들어왔어요."

"리셴은 옥에서 나왔나요? 당신은 리셴의 사람이에요?"

"제가 맡은 일은 아무에게도 들키지 않고 이 편지를 마마께 전달하는 것입니다. 그 이후의 일은 마마의 결정에 맡기라 하셨습니다."

왕은 경연에 열중할 시간이기는 하나, 만일 그에게 들키면 정말 궁을 살아나가지 못할 것이다. 혜주는 바싹 입이 탔지만, 최대한 초조함을 숨겼다. 라희는 편지를 뜯었고, 혜주는 자리에서 일어났다.

"저는 이만 물러가보겠습니다."

라희는 굳은 표정으로 편지를 읽어내렸다. 분명 리셴의 필치였다.

내게 묻고 싶은 것도, 따지고 싶은 것도 많으리라 생각한다. 어찌되었건 이후의 일은 궁을 나가서 생각하자. 왕은 궁이 네게 행복한 곳이었다 기

만하겠지만, 넌 항상 위험 속에 있었어. 몇 번이나 죽을 뻔한 것을 그는 지켜주지 못했지.

리셴…. 역시 삼 년 전 날 처음으로 본 게 아니었군요. 내가 누구인지 알면서도 청으로 데려갔어.

그가 널 언젠가 보내준다 약속하더라도 믿지 마. 그는 널 보내지 않을 거야.

"아니, 그럴 리 없어요."

도주로를 계획했다. 내일 아침 그가 대전으로 출발하면, 넌 이 향을 피우고 빠져나와.

봉투의 안에는 말린 잎과 약재가 담긴 주머니가 있었다. 상단 대사만이 그 배합법을 아는 수면향은 불에 태우면 일정 반경의 사람들을 일시적 가사 상태에 빠지게 했다. 단, 동봉한 환을 먹으면 수면환이 들지 않는다. 사람들이 깨어날 때면 모든 냄새가 사라져 증거조차 남지 않는다. 라희는 복잡한 얼굴로 봉투를 꽉 움켜쥐었다.

***

매섭던 추위는 잦아들고 궁의 안팎으로 봄의 기운이 완연히 찾아들었다. 호와 약조했던 날까지는 겨우 이틀밖에 남지 않았으나, 그는 초조한 기색을 보이지 않고 평소처럼 라희를 대했다. 돌아오는 길에는 꿀을 바른 유과와 귀한 과일을 말려 만든 다과류를 가져왔다. 라희의 입술을 강제로 탐한다든지, 몸을 만지려 하지 않고 그저 따스한 눈으로 그녀를 바라보며 오늘 있었던 일들에 대해 도란도란 이야기를 나누었다.

"피곤하겠다. 이제 자자."

"…."

고요한 밤, 그는 손수 라희의 이불을 펴주었다. 그리고 제 요도 멀지 않게 깔았다. 라희는 말없이 금침 안으로 쏙 들어가 얼굴만 내밀었다.

후.

그가 호롱불을 훅 불었다. 방안이 한 치 앞도 보이지 않게 깜깜해졌다. 혼인을 하면 다 이렇게 사는 것일까. 라희는 홀로 물었다가, 다시 홀로 대답했다. 아니, 아마도 아닐 것이다. 혼인을 해서 행복한 순간은 잠시뿐이고, 서로 잡아먹지 못해 안달하며 사는 이들도 많았다.

"잘 자요."

"좀 더 길게 말해줘."

"복잡한 일들 다 잊어버리고, 좋은 꿈꾸고 잘 자요."

라희의 눈은 어둠에 적응하지 못했지만, 순간 제 볼을 감싸는 듯한 느낌이 들어 움찔했다. 이마에 부드러운 무언가가 흔적을 남기고 지나갔다. 그의 입술이었다.

"할 건 해야지."

그의 장난스러운 말투가 웃겨 웃음을 삼켰다. 이렇게 그와 평생을 함께한다면 행복하겠지, 하는 생각이 문득 들다가도 가슴이 시렸다. 라희는 눈을 감았다. 그의 숨소리가 유난히 크게 들렸지만 아무 생각도 하지 않기 위해 마음을 비웠다. 그는 오랫동안 깨어 있었다. 그렇게 또 하룻밤이 흘러갔다.

덜컥.

미닫이문이 열렸다 닫히고, 바깥쪽의 문도 한 번 열렸다가 닫혔다. 동이 틀 무렵이었다. 곤히 잠든 라희를 꽤 오랫동안 바라보다가, 그는 오늘의 일정을 위해 나섰다. 라희와 지내는 며칠만이라도 온전한 휴가를 쓰고 싶었으나, 왕이 정무를 게을리 하면 백성들의 삶이 고단해진다. 단, 초인적인 집중력을 발휘하여 평소보다 반 이상 이른 시각에 정무를 끝내고 있었다.

바스락.

라희는 호가 밖으로 나가고 문이 닫히는 소리를 듣고 일어나 복잡한 표정으로 어제 혜주에게 건네받았던 봉투를 꺼냈다. 한참을 고민하다가 라희는 호롱불을 당겼다. 심지가 타들어갔다.

꿀꺽.

수면향에 면역이 되는 약환을 삼켰다. 미닫이문의 창호지를 손가락으로 뚫어 작은 구멍을 낸 뒤, 태운 향을 그 방향으로 위치시켰다. 라희는 정신이 몽롱해지는 것을 느꼈지만 미리 먹은 약 때문인지, 그럭저럭 깨어 있을 수 있었다.

경계를 서던 몇몇의 상궁들이 하품을 몇 번 하더니, 끝내 인위적인 잠을 이기지 못하고 주저앉는 소리가 들렸다. 라희는 속으로 숫자를 서른까지 샌 뒤 미닫이문을 열었다. 아무도 라희를 보러 달려오지 않았다.

"나오셨군요."

"상단주께서는 어디에 계시나요?"

"궁 밖에서 기다리고 계십니다."

혜음원 앞에 복면을 두른 혜주가 밝은 눈빛을 한 채 기다리고 있었다. 라희는 나인의 옷을 입고, 혜주의 도움을 받아 가발까지 써서 짧은 머리를 숨겼다. 도주로라고 하였으나 별거 없었다. 불성실한 병사들이 경계를 서는 문이었다. 호가 왕이 된 뒤, 어지간한 비밀 도주로들은 폐쇄되었기에 궁을 드나드는 일은 쉽지 않았다.

"대비마마의 명으로 사가에 보낼 자개를 보러 가는 중입니다."

"그래, 낙인이 잘 찍혀 있군. 가보시오."

대비전의 허가증을 위조해 보여준 혜주는 그것을 다시 되돌려 받았다. 라희는 여느 나인들처럼 혜주를 뒤따랐다. 과거 빈궁이었을 적 함께했던 궁인들은 다행히도 이 궁 내에서 마주친 적 없었다. 그저 박 상궁을 비롯한 동궁전의 많은 궁인들이 왕을 직접 모시는 지밀으로 승격되었다는 사실만 알고 있었다.

"상단주, 마마를 모셔왔습니다."

"마마라는 말은 눈에 띄니 쓰지 마. 마마로 지내기 위해 궁을 빠져나온 것은 아닐 테니. 그렇지, 라희?"

궁을 나와 꽤 가까운 인적 없는 공터에, 삿갓을 쓴 리센이 기다리고 있었다. 그의 범상치 않은 머리카락 색은 가렸지만, 붉은 눈과 강렬한 눈빛마저 가려지지는 않았다. 눈에 띄지 않는 흑의를 입었으나 키가 워낙 훤칠하여 멀리서부터 알아볼 수 있었다.

"오랜만이군요."

"네가 나간 걸 알게 되면 도성의 경계가 삼엄해질 거야. 바로 출발하자. 말을 대기시켜 두었어. 혜주 넌 당장 가서 채비를 해놓거라."

"예, 상단주!"

"전 상단주를 따라나서려고 나온 것이 아닙니다."

혜주가 황급히 달려 나가자마자 라희가 내뱉은 말에 리센의 얼굴이 굳었다.

"궁에서 화려한 생활을 하다 보니 떠나기 싫어진 거야?"

"아뇨, 궁에서 떠날 계획은 여전해요."

"라희야, 네가 나한테 왜 화가 나 있는지는 알아. 그래, 내가 조선에 왔을 때부터 너와 아는 사이였던 건 맞아. 그런 널 삼 년 전 처음 발견했다고 거짓말한 것도 맞고. 너에 대해 알면서도 모르는 척 내 곁에 두었던 것에 대해, 네가 얼마나 배신감을 느낄지 이해하고 있어."

"더 이상 따지고 싶지 않아요. 상단주께서 제게 어떤 마음을 가지고 계시는지 아니까요."

라희의 담담한 말투에 리센은 그녀의 손목을 잡았다.

"아무리 그래도 삼 년간이나 절 거둬 주시고 먹여주셨는데, 마지막 인사는 하고 싶어서 나왔습니다."

"라희야!"

"다시 돌아오겠다고, 편지에는 써두고 왔었는데 그 약속은 지키지 못할 것 같네요. 죄송합니다. 그리고 진심으로 감사했어요."

"결국 그 자식한테 돌아간다는 말이구나."

리셴의 눈에 분노가 치밀어 올랐다. 제 보물을 뺏길지도 모른다는 위협이 그의 판단력을 흐리게 만들었다.

"언젠가 기억을 되찾게 되면, 그 기억 안에 상단주의 얼굴도 있겠죠."

"난 못된 놈이야. 삼 년 전에도 널 그 자식한테 뺏었고, 오늘도 널 데려갈 거다."

"아뇨, 상단주는 분명 좋은 분이에요."

라희의 팔을 잡아끌려던 그가, 라희의 한마디에 흠칫했다.

"보이는 것과 다르게 마음이 따뜻한 분이라는 걸 알아요. 저 말고도 어려움에 처한 많은 사람을 도와주셨잖아요. 돌려받는 것도 없이."

"넌 달라. 너에게는 돌려받기 위해 잘해줬을 뿐이야. 네가 값을 치를 차례야."

"항상 제 의견을 존중해 주셨고 절 기다려 주셨죠."

"장라희! 내 눈 똑바로 봐. 너한테는 내가 뭐로 보여!"

리셴은 라희를 벽으로 몰아붙였다. 오랫동안 그녀를 보호하며 리셴은 제 감정을 한 번도 그녀에게 무작정 강요하지 않았다. 제 손 안에 그녀가 있다는 여유도 있었지만, 상처 입히고 싶지 않았기 때문이다.

"나는 사내다. 널 깊이 연모해 온. 네가 다쳐 깨어나기 전부터 널 미친 듯 갖고 싶어 하던 사내라고."

"상단주…."

라희는 그의 붉은 눈을 피했다. 연모를 넘어 집착으로 커져 가는 그의 마음을 모를 리 없었다. 그러나 그 마음을 쓰다듬어줄 수도, 안아줄 수도 없었다. 리센의 얼굴이 라희의 숨결이 닿는 곳까지 다가왔다. 그의 타오르는 시선이 그녀의 붉은 입술에 머물렀을 때, 그것이 달싹거렸다.

"…좋아할 수가 없습니다."

"…."

"상단주님은 저한테 과분한 분이신데, 절 위해 해주셨던 게 얼마나 큰 줄 아는데, 마음이 제 마음대로 되지 않습니다."

라희의 볼에 한 방울의 눈물이 흘러내렸다. 리센은 속이 타는 듯한 갈증으로, 그저 라희를 바라보았다. 마음이라, 참으로 잔인한 것이다. 손톱이 파묻히도록 아프게, 그는 주먹을 꽉 쥐었다.

"상관없어. 좋아하지 않아도 괜찮으니, 내 곁에 있어."

"…상단주."

아무리 두드려도 보답 받지 못하는 마음은 비참하다. 그럼에도 리센은 라희를 보낼 자신이 없었다. 집착이라고 해도 좋았다.

"용기가 가상한 것인지, 제 죽을 자리를 못 보고 발부터 뻗는 것인지."

그때, 갑자기 나타난 인기척과 들려오는 목소리에, 라희는 황급히 뒤를 돌아보았다. 그가 누구인지 알아본 리센의 눈에는 강한 적개심이 감돌았다.

"전하…."

무복을 입은 호가 얼음처럼 차가운 눈으로, 조용히 검을 뽑아들었다. 리센 역시 허리춤에 찬 검을 단숨에 뽑아 올렸다. 리센은 라희를 제 뒤로 밀어냈다.

"죽어서도 고향에 돌아가진 못할 것이다."

"한 나라의 왕이 장사치보다 혓바닥이 길군."

챙!

두 남자가 격돌하고, 강한 파열음과 검풍에 주변의 풀들이 꺾였다. 누구 하나는 죽어야 물러설 기세였다. 호의 검술 실력은 삼 년 전과 비교해서 전혀 녹슬지 않았고, 오히려 진전되어 있었다. 공기를 읽어내듯 날랜 보법을 구사하는 발과, 검과 혼연일체가 된 듯한 손목은 조화로웠고, 제 내재된 힘을 이끌어내어 폭발시키듯 강하고 빠른 검술을 물 흐르듯 시전하고 있었다.

챙! 챙!

그런 호를 정면으로 막아내는 리센 역시 대단했다. 그는 과거에도 라희를 죽이려던 현의 검을 손쉽게 막아낸 적이 있다. 호의 검술이 정석이라면 리센의 검술은 변칙적이고 예측할 수 없었으나 불안한 종류의 것은 아니었다.

"제발 그만하세요! 둘 다 그만하라고요!"

라희는 끝내 그들에게 뛰어들었다.

"물러서. 감히 내 것을 납치했고, 다시 납치하려던 이 파렴치한 놈의 죄는 죽음으로 묻겠다."

"닥쳐! 넌 라희를 돌려받을 자격이 없어."

여전히 서로를 향해 검을 겨누고 있는 그들을 보며 라희는 애타는 목소리로 소리 질렀다. 둘의 충돌을 이대로 두고 볼 수는 없었다.

"난 상단주를 따라가지 않을 거예요. 전하 곁에서도 머물 수 없구요."

둘의 표정이 동시에 굳어졌다. 라희의 단호한 말에 호는 화가 난 듯한 얼굴이었다.

"상단주님이 날 납치한 게 아니라, 나 스스로 나온 거예요. 상단주께 죄를 묻기 전에 나한테 먼저 뭐라고 해야죠."

"지금 저자를 위해 항변하는 것이냐?"

"항변하는 것이 아니라 진실을 말할 뿐입니다. 그리고 두 분이 이러시는 것이 쓸데없는 짓이라는 걸 알려드리는 것일 뿐이고요."

리센은 여전히 살기등등한 눈으로 호를 보며, 비웃는 듯한 목소리로 라희에게 말을 건넸다.

"삼 년 전 네가 왜 죽을 뻔했는지에 대해, 저자는 말해주지 못했겠지."

저번 만남에서는 나름대로 '전하'라는 칭호를 붙여주던 리센은, 이번에는 '저놈'이나 '저자'정도로 호를 칭했다. 그는 호에게 라희를 돌려받을 자격이 없다고 주장하고 있었다. 라희는 제가 기억을 잃을 정도로 큰 사고를 당한 이유를 알지 못했다.

"그게 무슨…."

"난영. 도르곤의 그림자였지. 그 여자가 말을 탄 채로 널 들이받아 강으로 떨어뜨렸어."

"습격을 받았다면… 제가 무슨 잘못이라도 했나요?"

라희의 말에 호의 표정이 굳어졌다. 그녀에게 말해주려 했으나 기회를 놓쳤다. 아니 기회를 놓치기보다는 진실을 털어놓기 두려웠던 것일지도 모른다. 리센은 말을 이었다.

"그 일이 있기 전, 네가 옥사에 갇혀 있던 매섭도록 추운 날. 네 지아비라던 저자가 무엇을 하고 있었는지 상상이나 했을까?"

그의 말에 호의 얼굴이 딱딱하게 굳었다. 라희는 자기도 모르게 몸이 떨려왔다.

"계속 이야기해주세요."

"라희야, 들리는 것과 진실은 다를 수 있다. 흔들리지 말고 날 믿어."

"말해주세요!"

답답한 표정의 호가 다그치듯 그녀의 이름을 불렀지만, 라희는 단호한 눈으로 말했다. 리센이 경멸스럽다는 듯한 눈초리로 호를 바라보았다. 그는 그날 담벼락에서 본의 아니게 엿들었던, 호와 난영의 대화를 기억했다. 듣는 라희의 얼굴에 점점 핏기가 가셨다. 리센의 회상 속으로 들어간 그들은 삼 년 하고도 반 년 전, 담벼락 앞에 있었다.

그날, 난영은 붉어진 얼굴로 호에게 외쳤다.

'저하를 연모합니다! 저에게… 조금의 마음도 없으십니까?'

물기 어린 난영의 눈빛이 호를 향했다. 검술 연습을 할 때도, 연못에서 산책을 할 때도, 오늘도, 난영을 무던히도 많이 마주쳤다. 운명을 가장한 우연, 라희의 곁을 맴도는 사내들에게 그것을 경계하였는데 막상 자신의 곁을 난영이 맴돌 때는 매몰차게 떼어내기 힘들었다.

'대답해주십시오.'

오랜 정적 끝, 호가 오랜 고심 끝에 깊은 한숨을 내쉬며 답했다. 그 말을 담벼락 너머의 리센이 듣고 있었다.

'나도… 네가 좋다.'

발을 딛고 선 땅이 나락으로 꺼지는 듯한 기분에 라희는 휘청거렸다. 호가 작은 욕지기를 내뱉으며 라희에게 황급히 다가가 그녀를 부축했다. 심술, 그래, 제가 갖지 못한 여인에 대한 심술이라고 해도 좋았다. 리센은 적대적이지만 한결 속이 시원한 눈으로 호를 보고 있었다. 비겁한 짓이라는 것은 알고 있었다.

"사실인가요?"

"라희야!"

"사실이냐고 물었어요!"

더없이 상처받은 듯한 그녀의 눈을 보며 호는 제 주먹을 꼭 쥐었다. 예와 아니오 둘 중 하나의 답을 요구하는 그녀에게 차마 거짓말을 할 수는 없다.

"우리… 둘도 없는 사랑을 했던 것처럼 말하더니, 실은 내가 죽을 뻔하고 기억을 잃은 게 당신의 정인 짓이었군요."

"미안하다. 내 생각이 짧았어."

"그쪽이 날 붙잡고 있는 이유는 죄책감 때문인가요, 나에 대한? 아니면 그 여자에 대한?"

어째서 이렇게 가슴이 찢어지는지 라희는 알 수 없었다. 분명 두고 떠날 사람이었는데, 굳게 믿었던 사람에 배신당한 듯 화가 났다. 리센이 불난 집에 기름을 붓듯 한 마디를 덧붙였다.

"난 내가 들은 사실을 말했을 뿐이야."

호가 살기에 찬 눈으로 리센을 노려보았다. 맹수의 눈처럼 흉포했다.

"앞뒤 사정 모르면서, 다 아는 듯 입 놀리지 마."

"네 사정이 무엇이든, 적어도 옥사에서 죽어가는 라희를 두고 그래서는 안 됐어."

"젠장! 네놈이 제대로 된 치료를 해줘서 기억을 잃지만 않았더라도!"

호는 금방이라도 그를 베어버릴 듯 분노를 터뜨렸다. 그사이 라희가 가라앉은 목소리로 차갑게 말했다.

"둘 다 그만해요. 이러는 것도 참 유치하네요."

"장라희."

"라희야."

두 남자가 동시에 라희의 이름을 불렀다. 라희의 눈은 공허하고 슬퍼 보였다.

"악연. 우리 셋은 악연이었던 거예요. 난 전하도 떠날 거고, 상단주님도 떠나 살 거예요. 이제 다시는 배신당하지도, 아파하지도 않는 내 인생을 찾을 거예요."

"내가 다 설명할게. 오해가 있다면 다 털어놓을게."

애절해 보이는 호의 눈빛에도 라희는 담담하지만 매몰차게 답했다.

"아뇨, 이미 늦었어요. 그리고 그럴 필요 없어요. 우리의 인연은 삼 년 전에 끝난 거예요. 그때 난 죽은 거나 다름없어요."

과거를 발설함으로서 둘의 사이에 어깃장을 놓은 리셴은, 라희에게 제안했다. 이 제안이 수락되지 않을 것임은 알고 있었으나, 약해진 그녀의 틈을 파고들 수 있을까 하는 희망으로 말을 던졌다.

"상단으로 돌아와. 이곳에서의 일을 잊고 새로 시작하는 거야."

"상단주님, 날 구해주지도 데려가지 말았어야 했어요. 그랬더라면 우리 셋, 이런 모진 운명으로 다시 만나지도 않았을 텐데."

라희의 표정은 단호했다.

"저를 두고 떠나세요. 저는 영원히 상단주님의 것이 되지 않아요. 제가 전하의 곁에 남지 않는다고 해서 상단주님을 따라갈 생각은 없어요."

가슴을 후벼파는 듯한 날카로운 말을 저렇게 태연히 내뱉을 수 있는 것은 그녀가 리셴을 사랑하지 않기 때문이다.

"…그래, 너의 선택 존중할게. 하지만 내 선택도 존중해줘."

"…."

"네가 돌아오든 돌아오지 않든, 널 기다릴 거야. 네가 닿을 수 있는 곳에서."

리센은 집착을 잠시 접어두기로 했다. 그것이 상처 입은 그녀에게 말할 수 있는 최선이었다. 그는 입술을 지그시 깨물며 뒤돌아섰다. 그녀는 그를 놓았지만, 리센은 여전히 그녀를 놓아줄 자신이 없었다.

"그리고 전하."

라희가 뒤돌아 호를 마주보았다. 그의 깊은 눈매는 어두운 밤의 차가운 호수처럼 가라앉아 있었다. 그의 입술이 달싹였다.

"말하지 마."

"아뇨. 말해야 해요."

바라만 보아도 가슴이 아픈 사람이다. 라희는 울컥 차오르는 눈물을 애써 삼켰다.

"약속했던 모레, 떠날게요. 결심이 섰어요. 저는 아무리 생각해도, 전하의 곁에 있을 수 없겠어요."

호가 탄식과도 같은 숨을 내뱉었다. 그녀는 죽어가는 나날 속에 찾은 한 줄기 빛인데, 다시 놓아준다는 생각만으로도 숨이 막혀왔다. 그녀의 검은 눈 안에는 아픔과 슬픔, 실망과 배신감 같은 부정적인 감정들이 혼란스럽게 얽혀 있었다. 그 또한 제가 준 것이라 생각하자 마음이 더 참담했다.

"너를 행복하게 해주겠다. 아프지 않게 해주겠다. 그러니…."

"불행합니다."

"…."

"전하의 곁에 있으면 불행합니다. 전하를 연모하지도 않고, 전하께 바라는 것도 없는데 어찌 행복할 수 있겠습니까?"

라희는 제가 내뱉는 말들이 가시처럼 날카롭고 한파보다도 싸늘하다는 것을 알았다. 그러나, 어차피 이별해야 할 사람에게 좋은 추억으로 기억되고 싶지 않았다. 서로 미련을 남기지 않는 것이 가장 좋은 형태의 이별이다.

뜨뜻미지근한 봄바람이 그들의 사이를 스치고 지나갔다. 아지랑이처럼 왜곡된 정적 속에, 그들의 시간은 오랫동안 머물러 있었다.

***

라희는 혜음원으로 돌아왔고, 그날 호는 혜음원에서 기거하지 않았다. 그는 다음날 아침에도 라희를 찾지 않았다. 출궁을 하루 앞두고 라희는 홀로 조반을 들었다. 지저귀는 새 소리가 유난히도 구슬펐다. 여전히 상다리가 휘어질 듯한 구첩반상인데도 입맛이 없어 몇 숟갈을 채 들지 못하였다.

'내가 선택한 것이다. 허전할 이유가 무엇이 있을까.'

호의 마음을 끝내 거절한 라희는 밤새 가슴이 욱신거려 잠을 이룰 수 없었다. 그러나 이 아픔도 궁을 나서면, 그를 더 생각하지 않는 환경이 된다면 나아질 것이라 믿었다.

'잘될 거야. 괜한 생각하지 말자.'

리센은 한양 분타로 돌아가 조선에서의 사업 계획을 점검한다고 했다. 그는 당분간 조선에 머물며 라희를 설득하려 여러 번 연락을 취할 것이나, 라희는 다시 대사의 일원이 되고자 할 생각은 없었다. 기억에 대한 집착도 사라졌다. 기억을 찾든, 찾지 못하든 이제 자유로운 새처럼 팔도를 유랑하며 마음을 정리하고 싶었다.

'내일이면 궁 생활도 끝나는구나.'

미리부터 싸둔 봇짐을 넌지시 보며 라희는 씁쓸히 미소 지었다. 호의 친절함과 다정함에 흔들렸던 것도 사실이나, 리센의 폭로는 그녀의 꿈을 깨웠다. 제 정인에 의해 죽을 뻔했던 자신에게 그 사실을 숨겼던 호에 대한 배신감은 말로 할 종류의 것이 아니었다. 사랑이란 원래 아프다는 것을, 떠오르지 않는 기억 속의 라희는 본능적으로 알고 있었다.

"마마! 대비전에서 연통이 왔사옵니다!"

미닫이문 맞은편에서 들리는 소리에 라희는 고개를 갸웃했다. 이내 미닫이문이 열리고 라희가 궁을 떠나기 전, 뱃놀이를 함께하자는 대비의 말이 전해졌다. 라희는 잠시 고민했다.

***

봄볕을 받은 인왕산이 화첩처럼 펼쳐져 있고, 연못은 은어 떼의 비늘들처럼 찬란하게 반짝인다. 승선을 준비하며 대비와 시덥잖은 담소를 나누던 라희는 새롭게 느껴지는 인기척에 뒤를 돌아보고 표정이 굳었다.

"…."

"…."

그것은 라희를 본 호 역시 마찬가지였다. 간밤에 한숨 잠을 이루지 못했는지 충혈된 눈이었으나, 몸가짐은 전혀 흐트러짐이 없었다. 그는 싸늘한 눈으로 제 어머니를 쳐다보았다.

"두 사람, 오늘이 마지막이라면서요. 사람과 사람 사이에도 유종의 미가 있어야 하는 것입니다."

"소자, 쌓인 정무가 많아 먼저 들어가 보겠습니다."

"주상!"

냉기를 풍기며 돌아서는 호를, 대비가 큰 목소리로 멈추어 세웠다.

"내 살날이 얼마 남지 않았습니다."

대비의 말에 라희의 표정이 굳었다. 종종 각혈을 한다는 것은 알고 있었으나, 어의의 말로는 대비의 건강 상태가 매우 좋지 않다고 했다. 호는 입술을 깨물었다.

"죽기 전, 아들 내외와 뱃놀이 한 번 즐기고 싶은 노인네 소원을 들어주세요."

평소의 성정대로라면 아들 내외라는 말에 코웃음을 쳤을 호였다. 그만큼 그는 제 어머니에게 별다른 정을 느끼지 않았다. 그가 기억하는 어머니는 언제나 엄격하고 차가우며 매서웠다. 형을 보호한다는 명목으로 언제나 자신을 차별해왔던 어머니를 아직까지도 원망하고 있는지도 몰랐다.

"휴…."

호는 다시 돌아서며 깊은 한숨을 내쉬었다. 그리고 라희와 눈을 마주치지 않고, 배로 곧장 승선했다. 역시 호가 온다는 이야기를 듣지 못했던 라희는 이 상황이 심히 불편했으나, 어찌할 방법이 없었다. 대비가 라희의 손을 잡고 함께 배에 올랐다.

"원망도 미움도 시간이 지나고 나면 참 부질없는 것이더이다.

사랑하기도 부족한 세월인데 뭐가 그리 조바심이 났던지."

대비의 눈 아래는 그늘져 있었다. 그늘에 있을 적보다, 밝은 곳에 나와 보니 병색이 더 완연해 보였다. 라희는 조용히 대비의 말을 경청하였다.

"결국 운명대로 흘러갈 것을 내 뜻대로 해보겠다고 인륜을 버렸으니, 이 또한 얼마나 오만한 일이었는지 죽음이 목전에 와서야 깨닫게 되더군요."

"어머니께서는 벌써 돌아가시면 안 됩니다."

호의 차가운 대답에도 대비는 담담히 미소 지었다.

"어머니의 삶 또한, 아버님께서 내리신 벌이니까요."

"전하!"

호가 심한 말을 한다고 생각한 라희는, 다그치듯 그에게 외쳤으나 대비는 라희의 손을 잡고 토닥였다.

"쌀쌀맞은 척하지만 마음 약한 면은 부왕을 닮으셨어요. 죽지 말란 말을 어렵게도 돌려 하십니다."

호는 대답하지 않았다. 이 뱃놀이가 어서 끝나고, 떠났던 곳에 빨리 당도하기를 바랄 뿐이었다. 가슴이 타오르듯 쓰라리고 답답했다. 제 목숨만큼 연모하던 여인은 당장 내일 자신을 떠나겠다 공언하였고, 제 목숨을 만든 여인은 얼마지 않아 삶에서 떠나가겠다 말하고 있었다. 모든 것이 버거웠다.

"살다보니 내 마음이 내 마음 같지 않던 때가 많더군요. 열 길 물속은 알아도 한 길 사람 마음속은 모른다던데, 그건 나에게도 해당되는 이야기였지요."

대비의 눈이 애처롭게 번뜩이는 물결을 담고 있었다. 그녀의 차가운 인상은, 병마가 진행되며 점점 누그러지고 있었다.

"때로는 내 마음조차 착각하게 되는 일이 있습니다."

"대비마마, 자신의 마음을 말씀입니까?"

이해가 되지 않는다는 듯한 라희의 물음에 그녀는 고개를 끄덕였다.

"한 자식을 사랑한다고 다른 자식을 사랑하지 않는 것이 아니고, 지아비를 사랑하지 않았던 것이 아닌데, 하나의 마음이 너무 크면 내가 나 스스로를 속이게 되는 거지. 하나 외에는 아무것도 소중하지 않았던 것처럼."

"내가 나 자신을 속인다. 상상하기 힘든 일이네요."

"빈궁도, 아니, 라희도 항상 자신을 돌아봐. 내가 원하는 것이 무엇인지, 끝없이 물어야 해. 한 가지 생각에 휩쓸리면 자신이 정말 원하는 것의 소리를 들을 수 없어."

듣던 대로 다사다난한 삶을 살았던 대비의 조언은 라희의 마음을 자극했다. 마음이 마음대로 되지 않는 이유도, 자신이 진정으로 바라는 것을 몰라서였을까. 배 앞머리에 서서 조용히 물빛을 바라보던 호는 배가 정박할 때까지 뒤를 돌아보지 않았다.

"오늘의 풍경은 내게 잊지 못할 기억이 될 것 같습니다, 주상."

"금방이라도 돌아가실 분처럼 굴지 마십시오."

"전하!"

가시 돋친 호의 말에 라희는 발끈해서 외쳤다. 호는 전에는 본 적 없는 냉랭한 태도로 라희에게 충고하듯 다그쳤다.

"리셴의 말이 맞아. 껍데기만 같을 뿐, 넌 내가 알고 있는 라희가 아니야. 만약 네가 과거의 기억이 있다면, 어머니 옆에서 속 편히 웃고 있진 않았을 거다."

"대비마마께서 과거에 어떤 실수를 하셨든, 지금 전하의 태도는 잘못되었어요."

라희의 다그침에 호는 차가운 표정으로 고개를 돌렸다. 그녀와 더 논쟁하고 싶지 않았다. 이 순간을 좀 더 어른스럽게 보내지 못했던 것에 대해 후회할 것임을 알면서도, 행동을 정정할 여유는 없었다.

"조심하세요. 미끄럽습니다."

하선할 때 라희가 대비를 부축했다. 자신이 밀어낸 사내인데, 끝내 등만 돌리고 있는 호의 모습이 괜히 야속했다. 대비가 라희의 마음을 아는지 손을 꼭 잡아 주었다.

"잠깐!"

그때였다. 매몰차게 먼저 내린 호가 낯선 향에 멈칫했다. 그는 뒤를 돌아보며 손짓으로 소매로 코 주변을 막을 것을 라희에게 신호했다. 심상치 않은 표정에 라희는 대비와 함께 뒤로 물러났다. 아까까지만 해도 승선장에 궁인들이 많았는데, 이상하게도 하나도 보이지 않았다. 배에서 내린 몇의 내관들이 경계의 눈빛으로 호의 앞을 엄호했다.

"으억!"

"헉!"

갑작스레 날아드는 암기는 내관들의 목에 명중했고, 그들은 제대로 비명을 지를 새도 없이 쓰러졌다. 호는 검을 뽑아들었다. 갑작스레 벌어진 위기상황에 라희는 바짝 긴장한 상태로 고개를 돌려 주변을 둘러보았다.

"저자는…."

궁내를 돌아다니기에 적절치 않은, 흑의를 입은 남자가 강가를 걸어 호에게 향하고 있었다. 그의 손가락 사이에는 번뜩이는 쇳덩어리들이 들려 있었다. 그중 몇은 내관들의 목숨을 앗아간 것과 같은 종류였다.

"너는… 산이가 아니냐?"

대비가 눈을 가늘게 뜨며 기함했다. 그가 입꼬리를 올렸다.

"오랜만입니다, 마마. 그간 평안하셨는지요?"

"현이의 수족이었던 네가 어떻게 다시 여길…."

대비가 의아하다는 듯 물었다. 대비가 기억하는 산은 분명 현의 각별한 수족이었다. 현이 수락에서 포위당했을 때, 함께 사살된 것으로 알고 있는데 나타난 것이었다. 그에게서 뿜어지는 살기에 반응한 호의 눈이 차갑게 식었다.

"주군의 원수를 갚고자, 전하의 목을 가지러 왔습니다. 궁궐의 방비가 생각보다 철저해 뚫고 들어오는데 오랜 시간이 걸렸군요."

"어리석은 짓 말아라! 현이는 이미…!"

"장남을 그리 쉽게 잊으시다니, 그분의 수하로서 섭섭하군요."

라희는 그에게 다가가려는 대비를 꼭 붙잡았다. 산이 양 손을 접자 암기들이 소매 속으로 뱀처럼 빨려 들어갔다. 그는 허리춤에 찬 검집에서 날 선 검을 뽑아들었다. 정면으로 승부를 볼 계획이었다. 호의 입꼬리가 우습다는 듯 비틀어졌다.

"네놈은 애초부터 형의 수족이 아니었던 것을, 내 모를 줄 알았더냐?"

"놀라는 시늉도 하지 않으시니 섭섭할 따름입니다."

"자네를 보낸 것을 보니 도르곤이 저승 길동무로 나를 데려가고 싶은가 보군."

호의 말에 흠칫 놀란 것은 대비뿐만이 아니었다. 제 속사정을 간파한 듯한 호의 모습에 산은 껄껄 웃음을 터뜨렸다. 이제 제 목숨을 건 마지막 임무를 실행할 시간이었다.

"잔말 말고 목이나 내놓으시오."

친왕의 직속 조직인 그림자에서 그는 제일의 무술 실력을 가진 무사로서, 열 명 이상의 정예와 겨루어도 지지 않을 실력을 갖고 있었다. 도르곤조차 크게 칭찬하며 인정하였던 자였다. 인두로 지진 살결은 아직도 쓰라리나 그런 감각쯤은 그에게 아무런 방해도 되지 않았다. 호 역시 조용히 검을 뽑아들었다. 고요히 가라앉았던 그의 눈이 흉포한 맹수처럼 살기로 번뜩였다.

잔잔한 물결과 고고한 병풍처럼 펼쳐진 풍경과는 달리, 승선장은 전쟁의 기운만큼이나 짙은 살기가 두 사내를 중심으로 휘몰아쳤다. 힘찬 기합 소리와 함께 산이 제 검과 함께 호를 향해 질주했다. 호 역시 짧은 기합을 내지르며 날아올랐다.

챙!

무예의 정점에 오른 그들의 충돌은 엄청난 추돌음과 함께 주변에 강풍을 선사했다. 라희는 휘청거리는 대비를 꼭 잡아주었다.

'제발, 무사하세요!'

리셴과 검을 뽑아들었을 때와 달리, 라희는 더 이상 전투를 말릴 수 없었다. 산이라는 자의 절박한 검은 라희가 무슨 짓을 하여도 잦아들지 않을 것이며, 호가 집중력을 잃은 순간 그의 목숨을 앗아갈 수도 있었다. 그저 기도하는 마음으로 지켜볼 뿐이었다.

챙! 챙!

무림의 정식 문파가 아닌 친왕의 그림자단 출신임에도 산은 꽤나 정석적인 검법을 구사했다. 사실 그는 세 손가락 안에 드는 문파의 파문당한 직계 제자였다. 모함을 당해 파문당한 뒤 죽어가는 그를 친왕이 거두어들였고, 그로 인해 친왕에게 목숨을 내어줄 만큼 충성하게 되었다.

"제법이군."

"전하야말로."

한 합, 두 합, 전혀 밀림 없이 둘은 안정적인 균형을 유지하며 서로의 검법을 구사하고 막아내었다. 산은 호의 안정되고 숙련된 무예에 감탄할 수밖에 없었다.

"하, 이건 조선의 검법이 아니야."

산의 말에 호는 대답 없이 검으로 응수했다. 과연 그의 눈은 예리했다. 어릴 적부터 호에게 무예 선생이 붙었으나, 그가 극성의 검술을 익힌 것은 청에서 기연을 만나면서였다. 현이 심양에서 외교적인 성과를 내는 동안 호는 기연으로부터 그가 가진 모든 검법과 무공을 전수받았다.

'무골이로구나. 장차 큰일을 하겠어, 허허허.'

기연이 제 생의 마지막을 보내며 전수해준 무공이 평범한 자들은 수만 번의 생을 다시 태어나도 얻기 힘든 행운이었다는 것은 이후에야 알게 되었다.

챙!

호의 기세가 예상했던 것보다 훨씬 강하자 산의 검이 더 다급해졌다. 제 주군과 우열을 가리기 힘들 정도의 실력으로 대련했다는 것이 조선의 우민들 사이에 도는 헛소문인줄 알았건만 그와 검을 맞대어 보니 그 말이 뜬소문이 아니라는 것은 알 수 있었다.

"흐압!"

산의 검 놀림이 빨라지고 보법이 불규칙적으로 변했다. 체력을 그다지 허비하지 않는 정석적인 검법과는 달리 그림자들의 검법은 촛불처럼 붉은 불을 피우는 대신 제 자신을 녹아내리게 만든다. 호의 방어 역시 변화가 필요했다.

"호야!"

"어떡해! 피가…! 피가 나요! 다쳤나 봐!"

피가 튀었다. 대비와 라희가 비명과도 같은 탄식을 내질렀다. 산의 검이 호의 어깨를 스친 것이다. 뱀처럼 굽이쳐 들어오는 산의 공격을 철통 방어해낸다는 것은 불가능에 가까웠다. 어깨가 따끔거렸지만 호는 검을 바로 잡았다.

'나는 네게 살을 내어주고 뼈를 취할 것이다.'

기의 무리한 운용으로 산의 눈은 실핏줄이 터져 벌게져 있었다.

호는 마음을 가다듬고 검을 비스듬히 든 채 그에게 정석적인 보법을 구사해 접근했다. 이미 한 번 호의 공격을 막아본 터라 같은 보법을 구사하는 호의 다음 수를 산은 꿰뚫고 있었다.

'그래 보았자 샌님인가.'

산은 비릿한 웃음을 띠며 호의 동작 사이에 비었던 그 허점에 검을 찔러 넣을 준비를 하고 있었다. 챙, 하고 검이 부딪히며 다시 주변에 강한 바람이 불었다.

"안 돼요…! 제발…!"

라희는 절망에 찬 탄식과 안타까움의 눈물을 흘렸다. 그들 사이에 다시 피가 튀었다. 호가 허벅지를 베인 것이다. 온몸이 부들부들 떨려 왔다. 가슴이 새까맣게 타서 무너져버릴 것 같았다.

"헉!"

호기롭게 호를 베던 산의 눈이, 지금 일어난 상황을 믿지 못하겠다는 듯 커졌다. 그의 허점을 찾아 허벅지를 베었는데, 멀찍이 떨어졌던 그의 검이 어느 순간 제 가슴에 박혀 있었다. 호가 검을 뽑자 산의 가슴에서 피가 뿜어져 나왔다.

"과연 대단한 놈이구나."

호는 고통스러운 와중에도 그에게 감탄했다. 마치 자신이 정형화된 검술만 사용할 줄 안다는 듯 속일 재량이 없었더라면, 그 짧은 순간 그의 움직임을 모방하지 않았더라면 아마 검을 맞고 쓰러진 사람은 산이 아니라 자신이었을 것이다.

"헉, 헉…. 쿨럭… 쿨럭…."

그는 입에서 피를 내뿜으며 무너지듯 바닥으로 주저앉았다. 그의 가슴에서 흘러나온 피가 흙바닥을 검게 적셨다. 급소를 찌른 검에 의한 심한 내상으로 그는 곧 죽게 될 것이다. 라희는 피가 낭자한 잔혹한 장면에도 그저 다행이라는 말을 되풀이하며 눈물 고인 눈으로 호를 바라볼 뿐이었다.

"너 같은 자에게 목숨 바친 충성을 받다니 도르곤에 대해 새삼 존경심이 드는군. 좋은 대결이었다. 다음 생에서는 적으로 만나지 말자."

호가 검집에 검을 넣으며 뒤돌아섰다. 산은 바닥에 엎드려 몸을 누인 채 떨어지려 하는 무거운 눈꺼풀 속 실핏줄이 터진 눈으로 그의 뒷모습을 황망하게 바라보았다.

"괜찮아? 어디 다친 곳은 없는 거냐?"

"응, 응…. 괜찮습니다. 다행이에요…. 정말 다행이에요."

아까의 냉랭한 모습은 온데간데없이, 호의 다정한 눈길이 라희를 향했다. 울먹이며 걱정스러운 표정으로 자신을 바라보는 그녀를 보자 상처받고 서운했던 마음은 자취를 감추었다. 다만 안쓰러움만이 가슴에 샘솟았다. 그녀에게 한 발짝, 두 발짝, 가까워질 때.

"호야!"

어머니의 외침이 아주 느릿하게 꿈처럼 들려 왔다. 죽어가는 이가 내뿜는 마지막 살기라 신경 쓰지 않았던 것이 화근인 것일까. 산은 제 마지막 기력을 다해 소매에 숨겼던 독암기를 호를 향해 던진 것이다.

푹.

놓치지 않고 그를 주시하던 대비는 지척에 다가온 호에게 달려

들어 그를 끌어안으며 대신 암기를 가슴에 맞았다.

"지금 무슨…."

그때서야 상황을 알아챈 호가 분노 어린 눈으로 산을 돌아보았지만, 그는 제 마지막 임무를 수행한 뒤 바로 숨이 끊어진 듯 주검이 되어 있었다. 라희가 고통스러운 비명을 지르며 대비를 끌어안았다. 모든 것이 끝난 줄 알았는데, 결국 일어난 다른 비극에 가슴이 찢어지는 듯했다.

"어머니! 정신 차리십시오! 어서 업히세요!"

대비는 호의 등을 밀어냈다. 호가 불벼락같이 화를 냈으나 계속 밀어낼 뿐이었다.

"젠장할! 강제로라도 어의에게 데려가겠습니다."

"소용없어요. 으헉…. 오늘이 내 마지막이라는 것은 내가 더 잘 압니다. 마지막 인사도 내 아들에게 하지 못하고 가는 것은 싫어요."

숨을 헐떡이는 대비의 말에 라희는 울며 고개를 내저었다.

"마마! 흑…. 마지막이라고 하지 마세요! 안 돼요! 어서 전하에게 업히세요…!"

"라희야, 호야…. 너희의 얼굴을 볼 수 있어 행복하구나."

호가 참담함과 원망이 섞인 눈으로 제 어머니를 바라보며 입술을 깨물었다.

"하늘도 아름답고 별도 좋구나. 내 과오에 비해 호사스럽게 죽음을 맞는다. 호야, 매정하고 잔인했던 어미를 용서하거라. 진심이… 아니었다. 헉, 헉…."

"…용서합니다. 어머니, 어머니! 이렇게 가시면 안 됩니다!"

호가 대비의 손을 처음으로 잡았다. 어릴 적 몇 번 뿌리침을 당한 이후로는 잡으려 하지 않던 손이었다. 그녀의 손은 차갑지 않았다. 가슴까지 전이될 만큼 따뜻했다.

"헉, 헉…. 잡념을 털어버리고 네 마음을 바로 보거라, 라희야…."

"네, 마마. 알겠습니다…. 마마의 말씀 새겨듣겠습니다. 흑, 흑…."

"헉, 헉… 헉…."

숨을 가쁘게 내어쉬던 대비는 끝내 다음 숨을 삼키지 못했다. 중전의 떨림이 멎었다. 그녀의 입술이 푸르게 변해 있었다. 일순간 정적이 흐르고 두 사람의 절규와 흐느낌만이 넓은 공간에 메아리처럼 울렸다. 하늘은 여전히 매정하게도 푸르고, 강은 시리도록 반짝였으며, 인왕산은 그저 방관자처럼 그들을 내려다보았다. 땅에는 두 사람의 차갑게 식은 주검과 한 주검 앞에서 통탄하는 한 쌍의 남녀가 있을 뿐이었다.

***

"그래도 상은 치르고…!"

"되었다. 내일이 약속했던 날이니, 동이 트면 바로 떠나거라."

"전하."

"가져왔던 말과, 전답을 구할 만한 은자를 준비했다. 원하면 호위와 하녀를 보내 주겠다. 적당한 곳에 기거하며 네가 바라던 삶을 살거라."

상궁들의 곡이 울려 퍼지는 대비전 앞, 상복을 입은 호의 살결은 유난히 하얗고 차가워 보였다. 그는 담담한 표정과 목소리로, 라희에게 내일 떠날 것을 강권하고 있었다.

"대비마마는 전하께만 소중한 분이 아니십니다. 제가 해드릴 수 있는 예는…."

"예는 아들인 내가 드리면 되는 것이다."

"하지만…!"

"내 인내심을 더 시험하지 마. 이러다가도 맘이 바뀌어 널 보내지 않을 수도 있으니까."

호의 목소리가 낮게 깔렸다. 그는 제 감정을 최대한 억제하는 중이었다.

"…잘하셨어요."

"…."

"용서한다고 말씀해 주신 거요. 마마께서 편히 떠나셨을 겁니다."

라희가 슬픈 얼굴로 뒤돌아섰다. 산천마다 꽃이 만개한 봄인데도, 마음은 찬바람이 휩쓸고 지나가는 마냥 황량하기 그지없었다.

"그런 식으로 살지 마."

그녀의 가슴에 호의 말이 비수처럼 꽂혔다. 순간적으로 욱 해서 돌아보려는 찰나, 호의 품이 그녀를 덮쳐 끌어안았다. 그의 목소리가 잠긴 듯 쉬어 있었다.

"네 일이 아닌 것에 끼어들지 말고, 위험한 거 뻔히 알면서도 달려들지 말고. 남이 슬퍼하든 아파하든, 너와 관계없는 것이면 상관하지 마."

그의 말에 슬픔이 치밀어 올랐다. 가슴이 아팠다. 그가 말을 이었다. 그의 얼굴은 품에 가리어 보이지 않았으나 우는 듯 처절한 목소리였다.

"세상에서 가장 중요한 건 너 자신이야. 희생하지 말고, 착한 짓도 하지 말고, 행여나… 행여나 다른 사내를 만나거든…."

목이 메는 듯, 정적이 흘렀다. 라희는 울컥하여 입술을 깨물었다.

"…제기랄. 다른 사내를 만나거든 제대로 된 놈 만나. 널 지켜줄 수 있는. 나처럼 적이 많아 널 매번 위험에 처하게 하는 놈 만나지 말고."

그가 라희를 꼭 안았던 자신의 팔을 풀었다. 라희는 눈이 흐려져 앞을 제대로 볼 수 없었다. 차마 그를 올려다볼 용기도 없었다. 두 주먹을 꼭 쥔 채, 울음을 참는 라희를 두고 그는 뒤돌아섰다. 다리에 천근의 추를 달아놓은 듯, 한 걸음 한 걸음이 미치도록 무거워서 걸을 수 없었다. 그저 황량한 궁의 풍경만, 그의 흐린 눈앞에 아지랑이처럼 피어올랐다.

***

뜬눈으로 밤을 지새운 라희는 닭이 울자마자 짐을 챙겨 혜음원을 나섰다. 그곳의 정든 풍경에 아련한 표정으로 인사하고, 잘 먹어 배부른 말에 몸을 실었다. 이미 왕의 명령이 떨어졌는지, 그녀가 가는 길목마다 병사들이 아무것도 묻지 않고 통과시켰다. 대비의 죽음으로 시름에 잠긴 궁을, 라희는 묵묵히 고개를 숙인 채 빠져나왔다.

'그는… 나오지 않았구나.'

혹여나 그가 자신의 마지막 길을 마중할까 기대를 품었으나, 그의 모습은 어디에도 없었다. 사실 기대라고 부르기에도 우스운 감정이었다. 그를 밀어내고 끝내 떠난 것은 라희 자신이었다. 그에게 미움을 받더라도 당연한 일이다.

'이젠 아픔 없이, 미련도 없이, 내 길을 갈 거야.'

그를 볼 때마다 느껴지는 가슴의 둔탁한 통증도, 이 궁을 나서고 나면 괜찮아질 것이라 믿었다. 그녀는 말을 재촉하지 않았다. 재촉하지 않아도 제가 이끌어주는 대로 나아갈 것이니까. 운명처럼 말이다.

"가십시오, 마마."

"무탈히 가십시오."

혜음원에서 함께했던 궁녀들이 궁의 마지막 문 앞에서 그녀를 배웅했다. 라희는 흐린 미소를 띠며 그들에게 손을 흔들어 주었다. 다시 궁을 나와 한양이다. 그녀는 저잣거리를 걸으며 열흘 가량 몸을 의탁했던 궁과 점점 멀어졌다.

'잡념을 털어버리고 네 마음을 바로 보거라.'

대비의 마지막 말이 잔잔한 종소리처럼 라희의 가슴 속에 맴돌았다.

"어째서…."

라희의 말은 천천히 앞으로 나아갔다. 라희가 입술을 깨물었다. 그녀의 가슴 속에 깨닫지 못했던 진실이 독약처럼 스며들고 있었다.

"…어째서…!"

고삐를 잡은 그녀의 손이 떨리고 있었다. 예상과는 달리 갈수록 숨이 가빠왔다. 그 떨림은 어깨로, 얼굴로, 그리고 입술로 서서히 전이되어 왔다. 벌써 궁을 나선 지 반 시진이었다.

"…젠장! 대체 왜!"

"라희야!"

그때, 말 하나가 라희의 앞길을 가로막았다. 익숙한 목소리가 들렸으나 라희는 차마 고개를 들어 그 얼굴을 볼 수 없었다. 그는 다시 라희를 불렀다.

"그가 보내준 거야? 대비가 승하했다는 말은 들었어."

삼 년간 항상 그녀의 곁을 지켜주던 목소리였다. 리셴, 그는 항상 제자리에 있는 집처럼, 든든히 서서 라희의 출궁을 환영하고 있었다. 라희는 어깨를 움츠렸다. 눈물이 너무 많이 흘러 앞이 잘 보이지 않을 지경이었다.

"라희야, 울어? 우는 거야?"

리셴이 물었다. 라희는 대답하지 않고 그저 서럽게 어깨를 들썩일 뿐이었다. 호를 볼 때마다 느껴지는 불쾌하도록 싸한 흉통은 그에게 멀어질수록 사그라들어야 했다. 라희는 통증을 느낄 때마다, 제 기억이 호를 거부한다고 생각했다. 리셴을 통해 호가 자신을 배신했다는 사실을 들은 뒤로는 그 확신이 강해졌다. 그러나 그것은 착각이었다.

“아픕니다.”

“뭐? 어디가 아픈데, 무슨 일 있었던 거야?”

“흑, 흑…. 멀어질수록 더 아파요. 아파 미칠 것 같아요.”

“제대로 말해봐! 그게 무슨 소리야!”

라희가 고삐를 당기며 말머리를 돌렸다. 너무 많이 울어 앞이 흐릿했다.

“난 정말 바보인가 봐요. 왜, 왜 이렇게 내 자신에 대해 무지했을까요?”

“라희야!”

“멍청하게도 그건….”

쥐어짜는 듯한 그 아픔의 실체를 라희는 이제야 알았다. 어쩌면, 알면서도 두려움에 거부하고 있었는지도 모른다.

“…그리움이었어요.”

사무치는 그리움. 그에게서 떨어져 있던 삼 년간, 묻어 두었던 기억 저편으로부터 차곡차곡 쌓여온 그에 대한 사무치는 그리움이다. 그를 볼 때마다 가슴속 화상의 흉터가 욱신거리며 불타듯 달아올랐던 이유는 그녀의 기억이, 아니 그녀의 본성이 그에게 반응하고 있었기 때문이었다.

“이랴!”

말 머리를 제가 떠나왔던 방향으로 돌린 라희는 말의 궁둥이를 쳤다. 그에게 멀어질수록 옅어져야 하는 통증은, 그에게 멀어질수록 숨을 쉴 수 없을 만큼 그녀를 옥죄었다. 제가 알지 못한 새 가슴 시리도록 사무치던 그리움은, 그녀의 잊힌 기억과 현재의 사이에 다리를 놓았다.

말이 거침없이 달렸다. 제 마음을 이제야 깨달았을 때, 오랜 시간 묻혀 있던 먼 기억이 그리움의 다리를 타고 그녀의 눈앞에 펼쳐지고 있었다.

***

'그 일이 있기 전, 네가 옥사에 갇혀 있던 매섭도록 추운 날. 네 지아비라던 저자가 무엇을 하고 있었는지 상상이나 했을까?'

리셴이 했던 말이 문득 이명처럼 환청처럼 귓가에 퍼지며, 잊고 있었던 어느 가을밤의 풍경이 한 편의 영화처럼 그녀의 기억 속에 펼쳐졌다.

동궁의 침방 안에서 서로에게 머리를 맞대고 가슴을 맞댄 채, 호와 라희는 서로만이 줄 수 있는 안정과 온기에 취해 있었다. 그러다 문득 호가 라희에게 말했다.

'설령 이해되지 않는 일이 있더라도 나를 믿어줄 수 있겠느냐?'

라희가 생각에 잠기더니 말했다.

'네, 하고 말하고 싶지만 확답은 못 해요. 막상 호를 오해할 만한 상황이 오면 진짜 삐칠지도 모르거든요. 난 대인배가 아니라서.'

'솔직해서 좋다.'

라희를 보는 호의 눈에 온돌만큼이나 따끈한 마음이 서려 있었다.

'그런데 갑자기 그건 왜요?'

'외세를 등에 업고 내게 접근하는 자가 있는데….'

'일종의 스파이? 그런 거네요. 혹시 여자예요?'

'스파이는 또 무엇이냐? 너는 종종 알 수 없는 소리를 하는구나.'

호는 후자의 질문에 대해서는 대답하지 않았다. 그는 쉽게 감정을 드러내지 않으며 지략이 뛰어난 사람이기는 하나 라희 앞에서는 거짓말을 하지 못했다. 난영이 목적을 가지고 제게 접근한다는 것을 간파한 호는 고민이 깊었다. 도르곤에게 회유된 신료들의 정보에 대해 알아낼 수 있는 기회이기도 했기 때문이다.

'호를 믿을게요.'

'너무 쉽게 말하지 마. 섭섭하다.'

'아니! 어떤 장단에 춤을 추라는 거예요?'

괜한 서운함을 표시하는 호에게 라희는 툴툴거렸다. 호는 그녀를 사랑스럽다는 듯 껴안았다. 그녀와 지내는 하루하루, 새로운 감정과 새로운 느낌에 매번 눈을 뜨게 된다.

'난 이호라는 남자를 너무너무 사랑하긴 하지만, 감정과 이성은 별개로 두는 게 맞잖아요. 호는 조선의 운명을 짊어진 세자저하시니, 내 좁은 속을 핑계로 호를 방해하지는 않을게요.'

'네게 어떤 말이 들리든 내가 연모하는 여인은 오직 너뿐임을 기억해라.'

'이왕이면 들리지 않게 해주세요. 말은 이렇게 했어도, 막상 호가 다른 여자랑 있었다는 소리를 들으면 엄청 신경 쓰이고 상처받을 거라구요.'

'그래? 간혹 네 투기어린 모습도 보고 싶긴 하나, 자제하겠다."

입술을 쭉 내민 라희가 사랑스러워 호는 그녀의 볼을 감싸고 곧장 입을 맞추었다. 다른 사내들은 여인을 안으면 질리기도 한다는데, 호에게는 이해할 수 없는 일이었다. 강한 중독성이 있는 물질처럼 그녀는 안으면 안을수록, 참을 수 없이 사랑스러워졌다. 라희의 앞섶을 매만지자, 그녀가 달콤한 신음을 흘렸다. 이 밤이 더 길어질 듯했다.

'네가 나만의 여인이듯, 나도 너만의 사내일 것이다.'

잔잔한 호수에 띄운 나뭇잎처럼, 그의 목소리가 물결을 타고 마음에 흘렀다. 어째서 잊고 있었던 것일까, 그가 어떤 남자였는지 말이다.

***

반 시진을 말과 함께 온 길을, 그 절반의 시간 만에 되돌아왔다. 돈화문 앞에 멈추어선 라희는 터질 듯한 심장을 애써 진정시켰다. 하염없이 흐르던 눈물은, 기억을 덮고 있던 얇은 막을 거두어냈다. 지나던 백성들과, 문을 지키던 병사들이 의아한 눈으로 라희를 보고 있었다.

이 궁을 기억한다. 이 풍경을 기억한다. 선왕에게 용포를 입혀 그와 함께 입성했던 문이다. 수많은 백성들의 시선을 받으며 이 문을 열었다.

"마마!"

마침 궁으로 돌아오다 라희를 발견한 병욱이, 황급히 그녀에게 다가갔다. 라희는 병욱의 부축을 받으며 말에서 내렸다. 흙길의 감촉은 아스팔트의 딱딱함이나 우레탄의 말랑거림과는 다르다. 다시 파도처럼 밀려드는 조금 더 먼 기억에 라희가 휘청거렸다.

쿠콰쾅!

전남편에게 쫓기며 횡단보도를 건너다, 졸음운전을 하던 트럭에 들이받혔을 때 끔찍한 소음을 라희는 기억해냈다. 오래된 영화 필름을 되감듯, 그녀의 기억은 흐르는 시간을 거슬러 꽃처럼 피어나고 있었다.

'내가 가졌던 상처, 잊히지 않는 기억. 호를 만나기 이전, 내게 남은 큰 흉터….'

행복할 줄 알았던 결혼 생활은 처참히 실패했다. 끝없이 자신을 희생했음에도, 그녀는 사랑받지 못하고 모두에게 버려졌다. 끝을 낸 것은 그녀 자신의 의지였으나, 끝내게 된 이유는 그녀의 의지와는 무관했다. 그녀는 명백한 피해자였다.

'그리고 내가 깨어나게 된 이곳, 조선!'

교통사고로 죽었을 그녀가 라희라는 이름을 가지고 새 삶을 살게 된 이유는 여전히 가슴에 와닿지 않았다. 그러나 이번 삶은 과거의 삶을 반면교사로 삼아, 조선에서 주체적인 인생을 꾸려나가려 했다. 사랑에 대한 상처 때문에, 사랑을 하면 결국 자신만 희생될 것이라는 트라우마 때문에 그를 거부했다.

"…."

"마마, 출궁하신 것으로 알고 있는데 어째서 다시 돌아오신 겁니까?"

"…만나야 해요."

라희의 사랑이 겁 많은 토끼 같았다면, 호의 사랑은 뿌리 깊은 나무와도 같았다. 그는 쫓기는 라희를 기꺼이 숨겨주고, 기다려주고, 기대게 해주었다. 그의 숲에 숨어 라희는 상처를 치유하고 진정한 사랑으로 감화되었다. 그는 두려워하지도 않았고, 흔들리지도 않았으며, 어떤 강풍에도 쓰러지지 않았다.

"전하를… 말씀이십니까?"

"응, 꼭 만나야 해요. 전하를 만나게 해줘요. 병욱 씨."

라희의 말에 병욱의 눈이 휘둥그레졌다. 기억을 잃은 라희는 분명 제 이름을 몰랐다.

"기억을 찾으신 겁니까?"

라희는 고개를 끄덕였다. 그녀의 슬픈 눈동자 속에 굳게 닫힌 거대한 문이 한가득 들어서 있었다. 병욱은 잠시 말을 잊었다. 병욱은 똑똑히 기억하고 있었다. 절체절명의 순간 제 목숨보다 세손을 선택해 도주시켰던 그녀의 굳은 심지를.

"…입궁하시죠."

그녀의 앞에 선 병욱이 궁문에 다가가자, 수문장들의 신호를 받아 병졸들이 문을 열었다. 라희는 그가 기다리는 궁을 향해 한 걸음 한 걸음 걸어 들어갔다. 기억하지 못하는 상황에서도 가슴을 아프게 하던 사무치는 그리움은 어지러운 봄 향기처럼 그녀의 두 눈을 가득 메우고 있었다.

"라희야!"

그때였다. 그녀를 쫓아 달려온 뒤, 이 상황을 지켜보던 리센이 불쑥 라희에게 걸어왔다. 병욱이 경계하는 태세로 검집에 손을 갖다 대었다.

"리센…."

삼 년이 넘는 세월 만에 그녀의 입에서 흘러나온 제 이름에 그는 흠칫했다. 병욱과의 대화를 들은 탓에 예상하기는 했으나 사실을 직접 확인하니 입맛이 썼다.

"결국 기억을 찾았구나. 영원히 묻어두었으면 좋았을걸."

"당신에게는 원망스러운 것도 많고, 고마워할 것도 많지만. 오늘은 그냥 아무 말 하지 않을게요."

"젠장! 반역한 현에게 죽을 뻔한 것을 내가 구해주고, 린이인지 뭔지 그 꼬맹이를 구하려다 옥사에서 죽을 뻔한 것을 또 구하고, 그 자식의 여자인 난영에게 떠밀려 강물에 빠져 죽을 뻔한 것을 또 구했어."

그의 붉은 눈에 호에 대한 분노가 서려 있었다.

"고마웠어요."

"제기랄! 그딴 말이 듣고 싶어서가 아니란 걸 알잖아! 궁에 들어간 뒤 너에게 얼마나 위험한 일이 많았는지 알아? 그런 널 내가 어떤 마음으로 보고 있었는지 알기는 해? 그런데 다시 궁에 들어간다고?"

그는 입 밖으로 쏟아지려는 욕지기를 간신히 참고 있었다. 라희에게 닥쳤던 많은 위협들의 상당수는 라희 제 자신이 만든 부분이 많았으나, 리센은 그녀라는 과분한 보물을 갖고도 제대로 보호하지 못한 호에 대해 항상 분노해 왔다.

"내가 있어야 할 곳은 그 사람 옆이에요."

라희의 단호한 눈빛과 말투에 리센은 할 말을 잃었다. 라희가 말을 이었다.

"날 항상 도와준 거, 구해준 거, 너무 고맙게 생각하고 어떻게 갚아야 할지 모르겠어요. 하지만 리센, 사랑이란 그런 거예요. 내가 아플 거 감수하고, 힘들 것 감수하고, 그래… 위험해질 것도 감수하고서라도 그 사람 곁에 있고 싶은 거."

리센도 분명 알고 있었다. 자신도 그런 사랑을 하고 있기에 이 먼 길까지 와서 라희를 찾았고, 이 나라의 왕인 호와 결투까지도 하려 했다. 사랑은 사람의 눈을 멀게 하고 무모하고 어리석은 짓이라도 기꺼이 하게 만든다.

"리센의 과분한 마음, 감당하지 못해 미안해요. 그런데 나, 그 사람을 너무 좋아해요. 기억도 하나도 나지 않는데 이 조선까지 왔을 만큼."

"그만해."

"당신처럼 좋은 사람 앞에서도 오직 그 사람만 생각나는데."

"젠장! 듣기 싫어. 그만해."

"…."

리센의 붉은 눈 속, 깊게 상처받은 그의 심장이 비쳤다. 삼 년간 함께해 온 그에게 결국 이런 모진 말밖에 할 수 없는 라희의 가슴도 쓰렸다. 훤칠한 키의 그가 성큼성큼 라희에게 다가왔다. 라희는 바짝 긴장해 그를 올려다보았다.

"네가 좋아."

"…."

"이렇게 멍청하고, 심지어 다른 사내에게 눈이 멀어 있는 네가 그래도 좋다고. 네 말대로 사람을 좋아하는 감정은, 모든 것을 감수하게 하니까. 난 상인으로서는 실격이야. 이딴 감정은 내게 엄청난 손해야."

처음 만났을 때는 기껏 단발이었던 그의 잿빛 머리칼이, 지금은 길게 묶여 있었다. 세월이 흘렀지만 그는 여전히 매력적인 남자였다.

"그 자식한테 전해. 널 아프게 하거나 울리게 하거나 위험하게 하면 다시 납치해서 데려갈 거야. 대사의 정예들은 왕의 용포도 훔쳐올 수 있는 자들이야."

"리센…."

"그 목소리로 내 이름 부르지 마. 차라리 상단주님이라고 해. 기껏 먹잇감을 놓아준 뱀을 다시 자극하지 말란 말이야."

리센은 자신에게 화가 났다. 백날 다른 여자들에게 잘생겼다, 근사하다는 말을 들어보았자 삼 년이라는 세월 동안 자신이 연모하는 여인 하나의 마음을 얻지 못했다는 것이 분했다. 그녀를 보내주기 싫었다. 그녀가 조금만 머뭇거렸더라도, 병욱이라는 호위를 쓰러뜨린 뒤 그녀의 팔을 끄집고 청으로 달렸을 것이다. 라희가 그의 마음을 안다는 듯, 슬피 미소 지었다.

"고마웠어요, 상단주님."

리센은 복잡한 감정이 섞인 눈으로 그녀를 바라보다 뒤돌아섰다. 그녀의 시선이 가슴을 관통하는 듯 마음이 쓰렸다. 그러나 지금은 물러설 때였다. 라희는 그의 뒷모습이 사라지기까지 아련한 눈으로 조용히 그를 배웅했다.

***

텅 빈 대비전, 상복을 입은 호는 홀로 빈 공간에 앉아 있었다. 어머니가 자신을 외면한 것은 대여섯 살이 되었을 무렵이었다. 부왕이 십대 시절의 현에게 그가 배웠던 중용과 대학에 대한 질문을 던졌을 때, 현은 잘 기억이 나지 않는지 머뭇거렸다. 장난스러운 눈으로 그 모습을 보던 호가 불쑥 나서서 현이 답하지 못했던 질문에 대해 씩씩하게 대답했다.

호는 아버지와 어머니의 표정을 아직도 잊지 못했다. 매우 기뻐하며 크게 호를 칭찬하던 부왕의 모습에 으쓱해하다 어머니를 돌아보았을 때, 그녀는 마치 귀신이라도 본 듯 창백한 얼굴로 호를 보고 있었다. 그날부터 어머니는 호를 안아주지 않았다.

"차라리 끝까지 나쁜 어머니로 남으시지, 제게 왜 그러셨습니까?"

호는 대비가 앉아 있던 빈 공간을 보며 나직하게 혼잣말을 했다. 듣기론 대비가 평복 차림으로 사가에 갔을 적, 어떤 점쟁이가 대비에게 '차남이 장남의 자리를 빼앗고 그를 죽일 것이다'는 악담을 했었다고 한다. 매 순간 그것을 두려워한 대비는 호의 성장과정 내내 그에게 얼음장처럼 차갑게 대했다.

"끝까지 저를 돌아보지 마시지…! 어째서!"

어느 순간부터 어머니를 원망하지 않았다. 원망한다는 것은 적어도 대상에 대한 관심과 기대가 남아 있는 것이다. 매번 자신을 외면하는 어미를 원망하는 것조차 호를 비참하게 했다. 그녀와 현이 반역에 실패하고 유폐당한 뒤에도 호는 어머니에게 무관심으로 일관했다.

쾅!

그가 바닥을 내리쳤다. 화가 머리끝까지 치솟았다. 평생 그렇게 외면했으면서, 왜 마지막 순간 자신을 위해 암기를 대신 맞고 죽은 것인지. 목구멍 속에서 뜨거운 것이 치밀어 오르는 듯했다. 끝이 보이지 않는 깊은 절망만이 그의 눈동자 속을 지배하고 있었다.

"…그래, 잘 놓아주었다."

호가 자조하듯 말했다. 그는 그동안 조선을 위해 많은 것을 이루어냈으나 정작 제 가장 소중한 것들은 무엇도 지키지 못했다. 삼 년 전 라희도 지키지 못했고, 어머니도 지키지 못했다. 그녀가 궁에 남았더라면 어머니와 같은 운명을 걷게 될지도 모르는 일이다. 꿈에서도 잊지 못하고 찾던 그녀가 살아있다는 걸 알게 된 것만으로 족하다. 그는 애써 그렇게 위안했다.

자격이 없다. 그녀에게 제 곁에 있으라고 강권할 자격이 없었다. 호는 가슴속에 치미는 욕심을 참기 위해 입술을 깨물었다. 비릿한 맛이 느껴졌다. 지금이라도 말을 달려 그녀를 막아서고 그녀의 작은 몸을 제 품에 안고 싶었다. 이기적이겠지만 상처 입은 마음을 그녀의 따뜻함으로 위로받고 싶었다.

삐그덕.

상궁들의 외침도 없이, 조용히 여닫이문이 열리는 소리가 났다. 호는 생각했다. 병욱인가. 그러나 버선발로 방에 오르는 소리가 여인처럼 사뿐거렸다. 끓어오르는 화기와 슬픔으로 호는 후각이 둔해졌다. 그러나 그녀의 살결에서 나는 향만큼은 매우 선명하게 맡을 수 있었다.

"…."

호가 몸을 일으켜, 밝은 빛이 들어오는 문을 향해 돌아섰다. 역광에 의해 그녀의 인영이 잘 보이지 않았으나, 분명 알 수 있었다. 그녀의 떨리는 입술이 달싹였다.

"…호."

꿈이 아니었으면 좋겠다고 생각했다가, 다시 꿈이었으면 좋겠다고 생각했다. 만약 꿈이 아니라면, 그녀를 보내는 끔찍한 아픔을 되풀이해야 할지도 모르니까 말이다. 역광을 등지고 제게 다가오는 라희를 호는 그저 멍하니 바라보았다. 그녀가 한 걸음 한 걸음 다가오는 매 순간, 심장이 요동치듯 뛰었다. 차마 물러설 수도, 다가갈 수도 없었다.

"호…."

그녀가 다시 한 번 그의 이름을 불렀다. 텅 빈 가슴 때문인지 상념조차 비워버린 그에게 그것이 의미하는 바는 바로 와닿지 않았다. 대접에 담긴 얼음, 그곳에 떨어진 뜨거운 물감처럼 서서히 그의 언 가슴을 녹이며 이 몽롱함을 깨웠다.

"지금 내 이름을 부른 것이냐?"

쉰 듯한 목소리로 그가 물었다. 라희가 불과 몇 보 앞에 멈추어섰다.

"묻지 않느냐? 방금 내 이름을 불렀냐고."

그녀의 떨리는 눈빛이 심장에 침투해 온몸에 온기를 보내주었다. 어정쩡한 거리, 당장이라도 달려나갈 듯한 발을 바닥에 붙이고 호는 침착히 물었다.

"미안해요."

"…."

"잘못한 사람은, 사과해야 할 사람은 나인데, 호를 아프게 해서 미안해요. 내가 그날 고집만 부리지 않았더라도."

린이를 배웅하러 갔던 일을 말하는 것이었다. 호의 만류대로 궁 안에 있었더라면 난영의 습격을 받지 않았을 것이다. 그의 상처 입은 얼굴에 눈을 마주치지 못하고 시선을 떨어뜨린 라희에게 호의 차가운 목소리가 들렸다.

"고작 그런 말로, 네 죄를 용서할 것이라 생각하느냐?"

라희가 눈에 눈물이 고였다. 그녀는 입술을 지그시 깨물었다. 그에게 미움 받아도, 그가 자신에 대한 정이 떨어졌다 해도 당연한 짓을 했다. 삼 년 전 그렇게 떠나간 것으로 모자라서, 돌아오고 나서도 그를 끊임없이 상처 입혔다. 그가 다시 데려갔던, 서로의 마음을 확인했던 둘만의 호수에서도 끝내 그를 알아보지 못하고 외면했던 자신이 미친 듯 원망스러웠다. 그의 처참했던 심정을 차마 짐작할 수조차 없었다.

"미안해요. 미안하다는 말밖에 할 수 없어서 더 미안해요."

호가 쓴 한숨을 내쉬었다. 라희의 발등이 눈물 몇 방울로 축축해졌다.

"사과 따위로 내가 쉽게 용서할 거라는 착각은 접거라."

십이월 한파처럼 매섭게 몰아치는 그의 냉랭한 목소리에 라희는 가슴이 아팠다. 아프다 못해 무너지는 듯했다. 자신이 했던 짓에 비해 그의 반응은 아무것도 아니라며 스스로를 자책했다. 이미 늦어버린 걸까…. 잊고 있었다. 그가 원래 이런 남자라는 것을. 오직 자신에게만 두꺼운 얼음 성벽의 문을 열어주었다는 것을 말이다.

"…."

기회는 그녀 스스로 놓친 것이었다. 말없이 슬픈 눈으로 자책하는 라희에게, 호가 몇 걸음 다가갔다. 살기처럼 뾰족한 냉기가 그의 온몸에서 흘러내리고 있었다. 라희는 자신도 모르게 몸을 움츠렸다.

"장라희."

그가 제 이름 세 글자를 불렀다. 라희는 울 듯한 눈으로 그를 올려다보았다. 호는 그녀가 풀 죽은 아기고양이 같다고 생각했다. 그의 손이 라희의 턱을 스치듯 잡아 올렸다.

"말만으로는 안 된다고…. 이 바보야."

그의 입술 끝이 천천히 호선을 그리더니 라희가 뭐라 말하기도 전, 호는 그녀의 입술에 제 입술을 포갰다. 긴 머리칼도 좋았지만, 손끝을 간질이는 단발도 미친 듯 사랑스러웠다. 오아시스를 찾던 여행자처럼 그녀의 입술을 빨고 그녀의 치열과 혀를 맛보았다. 그녀가 숨을 헐떡거렸지만 상관치 않았다.

"…하아…."

길었던 입맞춤 끝에 붉은 홍조를 띄운 채 숨을 고르던 라희는 큰 눈에 이슬이 고였다.

"호…."

"용서해준다고 한 적 없다. 그것도 이렇게 쉽게."

그가 라희를 제 품에 끌어안았다. 그녀의 목덜미에서는 참을 수 없는 향이 났다.

"떠나겠다고 고집을 부리는 널 보고 있을 수밖에 없던 내 심정이 어땠는지, 넌 상상조차 못 할 거야. 내 세상은 너로 인해 녹았고 너로 인해 얼어붙었다가 바보처럼, 또 너로 인해 녹고 있구나."

"대비마마의 말씀대로, 내 마음에 솔직하지 못했어요. 다 내 잘못이에요."

"매일 벌을 줄 것이다. 널 애원하게 만들 거야."

그가 제 손가락으로 라희의 입술을 부드럽게 훑었다. 조용한 밤바다처럼 일렁이는 눈동자는 그녀를 가득 담고 있었다.

"내 마음이 널 용서할 때까지, 널 탐하고 괴롭힐 거다. 네가 내게 준 상처는 너무 커서 평생 동안 그럴지도 몰라."

그녀를 보면서도 닿지 못했던 날들, 간신히 억눌러왔던 열기가 그의 눈에서 아지랑이처럼 피어올랐다. 라희는 볼이 화끈해져 시선을 피하려 했다.

"이젠 절대로 도망 못 가. 다시 한 번 놓아달라는 말을 했다가는 두 발을 묶어 버리겠어."

그동안 상처 입어왔던 것을 거친 말로 풀어내는 아이처럼 조금은 뚱하게 자신을 바라보는 호의 시선에 라희는 미안함을 담은 옅은 미소를 띠었다.

“많이 부드러워졌네요. 첫날밤 내게 말했던 것처럼 도망가면 쥐도 새도 모르게 죽여버리겠다고는 안 하는 걸 보니.”

“장난까지 걸고, 간 큰 장라희로 돌아왔군. 적응할 시간은 안 줘도 되어 다행이야.”

말을 마친 그의 입술이 다시 라희의 입술을 거칠게 덮쳤다. 뜨거운 해변을 청량히 적시는 맑은 파도처럼, 그는 그녀의 입술을, 그리고 마음을 적시었다. 라희는 벅찬 마음으로 그에게 자신을 온전히 맡겼다. 아주 오랫동안.

***

대비의 국상이 진행되는 동안 라희는 상복을 함께 입고 호의 곁을 지켰다. 냉철한 이성을 지니고 있지만 제 감정 표현에는 서툰 호의 허한 마음을 위로하며 그를 챙겼다. 상중에도 온 궁 안이 돌아온 세자빈에 대한 소식으로 들썩였다. 그녀의 귀환을 더는 비밀로 할 필요가 없었다.

“아이고 빈궁마마! 꿈만 같사옵니다.”

“이 사람아, 이제 빈궁마마가 아니시지!”

동궁에서 함께했던 박 상궁을 비롯한 낯익은 궁인들이 눈물지으며 그녀를 환영했다. 궁은 그저 매섭고 추운 전쟁터라 여겼는데, 전장이라 하더라도 덕 많은 장군의 곁에는 그를 믿고 따르는 많은 병사들이 있다는 것을 알게 되었다.

국상이 끝나 상복을 벗게 된 라희는 곧장 사가로 찾아가 아버지 장윤과도 대화를 나누었다. 들어가기 전 순덕이 온기 가득한 손으로 라희의 손을 잡아주었다. '힘내세요.' 라는 순덕의 말은 주문처럼 마음을 데워왔다. 심호흡을 하고 들어선 방 안에는 근심 깊은 얼굴을 한 장윤이 앉아 있었다.

"정녕 전하의 곁에 머물겠다는 것이냐?"

두 번이나 죽었다 돌아온 딸을 걱정하며 장윤은 그녀를 말렸다. 라희는 그 자리에서 장윤에게 큰절을 올렸다. 혼례를 치루면서도 절을 한 적이 있었지만, 진심에서 우러나온 절은 처음이었다. 자신을 진심으로 위하는 아버지의 바람을 외면한다는 것이 너무도 미안하고 마음이 아팠다.

"아버님께 끝내 불효할 수밖에 없는 딸을 용서하세요. 제가 있어야 할 자리로 돌아가, 아버님의 은덕 평생 갚으며 살겠습니다."

라희의 말에 장윤은 호통을 치며 답답하다는 듯 말했다.

"네게 아무것도 바라지 않았다. 너를 키우던 모든 순간이 내게 이미 금과도 같았는데, 내게 갚아야 할 것이 무엇이 있단 말이냐? 부모가 자식에게 되돌려 받을 것을 어찌 계산한단 말이냐? 내 오로지 너에게 바라는 것이 있다면, 너의 행복이다. 무사하고 평안하게 살면서 말이다, 이것아!"

그때 사랑채의 문이 열렸다. 제 집을 찾은 사위이자 왕을 본 장윤은 황급히 놀라 일어섰다. 굳은 표정으로 들어온 호는 장윤을 바라보았다.

"전하!"

놀란 장윤의 앞에서 호는 절을 올렸다. 사위를 떠나 이 나라의 지존이다. 왕이란 누구도 그 위에 설 수 없는 태양과도 같은 존재였다. 장윤은 놀라 얼어붙었다.

"라희에게 아버님은 제게도 아버님과 같으니 아버님이라 부르겠습니다."

"전하! 어찌 이러십니까? 어서 일어나십시오! 어찌 신하에게 무릎을 꿇는다는 말씀입니까? 게다가 아버님이라니요, 저를 불경한 신하로 만드실 셈입니까!"

장윤의 만류에도 호의 태도는 변함이 없었다.

"제 여인 하나 지키지 못하는, 사내로서 변변찮은 모습을 보여드렸다는 것은 압니다. 애정으로 키우신 딸이라 위험이 도사리는 궁에 다시 들이는 것을 걱정하시는 것도 이해합니다."

"…."

제 속을 알고 있는 호의 말에, 장윤의 눈가에 주름진 깊은 시름이 더 숨길 것도 없이 드러났다.

"한 번만 더 믿어 주십시오."

"전하! 소인의 딸은 아시다시피 어리석고 제멋대로라 전하께 폐만 끼칠 것입니다. 가르치지 못한 제 부덕이 큽니다."

"조선의 왕 이호가 아닌, 아버님의 사위 이호가 맹세하겠습니다."

호의 눈빛은 어느 때보다 강했고, 확신에 차 있었다.

"다시는 그 아이를 위험하게 하지 않을 것입니다. 놓치지도 않을 것입니다. 아버님이 지금껏 라희에게 베푸셨던 무한한 애정과 관심, 그만큼 저도 라희를 연모하고 아껴주겠습니다."

호의 말에 라희의 가슴이 찡한 감동으로 떨려왔다. 장윤은 호를 일으키지 못한 채, 엉거주춤한 자세로 한참을 고뇌하다 한숨을 내쉬었다.

"전하. 송구하오나, 그만큼은 안 됩니다."

"…?"

호의 앞에 장윤이 함께 무릎을 꿇었다. 그의 눈이 축축이 젖어 있었다.

"그보다 더 아껴 주십시오. 제 소중한 딸자식을요."

라희의 두 볼에 뜨거운 눈물이 흘러내렸다. 기쁜 눈으로 서로를 바라보는 지아비와 아버지를 보며 가슴으로 따뜻한 감동이 번져왔다. 이전의 생에서는 가족의 깊은 정도 모르고 살았으며 사랑에 대해서는 결혼생활 내내 마냥 배신감과 분노만이 들끓었다.

더 많이 살아보았다고 해서 더 많이 아는 것은 아니다. 그도 모르고 세상을 다 아는 마냥 비관의 눈으로 겁부터 먹었던 것을 라희는 후회했다. 상처 입었다고 해서 오랫동안 가시를 세우던 제 모습이 부끄러웠다.

'난 겁쟁이에요. 기억을 잃었을 때조차 지독한 겁쟁이였어요. 지금도 소심하고 못난 구석이 많아요.'

장윤의 허락을 받고 함께 궁으로 돌아가는 길, 라희는 그의 손을 먼저 잡았다. 그가 라희를 제 품으로 끌어당겼다.

'하지만 이제 한 가지는 확실히 말할 수 있어요.'

호의 어깨에 이마를 기댄 라희가 행복한 표정으로 눈을 감았다.

돌담길에 피어난 꽃처럼 고운 다홍빛으로 그녀의 두 볼이 물들어 갔다.

"당신을 믿어요. 그리고 당신을 사랑해요."

호가 사랑스럽다는 듯 그녀를 품에 껴안았다. 그녀의 머리를 매만지고, 귓등을 매만지고, 목덜미를 쓸어내렸다. 세상에서 가장 소중한 것이라도 얻은 마냥.

"고맙다."

호의 목소리가 잔잔히 가슴을 울렸다.

"내게 와줘서. 그리고 다시 내게 와줘서."

그를 만난 뒤 때로는 비가 내렸고 때로는 천둥이 쳤으며, 눈 폭풍이 휘몰아치는 날도 있었다. 그와 함께한 매일이 마냥 따스한 볕 아래 꽃길이었다고 할 수는 없을 것이다. 때로는 오해했고 때로는 실망했으며 억새풀처럼 쳐지는 날도, 상사화처럼 외면하는 날도 있었다. 그럼에도, 아니 그러했기 때문에, 가슴 속 깊은 곳에서 더 강한 사랑이 자라났다.

"나도 고마워요. 사랑을 알게 해줘서. 그리고 사랑하게 해줘서."

"알기에는 한참 멀었어."

눈에 잔잔한 이슬을 매단 채 웃는 라희의 볼을 호는 사랑스럽게 어루만지면서 얼굴을 가까이 댔다.

"우리의 날들은 이제 시작이다."

눈부신 햇살만큼이나 따스한 그의 입술이 부드럽게 내려앉았다. 그는 몽실거리는 봄날의 구름처럼 화사하고, 들꽃처럼 그녀만이 아는 좋은 내음이 났으며, 깊게 뿌리박힌 나무처럼 변함없이 굳건한 남자였다. 어처구니없던 시간 여행이 나비효과처럼 불러온 이 기적을 라희는 영원히 즐길 셈이었다. 그의 나라, 이제는 그녀의 나라가 된 조선의 모든 풍경이 둘을 축복하고 있었다.

〈끝〉